Désir rebelle

JULIE GARWOOD

Sur ordre du roi	*J'ai lu* 3019/5
Un ange diabolique	*J'ai lu* 3092/5
Un cadeau empoisonné	*J'ai lu* 3219/5
Désir rebelle	*J'ai lu* 3286/5
La fiancée offerte	*J'ai lu* 3346/5 *(déc. 92)*

Julie Garwood

Désir rebelle

Traduit de l'américain
par Jackie Landreaux-Valabregue

Éditions J'ai lu

Titre original :

REBELLIOUS DESIRE
An original publication of Pocket Books,
a division of Simon & Schuster Inc.

PROLOGUE

Angleterre, 1788

La petite fille se réveilla en sursaut. Elle entendit des éclats de voix. Puis le silence retomba.

— Nanny ? souffla-t-elle, en se dressant sur son lit.

Le fauteuil à bascule, près de la cheminée, était vide. La nurse avait déserté son poste. L'enfant frissonna. Elle n'avait que quatre ans et, dans son imagination, les braises qui achevaient de se consumer dans l'âtre devinrent les yeux menaçants du démon. Elle tourna la tête vers la fenêtre, poursuivie par ces yeux diaboliques qui transformaient à présent en monstres les branches qui effleuraient la vitre.

— Nanny, gémit-elle encore.

Soudain, elle reconnut la voix de son père. Il criait ; cependant, elle se sentit tout à coup rassurée. Elle n'était plus seule. Papa était là.

Mais contre qui était-il en colère ?

Ils vivaient dans cette nouvelle demeure depuis plus d'un mois, mais jamais elle n'y avait vu le moindre visiteur.

Que se passait-il donc au rez-de-chaussée ?

La petite fille repoussa l'édredon, sauta à bas du lit, traversa la pièce, pieds nus dans sa longue chemise de nuit blanche, et tourna doucement la poignée de la porte.

Sur le palier, elle perçut la voix d'un autre homme. Elle s'immobilisa, pétrifiée par la violence de ses propos. Les yeux agrandis par la terreur, elle s'approcha de la rambarde et vit son père et l'étranger s'affronter. Elle devina aussi la silhouette d'un troisième personnage, en partie masqué par la pénombre du hall.

— Vous voici prévenu, Braxton ! Cessez une fois pour toutes de nous importuner ! jeta l'homme d'une voix cassante.

Il tenait à la main un pistolet semblable à celui que papa portait sur lui pour se défendre. L'enfant descendit alors l'escalier, s'arrêtant sur la dernière marche. Son père, d'un geste rapide, venait de désarmer son adversaire. L'arme vint atterrir aux pieds de la petite fille.

— Perkins vous salue et vous envoie aussi ce message : Ne vous faites aucun souci pour la fille, il en tirera un bon prix ! lança l'autre homme en sortant de l'ombre.

Horrifiée, elle s'efforça de ne pas regarder ce monstrueux personnage. Ce devait être le diable ! Il disparut dans la pénombre et son acolyte bondit sur son père qu'il fit tomber à genoux.

Au moment où son père tentait de se relever, un couteau jaillit dans la main de son agresseur.

— Avec la gorge tranchée, vous serez moins bavard ! ricana-t-il en faisant passer son couteau d'une main à l'autre.

— Papa ! Je suis là ! hurla-t-elle alors en ramassant le pistolet.

L'arme lui parut terriblement lourde, mais elle devait la remettre à son père. A cet instant, l'homme plongea sauvagement sa lame dans l'épaule de sa victime.

— Papa ! Je vais t'aider !

Folle de terreur, elle se mit à courir vers lui. Satan était à nouveau sorti de l'ombre, mais subitement la bagarre cessa. Stupéfiés, les trois hommes avaient maintenant les yeux rivés sur cette toute petite fille pointant son pistolet.

— Non ! lança le diable qui, cette fois, ne riait plus.

— Sauve-toi, Caroline ! Sauve-toi !

Le conseil vint trop tard. L'enfant s'emmêla les pieds dans sa longue chemise de nuit. Elle trébucha, chercha en vain à se retenir et, en culbutant, son doigt pressa la détente.

Le coup partit. A l'explosion qui fit trembler le hall se mêlèrent les cris obscènes du diable. Caroline ferma les yeux pour échapper à ce cauchemar.

Quand elle les rouvrit, elle se rendit compte de ce qu'elle avait fait. Puis, soudain, un nuage obscur voila son regard, et elle ne vit plus rien.

Angleterre, 1802

1

Une série de détonations rompit le silence de la campagne, troublant le paisible voyage qu'effectuaient Caroline Mary Richmond, sa cousine Charity et leur domestique noir, Benjamin.

Intriguée, Charity jeta un coup d'œil par la portière. Ce ne pouvait être des coups de tonnerre, le ciel d'automne était bleu, sans aucun nuage. Elle n'eut pas le temps d'épiloguer davantage, sa cousine l'empoigna par l'épaule et la fit plonger sur le plancher de leur fiacre de location.

Se hissant ensuite sans ménagement sur Charity, Caroline tira de sa bourse un pistolet incrusté de nacre et le fiacre s'immobilisa.

— Caroline, que se passe-t-il ? protesta Charity.

— Ce sont des coups de feu.

A son tour, Benjamin dégaina son arme et lança un coup d'œil prudent à l'extérieur.

— On nous tire dessus ! Sauve qui peut ! cria le cocher irlandais, de son accent traînant, en sautant de son siège.

— Benjamin, tu vois quelque chose ? demanda Caroline.

— Rien, hormis ce couard qui est allé se tapir dans les fourrés, grommela le grand Noir, d'un ton méprisant.

— Je ne vois rien, gémit Charity. Caroline, soulève ton pied, s'il te plaît. Tu vas salir mes vêtements avec tes chaussures.

Elle parvint à se mettre à genoux. Son bonnet avait glissé sur son cou, libérant son abondante chevelure blonde où s'épanouissait un flot de rubans roses et jaunes. Ses lunettes posées de travers sur son petit nez, Charity s'efforça de rectifier sa tenue.

— Franchement, Caroline, tu pourrais te montrer moins brutale, même si c'est pour me protéger ! Seigneur ! J'ai perdu un verre ! Il a dû tomber dans ma robe... Penses-tu vraiment qu'un voyageur ait été attiré dans un guet-apens ?

— Oui, si j'en juge par les coups de feu et la réaction de notre cocher, répondit tranquillement Caroline pour apaiser sa cousine. Benjamin, va voir comment se comportent les chevaux et partons en éclaireurs pour savoir de quoi il retourne.

Benjamin acquiesça et ouvrit la portière. Son imposante stature ébranla le véhicule, il dut baisser la tête et les épaules pour se frayer un passage. Il ne se dirigea pas vers les chevaux d'attelage, mais vers les deux montures arabes attachées à l'arrière du fiacre. Elles avaient effectué le trajet depuis Boston pour être offertes au père de Caroline, le comte de Braxton.

L'étalon et la jument piaffaient d'impatience. Benjamin eut tôt fait de les apaiser par quelques paroles de son dialecte natal dont Caroline seule pouvait comprendre la teneur. Un instant plus tard, il détachait les chevaux.

— Attends-nous ici, Charity, et continue de te cacher, ordonna Caroline.

— Sois prudente, répliqua sa cousine en regagnant son siège.

Puis, oubliant la consigne, elle passa la tête par la portière pour regarder Benjamin enfourcher la jument après avoir aidé sa maîtresse à se mettre en selle.

— Benjamin, fais attention, toi aussi !

Ils s'enfoncèrent dans la forêt. Caroline ouvrait la marche. Son intention était de surprendre les bandits par-derrière. D'après le nombre de coups de feu, ils devaient être quatre, peut-être cinq.

Gênée par son bonnet, qui s'accrochait aux branches, elle s'en débarrassa. Les épingles se montrèrent impuissantes à maintenir son épaisse chevelure brune qui ruissela librement sur ses frêles épaules.

Des éclats de voix les immobilisèrent. Cachés derrière les broussailles, Caroline et Benjamin observaient la scène. La jeune fille se mit à frissonner.

Quatre robustes cavaliers, dont trois étaient

masqués, entouraient une superbe calèche noire. Un gentilhomme descendit de la voiture et Caroline retint un cri de pitié en voyant le sang dégouliner le long de sa jambe.

Le blessé était blond et son visage régulier mais pâle trahissait sa souffrance. Il s'adossa contre la calèche et promena sur ses agresseurs un regard fier et dédaigneux, jusqu'au moment où une lueur d'effroi traversa ses yeux bleus. L'homme qui ne portait pas de masque, le chef sans doute, venait de tirer un pistolet de sa ceinture.

— Tant pis, déclara-t-il froidement. Ce type pourrait me reconnaître, il doit mourir.

Deux des hommes acquiescèrent. Comme le troisième semblait hésiter, Caroline en profita pour viser soigneusement et tirer. Les innombrables leçons que lui avaient données ses cousins portèrent leurs fruits. La balle brisa net le poignet du chef qui laissa échapper un cri de douleur.

Benjamin émit un grognement satisfait et tendit son pistolet chargé à Caroline, qui visa à nouveau et blessa l'un des hommes. Sans demander leur reste, ils éperonnèrent leurs chevaux et s'enfuirent dans un concert de jurons et de menaces.

Lorsqu'ils furent hors de vue, Caroline mit tranquillement pied à terre et s'approcha du blessé.

— Je crois qu'ils ne reviendront plus, dit-elle.

— C'est vous... qui avez tiré ? balbutia l'homme,

incrédule, en la voyant s'avancer, pistolet à la main.

— Oui. Benjamin, tu peux nous aider ?

Le gentilhomme tourna alors la tête et son regard vacilla en apercevant le grand Noir. Sans doute, la douleur et l'émotion, pensa Caroline.

— Si je n'avais pas utilisé nos armes, souligna-t-elle, vous seriez mort à cette heure.

Puis, sans autre explication, elle tendit les rênes de son étalon à Benjamin.

— Retourne au fiacre et informe Charity de ce qui vient de se passer. Elle doit être morte de peur.

Benjamin inclina la tête et sauta en selle.

— Rapporte aussi la poudre à fusil et la trousse à pharmacie de Charity ! lui cria-t-elle avant qu'il s'éloigne.

Puis, revenant au blessé :

— Aurez-vous la force de remonter dans votre calèche ? Je vais inspecter l'état de votre blessure.

Il acquiesça, parvint péniblement à se hisser sur le siège, puis allongea sa jambe blessée sur les coussins de velours.

Caroline s'agenouilla devant lui et éprouva soudain un certain embarras. La blessure était peut-être mal placée et elle se trouvait elle-même dans une position équivoque. Les joues brûlantes, indécise quant à la façon de procéder, elle vit alors un filet de sang ruisseler sur les culottes de daim.

— Ceci est encore plus fâcheux, gémit le

blessé, apparemment plus contrarié par le gâchis de ses coussins que par la situation présente.

Caroline sentit ses scrupules s'envoler. Mais elle constata que la blessure était, malgré tout, située sur la face interne de la cuisse.

— Vous avez de la chance. La balle n'a fait que traverser la chair. Il me suffira de déchirer un peu vos culottes...

— Mais elles vont être perdues ! l'interrompit-il, outragé.

— Allons, dit-elle sans se démonter, je ne ferai que les déchirer un peu.

Il leva les yeux au ciel et poussa un soupir à fendre l'âme.

— Eh bien... si vous ne pouvez faire autrement.

Elle lui arracha cependant un sourire lorsqu'il la vit sortir une petite dague accrochée à son mollet.

— Voyagez-vous toujours aussi bien équipée, madame ?

— Je préfère prendre mes précautions, rétorqua-t-elle, avant de se concentrer sur cette délicate opération.

Les culottes le moulaient pratiquement comme une seconde peau. Les découper fut une opération périlleuse. Quant à lui, intrigué par l'accent colonial de cette fille exquise agenouillée devant lui, il lança brusquement :

— Je suppose que vous arrivez des Colonies ? L'on dit que c'est un pays de sauvages.

Caroline ayant effleuré les lèvres de la plaie, il grimaça avant d'ajouter :

— Je comprends maintenant pourquoi vous transportez un tel arsenal !

— C'est exact, je viens des Colonies, dit-elle en levant la tête, désorientée par ce discours. Mais ce n'est pas la raison pour laquelle je suis armée. Car, en fait, j'arrive de Londres.

— De Londres ? répéta-t-il, tout aussi décontenancé.

— Oui, et si l'on en croit les rumeurs, c'est un vrai repaire de bandits. On n'y compte plus les meurtres, affirme-t-on à Boston. C'est pourquoi ma cousine et moi avons décidé de prendre nos précautions. Cette embuscade, le jour même de notre arrivée, prouve que nous avons eu raison.

— Londres est une ville parfaitement civilisée. Pour ne rien vous cacher, les mêmes histoires circulent sur les Colonies, lâcha-t-il, condescendant.

Caroline ne s'en formalisa pas et reporta son attention sur la blessure.

— Vous défendez votre pays, c'est tout à votre honneur. Pouvez-vous enlever votre foulard, je vous prie ?

Il se mordit les lèvres et se demanda s'il avait bien entendu.

— Je vous demande pardon ?

— Oui, j'en ai besoin pour bander votre jambe. Souffrez-vous beaucoup ? ajouta-t-elle, en le voyant se mordre les lèvres.

— Grands dieux ! Si jamais quelqu'un apprend où la balle m'a atteint et comment une lady a arrêté l'hémorragie en utilisant ma cravate, je serai ridiculisé à tout jamais ! Il ne manquait plus que ça !

— Cessez de vous tourmenter, gardez votre foulard, un morceau de mon jupon fera l'affaire, conclut-elle de ce ton calme que l'on prend pour apaiser les enfants. (Puis, devant son regard soupçonneux, elle ajouta :) Je vous promets de ne jamais divulguer cet incident. De toute façon, j'ignore votre nom. Disons qu'aujourd'hui je vous appellerai monsieur George. Comme votre roi. Cela vous convient-il ?

Pourquoi ce prénom le faisait-il grimacer ? Il ne l'aimait pas ?

— Évidemment, la situation dans laquelle se trouve votre roi n'a rien d'engageant. Si je vous appelle monsieur Smith ou bien Harold Smith, serez-vous satisfait ?

Il inclina la tête et poussa un soupir. Cet homme semblait bien compliqué.

— C'est parfait, décréta-t-elle.

Elle lui donna une petite tape amicale sur le genou et descendit de calèche pour déchirer son jupon. Elle avait à peine terminé qu'un bruit de sabots se fit entendre dans la direction opposée à celle où se trouvait Benjamin. Se pouvait-il que les bandits revinssent ?

— Passez-moi mon pistolet, monsieur Smith, dit-elle en rangeant la dague et en jetant le bout de tissu par la portière.

— A quoi bon ? Il est vide ! rétorqua-t-il, peu rassuré.

Caroline ne l'était pas davantage et lutta contre l'envie de prendre sa jupe à deux mains pour courir chercher de l'aide. Elle y renonça. Abandonner cet homme serait lâche.

— Le pistolet est peut-être vide, mais il n'y a que vous et moi à le savoir. Vite, donnez-le-moi !

Elle s'empara de l'arme, respira un bon coup et pria pour que Benjamin revienne et que ses mains cessent de trembler.

Cheval et cavalier surgissaient déjà au détour de la route et Caroline s'efforça de tenir les yeux rivés sur la monture.

C'était un superbe étalon noir. Beaucoup plus grand que ses chevaux arabes. Il fondait sur elle au grand galop, le sol tremblait sous ses pas et elle dut fermer les yeux, aveuglée par le nuage de poussière qu'il souleva en s'arrêtant. Quand elle les rouvrit, elle vit un pistolet braqué sur elle. Caroline leva alors les yeux sur le cavalier et n'en fut que plus terrifiée.

L'homme qui la dévisageait était de stature imposante. Ses cheveux brun-fauve, qui retombaient en désordre sur son front, n'adoucissaient guère les traits de son visage qui semblaient sculptés dans la pierre. Aucune douceur ne perçait dans ses yeux noirs, pailletés d'or. Son expression hostile acheva de lui saper le moral.

Dans l'espoir de cacher sa peur, elle le dévisagea à son tour et soutint sans broncher son regard hautain. Un siècle dut s'écouler !

Jered Marcus Brenton, quatrième duc de Bradford, n'en croyait pas ses yeux. Il n'en finissait plus de contempler la délicieuse apparition qu'il avait sous les yeux. Ciel, cette fille était superbe !

Cependant, cette beauté aux yeux bleus virant sur le violet pointait un pistolet sur lui.

— Que se passe-t-il, ici ? jeta-t-il d'une voix de stentor.

Son étalon fit un écart.

— Du calme, Confiance ! ajouta-t-il doucement en flattant son encolure.

Une expression plus humaine se peignit alors sur ses traits, mais il continua de dévisager Caroline qui regretta presque qu'il ne fût pas l'un des bandits. Cet homme n'allait pas tarder à deviner sa détresse. Où était passé Benjamin ? Pourquoi le sol tremblait-il toujours ? A moins que ce ne fussent ses jambes... ? Caroline fit un effort pour se contrôler.

— Eh bien ! que se passe-t-il ? répéta-t-il, d'un ton légèrement plus doux.

Sa voix risquant de la trahir, Caroline resta muette. Les doigts crispés sur la crosse de son arme, elle essayait de comprimer les battements de son cœur.

Bradford balaya des yeux les alentours, reconnut la calèche qu'il avait prêtée à son ami. Elle était dans un bel état ! Garée sur le bas-côté et criblée de balles. Il aperçut enfin une touffe de cheveux blonds et poussa un soupir de soulagement. Visiblement, tout le monde était sain et sauf, et la femme qui se tenait devant lui ne pouvait être responsable de ces dégâts.

Il se rendit compte alors qu'elle tremblait et saisit la balle au bond.

— Abaissez votre arme !

Ce n'était pas une requête, c'était un ordre. Le duc de Bradford avait l'habitude d'être obéi, il obtenait toujours ce qu'il voulait.

Toutefois, il dut constater que ses paroles restaient sans effet. Ignorant son ordre, cette jeune personne continuait de le dévisager obstinément.

Caroline n'arrivait pas à recouvrer son calme. Dieu, que cet homme avait l'air menaçant ! Il émanait de sa personne un pouvoir intimidant. Ses vêtements étaient ceux d'un homme riche. Son gilet couleur feuille-morte était aussi bien coupé que la jaquette vert bouteille de monsieur Smith. Ses culottes de daim le moulaient de telle sorte qu'elles laissaient deviner le jeu de ses muscles puissants. Une élégante cravate de soie était nouée sur sa chemise de lin.

Que faire ? Il était hors de question de lui expliquer la situation dans laquelle se trouvait monsieur Smith. Elle avait juré d'être discrète, une qualité que ne possédait sûrement pas cet odieux personnage. Ne pouvait-il continuer sa route et les laisser tranquilles ?

— Madame, souffrez-vous de surdité ? Je vous ai dit d'abaisser votre arme ! tonna Bradford.

Il perdait patience.

— Abaissez d'abord la vôtre ! jeta-t-elle enfin, sur le même ton.

Sa voix n'avait pas tremblé. Elle reprit confiance. C'était une petite victoire, mais une victoire, malgré tout. Comme elle tournait le dos à la calèche, elle ne vit pas le signe amical que le blessé adressa à son ami, aussi fut-elle agréablement surprise de l'entendre s'adresser à elle sur un ton plus courtois :

— Il semblerait que nous ayons un problème. Sommes-nous censés nous entre-tuer ? reprit-il d'une voix chaude et profonde.

— Baissez votre arme, je ne tirerai pas sur vous, déclara-t-elle.

Bradford ne broncha pas et continua de la regarder avec la même condescendance qu'il avait accordée un instant plus tôt à son cheval. Il n'était pas homme à déclarer forfait devant une femme. Elle capitulerait, ce n'était qu'une question de temps. Il avait parfaitement perçu sa peur. Bien qu'elle fît preuve de courage, elle n'était qu'une faible femme.

Une petite lueur machiavélique s'alluma dans les yeux de Caroline. Visiblement, son adversaire aimait sa monture. Elle n'allait pas laisser passer cette occasion inespérée.

— Je ne tirerai pas sur vous, dit-elle d'un ton égal. Je vais tirer sur votre cheval.

Bradford tomba dans le piège.

— Vous n'oseriez pas ! explosa-t-il.

— Mais si. Juste entre les deux yeux, précisa-t-elle en braquant son arme vide sur la tête du noble animal.

— Bradford ! cria monsieur Smith, au moment où son ami s'apprêtait à descendre de cheval pour donner à cette femme une leçon bien méritée.

— Monsieur Smith ! Vous connaissez cet homme ? demanda Caroline sans quitter l'autre des yeux.

Elle en eut la confirmation en voyant l'homme abaisser son pistolet et le glisser dans sa ceinture. Néanmoins, elle avait trouvé son point faible et s'en félicita. Cet Anglais ne valait sûrement pas mieux que ses compatriotes. Tous des pédants, auraient dit ses cousins.

En voyant briller dans son regard une petite lueur de victoire, Bradford se redressa, hautain. S'imaginait-elle lui avoir rivé son clou ? Il devait sauver les apparences !

— Un vrai gentleman ne peut se permettre de menacer une...

Mais il s'interrompit devant l'absurdité d'un tel propos.

— Je ne vous ai jamais pris pour un gentleman, riposta-t-elle.

Monsieur Smith passa alors la tête par la portière, effort qui lui arracha une grimace de douleur.

— Son pistolet est vide, mon vieux. Inutile d'en faire une attaque d'apoplexie. Ton cheval est sain et sauf !

L'ironie perçait dans sa voix et Caroline ne put s'empêcher de sourire.

A nouveau, Bradford fut envoûté par la lueur rieuse de ces superbes yeux bleus, et même subjugué par l'expression frondeuse de la jeune femme.

— Tout compte fait, il n'est pas difficile de vous convaincre, lança-t-elle.

Elle se mordit les lèvres, regrettant ses paroles. Bradford avait mis pied à terre et s'avançait lentement vers elle, avec cette expression implacable qu'elle redoutait par-dessus tout. Il était trop grand. Sa carrure était presque aussi athlétique que celle de Benjamin... qui, merci, mon Dieu, surgit à cet instant derrière lui.

— Auriez-vous abattu mon cheval si votre pistolet avait été chargé ? gronda Bradford.

— Mais non, il est beaucoup trop beau, répondit-elle très vite, en lançant un coup d'œil vers Benjamin.

Bradford se retourna et se trouva nez à nez avec lui. Leurs regards se croisèrent, mais à l'inverse de monsieur Smith, Bradford ne parut nullement intimidé par la carrure du colosse noir.

Caroline s'approcha de lui et posa une main apaisante sur son bras.

— As-tu rapporté la trousse à pharmacie ? Ne t'inquiète pas, ajouta-t-elle en désignant du menton l'arrogant personnage. Cet homme semble être un ami de monsieur Smith.

— Monsieur Smith ? répéta Bradford, ahuri, en regardant tour à tour Caroline et son ami, hilare derrière la vitre de la calèche.

Une explication s'imposait.

— Aujourd'hui, il est Harold Smith, dit-elle. Je suppose qu'il tient à rester incognito, vu la situation embarrassante dans laquelle il se trouve. Il préfère ce pseudonyme à celui de George.

Bradford posa sur son ami un regard encore plus perplexe et ce fut l'instant que choisit Charity pour accourir vers eux en sautillant. Elle relevait à deux mains sa jupe rose et Bradford parut de plus en plus déconcerté. Les Anglais affichaient-ils tous cet air confus ? se demanda Caroline, narquoise.

— Caroline ! Le cocher refuse catégoriquement de sortir des broussailles ! lança Charity, essoufflée.

Elle gratifia Benjamin d'un sourire radieux, jeta un bref coup d'œil sur Bradford et sur l'homme qui se trouvait dans la calèche et reprit, volubile :

— Tout danger est-il écarté ? Le cocher m'a promis de reprendre son poste sitôt que je l'aurai rassuré. Écoute, Caroline, nous devrions faire demi-tour et rentrer à Londres. Je sais que tout cela est ma faute et que j'aurais dû t'écouter. Il eût été plus sage d'attendre ton père dans sa demeure de Londres et de lui envoyer un message pour l'avertir de notre arrivée, cousine !

Cousines ? Le regard de Bradford alla de l'une à l'autre pour constater qu'elles étaient peut-être de la même famille mais n'avaient rien de commun.

La petite cousine était un vrai tourbillon. Blonde, avec des yeux noisette pétillants, elle ne mesurait pas plus d'un mètre cinquante-cinq, tandis que Caroline avait facilement quinze centimètres de plus, des cheveux noirs épais et des yeux d'une couleur étonnante. Toutes deux étaient minces, mais l'une était seulement jolie, tandis que l'autre était une réelle beauté.

Leurs différences ne s'arrêtaient pas à leurs caractéristiques physiques. La petite blonde semblait écervelée, son regard manquait de profondeur. Pas une fois elle ne l'avait regardé dans les yeux. Était-elle timide ?

Caroline, elle, avait de l'assurance. Son regard était direct, franc et réfléchi. Peut-être réfléchissait-elle même un peu trop... ?

Quoi qu'il en fût, elles étaient charmantes et Bradford eût donné cher pour en savoir davantage sur elles.

Ignorant résolument Bradford, Caroline entoura affectueusement les épaules de sa cousine pour la présenter à monsieur Smith.

— Voici Charity, monsieur Smith.

Charity s'approcha de la calèche et ses doigts tambourinèrent sur la vitre.

— Benjamin m'a dit que vous étiez blessé. Vous sentez-vous mieux maintenant ? demanda-t-elle, souriante, tandis que le blessé tentait désespérément de rassembler les lambeaux de ses culottes.

— Je suis la cousine de Caroline, continua imperturbablement Charity, mais nous avons été élevées comme des sœurs. Nous avons pratiquement le même âge. Je suis de six mois son aînée.

Puis, se tournant vers Caroline avec un large sourire qui creusa deux fossettes dans ses joues :

— Où est passé leur cocher ? Est-il allé se cacher dans les buissons, lui aussi ? Je crois que l'un de nous devrait partir à sa recherche.

— Excellente idée. Pourquoi n'irais-tu pas le chercher avec Benjamin pendant que j'achève de soigner la jambe de monsieur Smith ?

— Oh ! Où sont mes belles manières ! Ne pourrions-nous d'abord procéder aux présentations ?

— Non !

Ce cri jaillit de la calèche.

— Monsieur Smith préfère garder l'anonymat. Aussi dois-tu promettre, comme je l'ai fait, d'oublier cet accident, intervint Caroline en attirant sa cousine à l'écart. Cet homme est horriblement gêné... Tu sais bien comment sont les Anglais, ajouta-t-elle plus bas.

Ayant l'oreille fine, Bradford était à deux doigts d'interroger Caroline sur ces propos insolites, mais Charity le devança :

— Pourquoi est-il gêné ? Est-ce à cause de sa blessure ? Est-elle donc si grave ?

— Je l'ai cru au début, tant il perdait son sang, mais il n'en est rien. Elle est plutôt... mal placée.

— Mal placée ? Que veux-tu dire ? insista Charity qui attendait des détails.

Caroline changea de sujet :

— Écoute, plus tôt nous repartirons, mieux cela vaudra pour tout le monde.

— Pourquoi ?

— Parce que notre blessé en fait tout un drame.

Ce n'était qu'une partie de la vérité. L'ami de monsieur Smith l'exaspérait autant qu'il l'intimidait. Quant à Charity, elle n'était pas prête à lâcher prise.

— Est-ce un dandy ? chuchota-t-elle, comme s'il s'agissait d'une maladie honteuse.

Caroline coupa court à ce dialogue, appela Benjamin, prit la trousse à pharmacie et grimpa dans la calèche pour rassurer monsieur Smith.

— Soyez sans crainte, Charity a perdu ses lunettes et c'est à peine si elle a pu vous apercevoir.

Smith acquiesça, mais eut la mauvaise idée de crier à son ami :

— Si tu savais dans quel pétrin je suis ! Viens en juger par toi-même. (Puis, s'adressant à Caroline :) Il y a peu d'hommes en qui j'ai confiance. Mais je sais pouvoir compter sur Bradford.

Celui-ci ne fit ni une ni deux. Il grimpa dans la calèche et s'assit en face de son ami. L'espace étant restreint, sa jambe effleurait l'épaule de Caroline, agenouillée devant son protégé dont la blessure ne saignait plus. Smith ayant réclamé la présence de son ami, lui suggérer de sortir eût été malséant. Mais quel dommage qu'il ne se fût pas contenté d'attendre dehors !

— Avez-vous de l'alcool, monsieur Smith ? demanda-t-elle.

— Du cognac fera-t-il l'affaire ? intervint Bradford en sortant un flacon de la poche de son gilet.

— Oui. Mama prétend qu'il n'y a rien de mieux pour désinfecter une plaie.

Elle n'ajouta pas que Mama n'était sûre de rien, sauf d'une chose : à défaut de faire du bien, l'alcool ne pouvait pas faire de mal.

— Cela va vous piquer, monsieur Smith. Vous pouvez crier, je ne m'en formaliserai pas.

— La suggestion est blessante ! Je ne laisserai pas échapper le moindre cri !

Mais ce fut un rugissement qu'il poussa lorsque le liquide coula sur la plaie. Bradford ne fit aucun commentaire et se contenta d'une moue compatissante.

Caroline sortit de sa trousse un petit pot de poudre jaune dont le parfum rappelait celui des feuilles humides. Elle en saupoudra largement la blessure, puis commença à bander la cuisse avec un morceau de son jupon.

— Ce remède est anesthésiant et cicatrisant, expliqua-t-elle posément.

La douceur et la sensualité de sa voix envoûtaient Bradford. Que lui arrivait-il ? Il se prit à regretter de n'être pas à la place de son ami.

— Désolé de m'être montré si faible, grommela Smith, mais votre mère est une sauvage pour appliquer de telles méthodes.

— Mais non. Vous êtes fort. Rappelez-vous la façon dont vous avez tenu tête aux bandits.

L'encouragement fit son effet et, peu à peu, Smith retrouva sa superbe.

— Vous n'avez rien à vous reprocher, continua-t-elle, malicieuse. J'irai même jusqu'à vous pardonner d'avoir traité ma mère de sauvage.

— Seul contre tous, je crois avoir été à la hauteur, reprit-il, rasséréné.

— Tout à fait. Vous pouvez être fier de vous, n'est-ce pas, monsieur Bradford ?

— Absolument, répondit ce dernier vivement, ravi de pouvoir se mêler à la conversation.

Smith poussa un soupir satisfait.

— Le seul couard de cette aventure est le cocher irlandais que j'ai engagé, déclara Caroline.

— Vous n'aimez pas les Irlandais ? demanda Bradford d'un ton traînant.

Leurs regards se croisèrent, les yeux de Caroline lancèrent des éclairs. Il se demanda si elle saurait aimer avec la même force qu'elle mettait à détester.

— Tous les Irlandais que j'ai rencontrés jusqu'à présent étaient des scélérats. Peut-être devrais-je me montrer plus modérée, comme le dit Mama, mais je n'y parviens pas. Jadis, trois d'entre eux m'ont attaquée et, sans l'intervention de Benjamin, je ne serais plus là pour le raconter.

— Comment peut-on vouloir vous faire du mal ! protesta Smith.

— Merci, mais à l'époque, je ne savais pas me défendre. Mes cousins ont été tellement bouleversés par cet incident qu'ils m'ont appris à me tirer seule d'un mauvais pas.

— Sais-tu que cette jeune personne est un

arsenal ambulant ? dit Smith à son ami. Elle prétend que c'est pour se défendre dans Londres.

— Allons-nous devoir comparer à nouveau nos agréables Colonies à cette ville scandaleuse, monsieur Smith ?

Smith se mit à rire et la boutade parvint à lui faire oublier la douleur.

— Je me sens décidément beaucoup mieux et je vous dois la vie.

N'étant guère avide de compliments, elle fit la sourde oreille.

— Dans moins de quinze jours, vous serez rétabli. Vous pourrez même danser aux bals de la haute société. Sans doute en faites-vous partie ?

Smith se racla bizarrement la gorge, comme s'il avait avalé de travers, et Bradford se détourna pour cacher un sourire amusé. Caroline n'en comprit pas la raison, mais elle trouva que cette bonne humeur le rendait presque... séduisant.

Elle dut aussi admettre qu'il n'avait rien d'un dandy et ne ressemblait guère à son ami. Hormis l'élégance de leurs vêtements, ils n'avaient rien de commun : Bradford était aussi sportif et musclé que monsieur Smith ne l'était pas. Des pensées baroques lui traversèrent la tête. Comment se conduisait-il en galante compagnie ? Elle l'imagina en train de courtiser une femme et devint rouge comme une pivoine. De ce fait, Bradford crut que son ami l'avait blessée.

— Il se trouve que nous appartenons, en effet, à la haute société, mais monsieur Smith apprécie plus que moi ces soirées mondaines.

Il n'ajouta pas qu'il s'y rendait rarement, les trouvant assommantes, et changea de sujet.

— Vous rendez visite à votre père ? Cela signifie-t-il que vous vivez aux Colonies avec votre mère ?

Il mourait d'envie d'en savoir un peu plus sur elle, mais il en fut pour ses frais. Caroline ne tenait pas à se livrer. D'une part, son séjour à Londres serait bref, une fois son devoir accompli. D'un autre côté, elle n'était pas venue pour se lier d'amitié avec des Anglais.

— J'ai perdu ma mère quand j'étais enfant, l'on m'a envoyée à Boston et j'ai été élevée par mon oncle et ma tante que j'ai appelée Mama.

Cette réponse évasive irrita Bradford.

— La saison va bientôt commencer, à Londres, elle fera partie de votre aventure, je suppose ?

— Je n'ai jamais envisagé l'aventure sous cet angle, mais je pense que Charity appréciera ces bals, répondit-elle, gênée par son regard insistant.

— La saison ne semble guère vous préoccuper, nota Smith.

— C'est vrai. D'autant plus que les histoires que l'on raconte à son sujet frisent le ridicule. Ainsi, Charity est terrifiée à la perspective de commettre quelque impair qui...

Sa phrase resta en suspens et aiguisa de plus belle la curiosité de Bradford.

— Je suis sûr que tout Londres ne parlera que de vous, décréta monsieur Smith.

— C'est précisément ce que craint Charity. J'agis si rarement de façon convenable que ma conduite risque de soulever des commentaires ! Mama répète sans cesse que je suis une rebelle et je pense qu'elle n'a pas tort.

— Mais non ! Ce n'est pas ce que je voulais dire ! rectifia Smith. Je suis sûr, au contraire, que vous serez adoptée d'emblée par la haute société.

— C'est très aimable à vous de le croire, mais comme, de toute façon, je dois retourner à Boston, peu importe si je plais ou déplais au célèbre Pummer.

— Pummer ? répétèrent-ils en chœur.

— Plummer... ou Brummer... Je ne sais plus.

— Ne s'agirait-il pas plutôt de Brummell ? Beau Brummell ? suggéra Bradford, l'œil brillant de malice.

— Oui, sans doute. Madame Maybury nous l'a décrit avant que nous quittions Boston. Il fait la loi dans la haute société, paraît-il. Mais, bien entendu, vous devez le savoir puisque vous en faites partie.

— Qu'a-t-elle dit d'autre à son sujet ? insista Bradford qui semblait se régaler.

— Eh bien, que, lorsqu'une femme a le malheur de lui déplaire, il ne lui reste plus qu'à entrer au couvent ou à demeurer enfermée chez elle. Sa saison est gâchée. A-t-on jamais vu un homme aussi autoritaire ?

Elle s'était adressée à Bradford et le regretta

aussitôt. En matière d'autorité, il s'y connaissait ! Elle se tourna vers monsieur Smith dont les mimiques désespérées lui suggérèrent que sa douleur était revenue.

— Le pansement est-il trop serré ?

— Non... non... C'est parfait.

— Tant mieux. Cela étant, que ce Brummell m'adopte ou non me laisse indifférente. Je n'attends rien de Londres. En revanche, je ne voudrais pas que ma cousine fût humiliée.

— J'ai le pressentiment que Brummell vous adoptera toutes les deux, déclara Bradford.

— Vous êtes trop belle pour qu'il ne le fasse pas, renchérit Smith.

— La vraie beauté est intérieure, dit Caroline en haussant les épaules.

— Ce sentiment vous honore, dit Bradford, plutôt sceptique. Mais, pour en revenir à Brummell, j'ai entendu dire qu'il s'intéressait surtout à ses pommelés.

— Ses... quoi ?

— Ses chevaux. Je suis prêt à parier que vous n'hésiteriez pas à les abattre au cas où il oserait vous nuire, déclara-t-il d'un ton convaincu.

— Jamais ! Pour qui me prenez-vous ?

Caroline se redressa, souleva la jambe blessée de monsieur Smith et la posa sur le siège avant, à côté de Bradford.

— Bien, il est temps que je parte. Monsieur Smith, je vous laisse ce remède. Faites changer votre pansement tous les jours et ne vous bagarrez plus. Vous avez suffisamment perdu de sang ! Désolée pour vos coussins et vos bottes. Madame Maybury prétend que Brummell nettoie les taches de sang avec du champagne, vous pouvez toujours essayer.

— Et voilà comment l'on divulgue un secret ! s'exclama Smith.

— Si madame Maybury et vous-même le connaissiez, ce n'était plus un secret ! Prenez la relève et veillez sur votre ami, dit-elle à Bradford qui inclina la tête.

Au-dehors, résonna à nouveau la voix perçante de Charity.

— Caroline ! Nous avons retrouvé leur cocher ! Il porte sur le front une bosse de la taille d'un œuf d'autruche, mais il est sain et sauf.

Caroline la rejoignit et s'avança vers Benjamin.

— Nous pouvons repartir, Benjamin.

Le Noir fit un commentaire dans sa langue natale, Caroline se mit à rire et Bradford les regarda s'éloigner. Il descendit de calèche pour les suivre des yeux. Les deux jeunes filles marchaient en tête, suivies de Benjamin qui assurait leur protection.

— Bon sang ! Quelle aventure ! Cette fille vient peut-être des Colonies, mais je m'en suis entiché ! lança son ami en passant la tête par la portière.

— Oublie cela, veux-tu ? Qu'elle vienne ou non des Colonies, je la veux, grommela Bradford.

— Tu risques de t'attirer des ennuis si son

père n'est pas titré. N'oublie pas ta position.

— Tu me désavouerais ?

— Non, je soutiendrai ta cause, elle m'a sauvé la vie.

— Tu n'exagères pas un peu ? dit Bradford en levant un sourcil ironique.

— Pas du tout. Elle n'a pas hésité à voler à mon secours, elle a tiré sur le type qui s'apprêtait à me tuer et en a blessé un autre ensuite.

— Mmmm... A vrai dire, ça ne m'étonne pas. Je voudrais bien savoir pourquoi elle a éludé mes questions.

Un rire narquois salua sa remarque.

— Je commençais à désespérer de te voir te dérider, Bradford. Cette fille y a réussi. Tu ne vas pas t'ennuyer avec elle ! La haute société n'a pas fini de jaser.

Bradford ne répondit pas et continua de fixer la courbe de la route derrière laquelle le trio venait de disparaître.

— Si tu veux mon avis, Bradford, rien n'est joué, mais je t'envie de relever le pari. Et maintenant, verrais-tu un inconvénient à t'occuper de mes bottes ?

Le duc de Bradford ignora tout d'abord sa requête, puis, se tournant vers son ami, il éclata de rire.

— Dis-moi, Beau Brummell, oseras-tu la rejeter de la haute société ?

2

Par mesure de prudence, Benjamin s'était assis près du cocher, afin que celui-ci ne puisse déserter son poste une seconde fois.

Assises face à face à l'intérieur du fiacre, Caroline et Charity se laissaient aller à un silence reposant.

Caroline adorait sa cousine, mais c'était bon de ne plus entendre son babillage. Généralement, elle se montrait moins excitée et il était évident que parler à tort et à travers l'avait soulagée de la tension nerveuse causée par cet incident. Dire tout haut ce qu'elle pensait tout bas était, malgré tout, dans ses habitudes. Comme le disait sa mère, elle divulguait les nouvelles bien avant qu'on ne les lise dans le journal de Boston.

Plus réservée, Caroline se confiait difficilement. Elle préférait régler seule ses problèmes personnels.

Au bout d'un moment, Charity se mit à chiffonner fébrilement ses malheureux gants roses.

— Caroline, maintenant que nous voici en Angleterre, je compte sur toi pour établir un plan et me dire comment m'y prendre.

— Nous en avons déjà discuté, Charity. Mon avis va à l'encontre de tes désirs, mais, par pitié, cesse de te tourmenter ! Tu vas te rider avant l'âge ! Je t'aiderai, tu le sais, mais en revanche, tu dois me promettre de rester prudente.

— Prudente ! Le mot est lâché ! Si seulement j'avais ton assurance, Lynnie, dit-elle en lui rendant le surnom de leur enfance. J'envie ton calme, mais que faire si je découvre qu'il est marié ?

L'énorme soupir qui conclut sa déclaration amusa Caroline. Sa cousine avait l'art de tout dramatiser. La sermonner ne servirait qu'à attiser ses pleurs. La journée avait été suffisamment épuisante pour ne pas en rajouter.

La plupart des hommes étaient des misérables, excepté pour Charity. Comment une fille aussi gentille avait-elle pu s'amouracher d'un Anglais ? Voilà qui dépassait l'entendement. Ce n'était pourtant pas les soupirants qui lui manquaient à Boston.

Charity avait rencontré Paul Bleachley dans des circonstances peu banales et dignes d'elle ! Elle faisait des courses dans Chesnut Street, lorsque, brusquement, elle lui était littéralement tombée dans les bras, ne portant pas ses lunettes ce jour-là. Le coup de foudre !

Paul Bleachley était en visite à Boston et

leurs relations avaient duré près de six semaines. Puis, un beau jour, il s'était envolé.

Naïve, Charity s'obstinait à croire en la sincérité de ses sentiments.

Caroline avait des doutes et ils étaient fondés. Pas un membre de la famille n'avait rencontré cet homme. Chaque fois qu'il avait été invité à dîner, une affaire urgente l'avait retenu à la dernière minute. Selon les informations qu'elle avait pu recueillir, leurs relations ne connaissaient pas davantage les cousins qu'il prétendait être venu voir à Boston.

Enfin, la disparition de Paul Bleachley coïncidait étrangement avec l'explosion qui avait eu lieu dans le port. Deux bateaux anglais et trois vaisseaux américains avaient été détruits. Y avait-il un lien entre ce désastre et le départ subit de Bleachley ? Était-ce un simple hasard ? Un accident ? Pourquoi, dans ce cas, avait-il fui sa cousine ?

Dans la famille, on était persuadé que Charity ne tarderait pas à l'oublier. Ce ne fut pourtant pas le cas. Submergée par le chagrin, la jeune fille finit par admettre que son soupirant l'avait abandonnée, mais elle réussit également à convaincre Caroline qu'elle n'aurait de cesse de découvrir les causes de cet abandon.

— Je devrais avoir honte de moi, soupira Charity. Je gémis et j'en oublie tes problèmes.

— Je n'en ai aucun.

— Allons donc ! Tu ne me feras jamais croire que tu n'es pas anxieuse ! Tu n'as pas revu ton père depuis quatorze ans, il a bouleversé ton existence, et tu réagirais comme si de rien n'était ?

— Gémir sur le passé ne servirait à rien, Charity !

— Ce n'est pas une raison pour vivre derrière un masque, comme tu le fais depuis le jour où nous avons reçu la lettre de ton père exigeant ton retour à Londres ! Moi, je lui en veux ! Désormais, tu es des nôtres et tu ne lui dois rien. D'ailleurs, tu ne t'en souviens même pas !

Caroline revit la scène qui s'était déroulée à Boston. Ce matin-là, elles revenaient d'une promenade à cheval. La famille les attendait de pied ferme. Indignée, Mama avait brandi la lettre de son beau-frère. N'avait-elle pas élevé Caroline comme sa propre fille depuis quatorze ans ? Oncle Henry s'était montré moins virulent et il avait révélé à Caroline que son père désirait la voir rentrer en Angleterre.

— Y tient-il seulement autant qu'il le prétend ? reprit Charity.

— Oui, et tu le sais très bien. Chaque fois qu'il évoquait nos futures retrouvailles, ta mère s'empressait de lui souligner ma santé délicate ! Toutes les maladies y sont passées, à l'exception de la peste ! Et encore, parce qu'elle n'y a sûrement pas songé.

— Désolée, mais je maintiens qu'il ne tenait pas à toi. Sinon, pourquoi t'avoir envoyée chez nous ?

— Ce n'était que provisoire. J'ignore ses raisons. Après la mort de maman, peut-être a-t-il pensé qu'il ne réussirait pas à bien s'occuper de moi ?

— Un comte peut s'offrir les services d'une nurse. Je ne comprends rien à ce revirement soudain.

— Moi non plus, avoua Caroline.

— Te souviens-tu de ta petite enfance ? Mes premiers souvenirs à moi remontent au jour où je suis tombée du grenier, je devais avoir six ans.

— Je n'ai d'autres souvenirs que ceux de Boston, répondit Caroline, un poids étrange sur la poitrine.

— Comment peux-tu n'éprouver aucune rancune ? Inutile de me regarder de travers, Caroline ! Ton père t'a rejetée pendant quatorze ans sans se soucier de tes sentiments !

— Je préfère croire qu'il a pensé agir pour le mieux.

— Ton départ a rendu James furieux ! lança Charity, évoquant son frère aîné.

— Je le sais. Je sais aussi que j'ai une dette envers ta famille, mais que haine et colère n'y changeront rien, sauf de gâcher nos retrouvailles.

— Ta soumission est incompréhensible, continua Charity, refusant d'en démordre. Tu as bien un projet en tête ? Tu en as toujours un en réserve !

— Oui. Passer un an près de mon père pour le connaître et l'aimer. Je lui dois bien cela. Après, je rentrerai à Boston.

— Si, toutefois, il y consent !

— Cesse de me décourager, veux-tu ?

— C'est plus fort que moi ! Par tous les saints ! Pourvu qu'il n'essaie pas de te marier durant ton séjour en Angleterre !

— Ce serait malhonnête. Il n'envisage sûrement pas une telle chose.

— De toute façon, James a déclaré à Luke et à Justin qu'il viendrait te chercher à Londres si tu n'étais pas de retour avant six mois.

— Oui, je l'ai entendu. Même le petit George, d'habitude si timide, a renchéri. Tes frères me sont très attachés.

Elle avait aussi bénéficié de leur influence. La vivacité de James, la timidité de George, l'honnêteté de Justin et l'humour de Luke. On ne s'ennuyait pas avec eux !

— Nous aurions dû écrire à ton père pour lui fixer la date de notre arrivée, et attendre sa réponse avant de quitter Boston.

— Tu as la mémoire courte, Charity ! A peine ta mère t'a-t-elle permis de m'accompagner que tu m'as harcelée pour que nous partions au plus tôt.

— Par esprit de contradiction, histoire de faire pester James. Dis-moi... Que penses-tu de cet homme qui se trouvait avec ton blessé ? J'ai rarement vu quelqu'un d'aussi séduisant.

— Il est loin de l'être ! protesta trop vivement Caroline.

Charity lui décocha un regard amusé.

— Tu plaisantes ? Même sans mes lunettes, j'ai pu constater qu'il était exceptionnel.

— Autoritaire, arrogant, prétentieux aussi !

Peu importe ! Nous ne le reverrons jamais.

— Il a de magnifiques yeux bleus.

— Ils sont noirs, pailletés d'or, rectifia Caroline en tombant dans le piège.

— Je le sais aussi bien que toi ! dit Charity en éclatant de rire. Allons, avoue que tu l'as trouvé très beau. Toutefois, il m'a semblé un peu intimidant, il s'est montré tellement...

— Péremptoire ! Il s'appelle Bradford et je n'ai aucune envie de parler de lui. As-tu retrouvé le verre de tes lunettes ?

— Oui. Benjamin a promis de me le réparer en arrivant chez ton père. Ce dénommé Bradford ne doit pas avoir un caractère facile.

— Tu ne pourrais pas l'oublier un peu ?

— Je voulais seulement dire qu'il n'a pas l'air du genre à se laisser mener en bateau, comme tu l'as fait avec Clarence.

— Je n'ai rien fait du tout, nous étions juste des amis.

— Toi, peut-être, mais certainement pas lui. Il fallait voir comment il te suivait pas à pas. Si tu veux mon avis, il n'avait pas assez de personnalité pour toi. Tu as besoin d'un homme fort. Même James partage mon opinion.

— Tu dis n'importe quoi ! grommela Caroline, étonnée cependant par la justesse de ces propos.

— J'ai remarqué la façon dont ce Bradford te regardait. Crois-moi, il n'a pas fini de te poursuivre ! Quant à toi, tu n'es pas si indépendante que tu veux bien le dire. Tu changeras, tu verras ! C'est inévitable quand on tombe amoureuse d'un homme pareil ! Aimer un Anglais va contrecarrer ton projet de revenir à Boston.

Renonçant à discuter davantage, Caroline ferma les yeux. Elle tombait de sommeil. Le voyage de Boston à Londres avait été interminable. Par chance, elle avait le pied marin, ce qui n'était pas le cas de Charity ni de Benjamin. Durant toute la traversée, elle les avait aidés à surmonter leur mal de mer.

La nuit dernière, avant de débarquer, ils avaient envoyé un message au comte de Braxton et passé la nuit à bord. Pour comble de malchance, le messager était revenu dans la matinée les avertir que le comte se trouvait encore dans sa propriété de campagne, à trois heures de cheval de Londres. Caroline eût préféré s'installer dans l'hôtel particulier de son père, mais Charity, toujours impatiente, avait insisté pour louer un fiacre et aller rejoindre le comte dans son domaine. A présent, plus éreintées que jamais, il ne leur restait plus qu'à rentrer à Londres et à l'y attendre.

Éreintée, Charity ne l'était sûrement pas. Penchée à la portière, elle gesticulait. L'attelage s'était arrêté.

— Caroline ! Nous voici enfin arrivés ! Je savais bien que cette maison serait magnifique ! Elle est digne d'un comte ! Comment te sens-tu ? Nerveuse ?

... Exaspérée, plutôt, par cette vigueur qu'elle n'avait pas !

— Pourquoi serais-je nerveuse ? Mon père n'est pas encore là.

La maison était imposante, avec ses trois étages et ses murs en brique rouge. De lourdes draperies couleur ivoire, richement décorées, tombaient en plis souples derrière les vitres des larges fenêtres. Trois marches menaient au perron. La porte d'entrée, de la même couleur que les rideaux, était munie d'un énorme heurtoir noir et or.

Caroline eut à peine le temps de reposer le heurtoir. La porte s'ouvrait. Le maître d'hôtel se révéla aussi imposant que la demeure. Tout de noir vêtu, y compris sa cravate, il demeura impassible jusqu'à ce que Caroline eût décliné son identité. Son visage s'éclaira alors d'un sourire et il s'effaça pour les laisser entrer.

Deighton leur souhaita la bienvenue, non sans avoir fièrement souligné qu'il était le bras droit du comte. Il l'avait précédé pour rouvrir la maison et veiller au travail des domestiques. Son maître était attendu en fin de journée. Ainsi donc, ils avaient failli se croiser sur la route !

Aussi affairés qu'un essaim d'abeilles, les serviteurs couraient d'une pièce à l'autre, armés de balais et de seaux d'eau. Un quart d'heure plus tard, deux femmes de chambre avaient déjà déballé leurs affaires et Caroline put ainsi juger de l'efficacité de Deighton.

Deux chambres contiguës furent attribuées à Caroline et à Charity, et Benjamin fut installé au dernier étage. Tandis que sa cousine achevait de ranger ses petits trésors, Caroline décida de visiter la maison. Sa fatigue s'était envolée. Son père n'allait pas tarder à arriver. Oui, elle était énervée ! Se montrerait-il aussi affectueux que dans ses lettres ? Serait-il agréablement surpris ou déçu en revoyant sa fille ? L'aimerait-il ? Et, plus important encore, l'aimerait-elle ?

Elle commença par la bibliothèque, magnifique mais assez austère. Il y régnait un ordre parfait qui lui conférait un aspect glacial. Était-elle à l'image du comte ?

A gauche dans le hall, le salon n'était guère plus accueillant. Le mobilier ivoire, jaune pâle et or, s'harmonisait parfaitement avec la pièce, mais sans aucune chaleur. Caroline imagina ses cousins assis sur le sofa en vêtement de travail et en bottes ! Juste en face, se trouvait la salle à manger. Une immense table d'acajou massif et douze chaises occupaient le centre de la pièce. De délicats gobelets de cristal ciselés et incrustés de nacre s'alignaient sur le buffet adossé au mur. Ces pièces respiraient l'opulence, mais tout cela était froid. Son père venait-il souvent ici... ?

Au fond du hall, elle découvrit un bureau. Celui du comte, sans doute. Elle fut agréablement surprise par les meubles et objets hétéroclites disposés çà et là. Sur le seuil de la porte, elle hésita. Avait-elle le droit de violer l'intimité de ce sanctuaire ? Une superbe table de travail et deux fauteuils de cuir attirèrent son attention et elle entra.

Les fenêtres donnaient sur un jardin intérieur. Deux murs étaient cachés par des rayonnages de livres, mais le troisième la laissa bouche bée... Du haut en bas, il était entièrement recouvert par des dessins enfantins qu'elle reconnut immédiatement. Ses premiers dessins ! Ils étaient tous là, soigneusement classés par année. Tous les membres de sa famille y figuraient, entourés d'arbres, d'oiseaux et de fleurs grossièrement dessinés.

Au centre, se trouvait l'un des premiers, exécuté à Boston. Elle devait avoir six ans. Toute la famille y figurait, y compris son père, un peu à l'écart des autres. Visages et troncs étaient représentés par deux cercles, tous souriaient avec des dents proéminentes !

Tante Mary avait dû l'envoyer à son beau-frère. Le seul fait que son père l'eût conservé l'étonna et lui réchauffa le cœur. Caroline s'appuya contre le bureau et contempla ces dessins. Pendant quelques années, son père y avait eu une place, puis, au fil du temps, il en avait disparu... Malgré tout, il les avait conservés, partageant ainsi sa jeunesse. Cette pensée l'émut et la plongea dans la confusion.

Pourquoi l'avoir envoyée si loin s'il l'aimait tellement ? Il aurait dû prévoir que son oncle, sa tante, ses cousins prendraient dans son cœur la place de ses parents et deviendraient sa seule famille. Puis la honte l'envahit. Il avait fait ce sacrifice pour son bien. Mama le lui avait répété une bonne centaine de fois en lui expliquant que le comte était heureux de la savoir parmi eux. Mais pour quelle raison avait-il choisi ce frère cadet qui vivait sur un autre continent ? Pourquoi n'avoir pas songé que son amour eût été suffisant à la combler ? Mon Dieu... Que lui avait-elle donné en échange ? Combien de fois avait-elle trouvé difficile de prendre quelques minutes de son temps pour lui écrire ? Et aujourd'hui, n'avait-elle pas projeté de vivre à nouveau à Boston ?

Navrée, Caroline dut reconnaître son égoïsme.

Ses yeux s'emplirent de larmes et elle regretta d'avoir vu ces dessins.

Elle quitta la pièce, courut jusqu'à sa chambre, se jeta sur son lit et essaya de raisonner logiquement. Comment aurait-elle pu agir autrement ? Elle n'était qu'un bébé lorsqu'elle avait été déracinée. Mais son cœur continua de saigner parce que, tout au long du voyage, elle avait joué les héroïnes alors que la vérité était tout autre.

Que faire ? Elle ne savait pas. Terrassée par la fatigue, elle sombra dans le sommeil.

Caroline aurait sûrement dormi d'une traite jusqu'au petit matin, mais, au beau milieu de la nuit, la porte grinça. A demi réveillée, elle aperçut, entre ses paupières baissées, un vieil homme sur le seuil de la chambre. Il était la copie conforme de son oncle, en plus âgé.

Il se dirigea lentement vers le lit. Son visage était couvert de larmes et Caroline comprit que c'était son père.

Tendrement, il se pencha pour remonter la couverture sur elle, des mains tremblantes effleurèrent ses joues et il murmura, d'une voix pleine d'amour :

— Bienvenue à la maison, ma fille.

Puis il se baissa pour déposer un baiser sur son front avant de se diriger lentement vers la porte. Il laissait derrière lui une odeur de tabac et d'épices qui, d'un seul coup, éveilla en elle des souvenirs confus.

Caroline ouvrit alors brusquement les yeux et essaya d'associer ce parfum aux images floues qui lui traversaient l'esprit. Hélas ! semblables aux papillons qu'elle pourchassait étant enfant, ces images s'envolèrent sans laisser de trace.

Mais, à cette fragrance, s'ajouta un sentiment d'amour et de paix. Lorsque la main de son père tourna la poignée, elle ne put retenir plus longtemps les mots qui lui montaient tout naturellement aux lèvres :

— Bonne nuit, papa.

Elle eut aussi la sensation qu'il manquait encore un détail important à ce rituel appartenant au passé, et elle ajouta :

— Je t'aime, papa.

Satisfaite, Caroline referma les yeux et laissa les fantômes s'envoler comme des lucioles.

Elle était de retour à la maison.

3

Le duc de Bradford vivait un enfer. Deux magnifiques yeux bleus l'obsédaient. Ému par son innocence, charmé par son sourire, il avait surtout été séduit par la force de caractère de Caroline. Cynique de nature, il avait des idées préconçues sur les femmes. Aucune ne l'avait attiré jusqu'à présent. Maintenant, chaque fois qu'il évoquait cette jeune personne pointant sur lui son pistolet, il ne pouvait s'empêcher de sourire. Aujourd'hui, hélas ! son sourire avait disparu.

A la fin de cette journée épique, il avait installé Brummell dans ses appartements et l'avait abandonné aux bons soins de ses serviteurs. De retour à Londres, il avait commencé à mener son enquête. Caroline était venue voir son père, mais qui était-il ? A en juger par ses propos sur la haute société, il devait tenir un certain rang à Londres. Peut-être possédait-il un titre ? La petite cousine avait évoqué un hôtel particulier et une propriété à la campagne, donc il regagnerait Londres pour la saison.

Il s'était juré qu'un jour suffirait pour obtenir toutes les réponses. Quatre jours plus tard, il n'était pas plus avancé. Il manquait d'indices. Frustré, il sentit son humeur virer au noir. Henderson, son majordome, soupçonna un événement tout à fait exceptionnel.

Henderson avait servi le père de Bradford pendant dix ans. Lorsque le duc et son fils aîné avaient trouvé la mort dans un accident de calèche, Henderson avait reporté son dévouement sur le jeune duc. Depuis cinq ans qu'il le servait, il avait abandonné tout espoir de le voir s'amuser, car il savait ce qui avait définitivement effacé toute gaieté chez Bradford.

Aussi éprouva-t-il un certain soulagement en voyant surgir le meilleur ami du duc, William Franklin Summers, comte de Milford. En escortant le comte jusqu'à la bibliothèque, il se dit que cette visite allait peut-être ramener la bonne humeur de son maître. Milford était son plus proche ami. Ils se connaissaient depuis l'enfance, et Henderson se souvenait encore de l'époque où tous deux étaient de joyeux lurons.

— Pourquoi faites-vous cette tête, Henderson ? demanda Milford, avec son large sourire. Brad vous donne-t-il du fil à retordre ?

— Bien que j'ignore les pensées de Sa Grâce, je sens que quelque chose le rend malheureux. Vous remarquerez sûrement un changement subtil dans son humeur.

Subtil, le mot était faible ! Un seul coup d'œil sur son ami suffit à lui confirmer que ce brave

Henderson était un fin psychologue. Bradford, affalé sur son bureau, les cheveux en bataille, le visage mal rasé, les vêtements fripés, était en train d'inscrire une adresse sur une enveloppe qui sans doute irait rejoindre la pile qui s'entassait devant lui. Un désordre indescriptible régnait dans le bureau et il ne leva même pas la tête en entendant arriver son ami.

— Milford, j'en ai pour une minute, en attendant, sers-toi à boire.

Milford déclina l'offre, se laissa choir dans le fauteuil en face de lui, allongea ses jambes et posa négligemment ses bottes sur le bureau.

— Brad, tu écris à toute l'Angleterre ?

Bradford lâcha un juron et continua d'écrire.

— Depuis combien de jours n'as-tu pas dormi ? reprit Milford sans se départir de son sourire ironique.

— C'est exact, je ne dors plus.

Et, se renversant enfin sur son siège, Bradford posa à son tour ses pieds sur le bureau.

Bradford hésita, puis finit par raconter en détail comment il avait rencontré Caroline. Il se garda de donner des précisions sur la blessure de Beau Brummell, mais s'étendit naïvement sur la beauté de ces yeux violets qu'il recherchait en vain dans tout Londres.

Tout d'abord sérieux, Milford céda au fou rire qui le gagnait. Il avait cru au pire et voilà que ce célibataire endurci était tombé amoureux !

— L'as-tu seulement cherchée au bon endroit ? Ainsi, elle pense vraiment que les Colonies sont plus civilisées que Londres ?

Bradford balaya cette question d'un revers de la main.

— Que veux-tu dire par le bon endroit ? Elle se rendait chez son père, je n'ai pas d'autre piste.

— La plupart de nos amis n'ont pas encore regagné Londres, cela réduit les pistes à explorer. Mais, reprends-toi, mon vieux, elle sera sûrement invitée à la soirée des Ashford.

— Elle n'attend rien de cette saison, ce sont ses propres paroles.

— Bizarre.

— Cela n'a rien de bizarre. Moi non plus, je n'en attends rien !

Milford avait du mal à garder son sérieux. Voici des lustres qu'il n'avait pas vu son ami dans un tel état.

— Je me suis mal exprimé, Brad. C'est toi que je trouve bizarre ! Je ne t'ai jamais vu dans cet état ! C'est savoureux. Et tout cela, pour qui ? Pour une lady qui arrive tout droit des Colonies !

Incapable de se contenir plus longtemps, il s'abandonna à nouveau au fou rire, tandis que Bradford se renfrognait.

— Tu te payes ma tête, avoue-le !

— C'est un fait, avoua Milford. Il n'y a pas deux ans, tu me disais encore qu'il fallait être fou pour livrer son cœur à une femme.

— Qui te dit que je compte livrer quoi que ce soit ? Je suis intrigué, rien de plus. Écoute, Milford, tu commences à m'énerver.

— Du calme, mon vieux, je ne tiens qu'à

t'aider. Pour commencer, tu devrais orienter tes recherches dans les maisons de couture. Puisqu'elle vient des Colonies, son premier soin sera de renouveler sa garde-robe selon la dernière mode.

— Tiens, c'est logique... Comment n'y ai-je pas songé ?

— Parce que tu n'as pas, comme moi, trois jeunes sœurs.

— J'ai fini par les oublier à force de ne plus les voir !

— Elles te fuient, mon cher. Tu sèmes la panique, que veux-tu ! Mais je peux t'assurer que la mode fascine toutes les femmes, y compris mes sœurs. Écoute, Brad, voici des siècles que je ne t'ai vu fréquenter de gentilles jeunes filles. C'est plutôt dramatique.

Bradford ne répondit pas tout de suite, en proie à des pensées contradictoires. Se remettre en question n'était pas son fort, il y renonça.

— Ce n'était que temporaire. Mais, si je la revois, je te jure que ma conduite changera.

Milford n'en crut pas un mot, mais puisque Brad en était convaincu, il était inutile de briser ses espoirs. Il se leva et, laissant son ami finir son volumineux courrier, il descendit l'escalier en sifflotant, allongea une tape amicale sur l'épaule d'Henderson qui écarquilla les yeux, et il s'en alla.

Quoi qu'il en fût, Milford était impatient de rencontrer cette magicienne en provenance des Colonies ! La seule femme qui ait réussi ce qu'aucune n'avait pu faire depuis cinq ans. Cette lady nommée Caroline était sans doute à mille lieues de se douter qu'elle avait ramené Bradford à la vie. Un vrai miracle !

Ne serait-ce que pour cela, le comte de Milford l'aimait déjà.

Lorsque Caroline Richmond ouvrit les yeux, un sentiment de bien-être l'inonda. Elle avait dû dormir longtemps, le soleil était déjà haut dans le ciel.

Elle enfila une robe mauve très simple et rassembla ses cheveux qu'elle noua avec un ruban blanc. Charity dormait encore. Des bruits de pas lui révélèrent qu'à l'étage au-dessus Benjamin se levait à son tour.

Elle descendit au rez-de-chaussée avec l'intention d'attendre son père dans la salle à manger, mais il s'y trouvait déjà, assis au bout de la longue table, une tasse de thé dans une main, une lettre dans l'autre.

Il ne l'avait pas vue et elle se tint immobile sur le seuil de la porte.

Sa ressemblance avec son frère lui donna l'impression qu'elle avait deux pères. L'un l'avait élevée avec amour, l'autre ne demandait sans doute qu'à être aimé. Tel fut son sentiment.

Se sentant observé, le comte releva la tête, et une lueur affectueuse brilla dans ses yeux noisette. Caroline sourit.

— Bonjour, père, as-tu bien dormi ? demanda-t-elle avec tendresse.

La tasse de thé s'inclina dangereusement, son contenu se renversa sur la table sans que le comte s'en soucie et ses yeux se mouillèrent de larmes. Ils étaient tous les deux très émus. La feuille qu'il tenait entre ses doigts glissa et Caroline s'avança pour la ramasser, essayant de cacher son émotion. Mais, lorsqu'elle fut près de son père, elle ne put s'empêcher de poser un baiser sur sa joue. Il se leva alors pour la prendre dans ses bras et la serrer contre lui.

— Tu n'es pas trop déçu ? balbutia-t-elle. Suis-je telle que tu l'imaginais ?

— Tu es la réplique exacte de ta mère, Dieu ait son âme ! Je suis si fier de toi.

— Vraiment, je lui ressemble ? demanda-t-elle lorsqu'il relâcha son étreinte.

— Oh oui ! Laisse-moi encore te regarder.

Caroline pivota gracieusement sur ses talons et se prêta de bonne grâce à cette inspection.

— Tu es ravissante, ma chérie. Assieds-toi maintenant. Je ne voudrais pas que tu te fatigues, et que tu retombes malade.

Caroline s'assit sur la chaise qu'il avançait à son intention.

— Écoute, père, il y a quelque chose que tu dois savoir. C'est un peu délicat, mais nous devons être honnêtes l'un envers l'autre. Lorsque j'ai vu les dessins que tu as conservés, j'ai pensé devoir te dire que... enfin...

— Essayes-tu de me faire comprendre que tu as une santé de fer ? demanda-t-il, les yeux pétillants de malice.

— Oui... Je ne suis jamais tombée malade de toute ma vie. Je suis navrée, père.

Il éclata de rire.

— De quoi es-tu navrée ? De n'avoir jamais été malade ou du tour que ta tante m'a joué ?

— J'ai honte, mais vois-tu, j'étais si...

— Heureuse ?

— Oui, c'est exact. Et puis, j'ai vécu si longtemps dans la famille de ton frère que tante Mary est devenue ma mère et mes cousins, mes frères et sœur. Je savais que tu étais mon vrai père mais, dans ma tête, j'en ai conclu que tu étais satisfait de cet arrangement.

— Je comprends, Caroline. J'ai attendu trop longtemps avant de réclamer ton retour. Seulement voilà, j'avais mes raisons. Ce n'est pas le moment d'en discuter. Tu es là et c'est tout ce qui compte.

— Crois-tu que nous ferons bon ménage, toi et moi ?

Une expression de surprise se peignit sur le visage du comte.

— Oui, bien sûr, du moins je l'espère. Et, maintenant, donne-moi des nouvelles de mon frère et des siens. J'ai appris que Charity était ici. Est-elle vraiment la grosse peluche que se plaît à dépeindre Mary dans ses lettres ?

Caroline se mit à rire.

— Grosse, certainement pas. Charity est petite, mince et blonde. Elle remplit toutes les conditions pour être acceptée par la haute société.

— Je crains de n'être plus du tout au courant des derniers usages, avoua-t-il.

Puis son sourire s'effaça et il ajouta, un peu inquiet :

— Tu as raison. Soyons francs l'un envers l'autre. Moi aussi, j'ai menti dans mes lettres.

— A quel sujet ?

— La vérité est que, depuis ton départ pour Boston, je n'ai assisté à aucune réunion mondaine. Je crains que l'on ne me considère désormais comme un ours.

— Mais, voyons, tu n'as pas pu inventer toutes ces descriptions des bals et les potins que tu rapportais dans tes lettres ?

— Je les tenais de mon ami Ludman. C'est lui qui m'a permis d'alimenter mon courrier, avoua-t-il avec une grimace.

— Mais pourquoi, père ? Tu n'apprécies donc plus les soirées ?

— Je ne vais pas t'ennuyer à en énumérer les raisons. Tout ce que je puis te dire, c'est que le marquis d'Aismond, le frère aîné de ta mère, ne m'adresse plus la parole depuis quatorze ans. Il adore les bavardages, mais pas moi. Bon, c'est assez à présent.

Caroline était beaucoup trop intriguée pour en rester là.

— Quatorze ans ! C'est-à-dire tout le temps où je suis restée absente ?

— Oui. Le marquis s'est montré furieux de ton départ. Il a publiquement annoncé qu'il ne me parlerait plus avant ton retour en Angleterre. La vérité est qu'il ignore les raisons pour lesquelles je t'ai envoyée au loin. Je me suis bien gardé de les lui donner. Il est beaucoup trop bavard.

— Encore une question, père, insista Caroline, perplexe. Ensuite, nous parlerons d'autre chose.

— Que veux-tu savoir ? demanda-t-il avec un sourire qui ne faisait que rendre sa question plus délicate.

— Pourquoi m'as-tu envoyée aux Colonies ? Mama... Enfin, tante Mary m'a dit que tu étais trop bouleversé pour t'occuper de moi après la mort de ma vraie mère. Elle prétend que tu n'as pensé qu'à mon bien-être, jugeant que je serais mieux parmi eux. Est-ce la vérité ?

Elle s'en tint là. Il y aurait eu trop à dire. Son père avait-il souffert de son absence ? Une brouille familiale était-elle à l'origine de son exil ? Avait-elle été éloignée pour punir le marquis, mais de quoi ? Tout était si énigmatique : les dessins accrochés au mur et pieusement conservés ; ce retour subit ; la sauvagerie de son père pendant quatorze ans. Le verdict de tante Mary devenait trop simple. Caroline n'était plus une enfant, mais une adulte. Elle pouvait comprendre pour peu qu'il lui expliquât.

— Fais-moi confiance, Caroline. J'ai agi pour le mieux, et je te promets qu'un jour tu sauras tout, conclut son père d'une voix ferme, mettant fin à cette discussion.

Il se racla la gorge et changea délibérément de sujet.

— Tu dois mourir de faim ! Marie ! jeta-t-il

par-dessus son épaule, apportez-nous de quoi nous restaurer, ainsi qu'une autre théière.

— Je n'ai pas vraiment faim, avoua Caroline. L'excitation m'a coupé l'appétit.

— C'est normal. Marie est ma nouvelle cuisinière, la troisième que j'engage depuis le début de l'année. Trouver de bons serviteurs devient difficile.

Ces problèmes domestiques laissaient Caroline indifférente, mais puisque son père ne tenait pas à répondre à ses questions, elle le laissa mener la conversation.

Le petit déjeuner s'acheva, elle y avait à peine touché. Les remarques du comte étaient justifiées : les biscuits étaient suffisamment rassis pour se casser une dent, le poisson était brûlé, le thé tiède et la confiture ne devait pas être de première fraîcheur, à en juger par la poussière qui recouvrait le pot. Tout en suivant son père dans la bibliothèque, elle songea à en toucher deux mots à Benjamin. Il adorait mijoter des petits plats et pourrait se montrer précieux aux cuisines.

Son père s'était planté devant les dessins et non sans fierté il lui désigna les dates inscrites au dos de chaque feuille.

— Ainsi, souligna-t-il, j'ai pu suivre tes progrès.

— Comme en témoignent ces chefs-d'œuvre, dit-elle en riant, je n'ai guère de talent pour le dessin.

— Tu en as pour les langues étrangères, m'a écrit Henry. Tu as une excellente oreille, paraît-il.

— Et un accent déplorable. Mais la famille affirme que je chante assez juste et que je joue convenablement de l'épinette. Je les soupçonne cependant de manquer d'objectivité.

— J'apprécie ta modestie, dit-il gaiement. Toutefois, ne sois pas trop dure envers toi.

Il s'assit dans son fauteuil et invita sa fille à prendre place devant lui.

— Et maintenant, parle-moi de Charity. Comment se fait-il qu'Henry l'ait autorisée à t'accompagner ? J'en suis enchanté, mais surpris, je l'avoue.

Caroline lui en donna les raisons, lui expliquant que tous avaient été troublés par la subite disparition de Paul Bleachley.

— As-tu jamais entendu parler de lui, père ?

— Non. Mais c'est normal, étant donné que je mène une vie de reclus.

— Deighton prétend pourtant que tu es rentré à Londres pour l'ouverture de la saison.

— Deighton est têtu. Il insiste toujours pour rouvrir cette maison et, à cette époque de l'année, il n'a pas tort. Ma propriété à la campagne est trop humide en hiver. Donc, je passe habituellement cette saison à Londres. Mais, aujourd'hui, j'en suis heureux, parce que j'ai ma fille à mes côtés. Je vais reprendre ma place dans le monde et toi, Caroline, tu vas faire sensation !

— Tu songes au marquis ?

— Il sera bien sûr ravi de revoir la fille de sa sœur. Mais je pensais surtout à tous ces jeunes daims et à l'admiration que tu vas soulever. Ta mère aurait été fière de toi.

— Comment l'as-tu connue, père ? J'en suis peinée, mais je ne garde aucun souvenir d'elle. Tante Mary m'a dit combien elle était adorable.

Une lueur de tristesse traversa le regard du comte de Braxton et un tendre sourire effleura ses lèvres.

— Oui, Caroline, ta mère était merveilleuse.

Il prit sa main dans la sienne et lui raconta la rencontre qui avait bouleversé sa vie.

— Elle t'adorait, Caroline. Je me souviendrai toujours de ta naissance. Je voulais un garçon, aussi n'avais-je choisi aucun prénom pour une fille. Quand tu es née, elle en riait tellement que des larmes coulaient sur ses joues. Elle avait eu l'impression de me jouer un bon tour !

— Tu as été déçu ?

Caroline prêchait le faux pour savoir le vrai. Elle était redevenue la petite fille qui aimait tant les histoires qu'on lui racontait avant de dormir. Celle de sa propre vie la ravissait encore plus.

— J'étais aussi content que ta mère, dit-il en lâchant sa main pour prendre un mouchoir et se tamponner les yeux. Bien, passons maintenant à l'essentiel, reprit-il en se raclant la gorge. Ta cousine et toi, vous avez besoin d'une nouvelle garde-robe. Vous ferez votre entrée au bal que le duc d'Ashford donne tous les ans. Ce vieux bandit ne manque jamais de m'envoyer une invitation et il va éprouver un choc en recevant ma réponse.

Il se réjouissait déjà en imaginant la tête que ferait Ashford en le voyant arriver, sa superbe fille à son bras.

Il se frottait les mains de bonheur et son enthousiasme faisait plaisir à voir.

Caroline se promit de ne pas le décevoir. Elle ferait tout pour lui faire honneur. C'était un pari, mais elle saurait maîtriser son caractère parfois un peu trop entier, et donner le meilleur d'elle-même.

Elle passa la matinée à l'écouter relater les principaux événements de ces dernières années. Il évoquait plus facilement l'Angleterre que sa propre existence, et Caroline se rendit compte à quel point il avait mené une vie triste et solitaire. Son cœur se serra. En était-il vraiment responsable ?

Elle éprouva la conviction qu'il lui cachait les vraies raisons de leur séparation, et se promit de les découvrir en leur temps, lorsqu'il lui accorderait sa confiance.

Mais, plus important encore, Caroline comprit qu'elle ne pourrait tenir la promesse faite à sa famille de Boston. Un serment d'enfant en colère ! A présent, elle affrontait une autre vérité. Sa place était aux côtés de son père. Elle ne retournerait pas à Boston. Son avenir était ici.

4

Sans son sens de l'humour, Caroline eût sombré dans le désespoir. A l'inverse de Charity, qui vivait un conte de fées, les séances chez madame Newcott, spécialiste de haute couture, étaient un véritable supplice.

Tant dans le choix des tissus que dans celui des modèles, madame Newcott avait toujours le dernier mot.

A l'instant, elle affirmait que le rose et le jaune pâle mettraient en valeur la petite taille de Charity, et elle s'élevait catégoriquement contre les manchettes et jabots qui eussent alourdi sa jolie silhouette. Charity était aux anges.

Quant à Caroline, après avoir été drapée successivement de bleu, d'ivoire et de lavande, elle essayait à présent une robe du soir jaune pâle dont le décolleté impudique l'incita à demander l'avis de sa cousine.

— Maman jetterait sûrement un châle sur tes épaules et papa t'interdirait de sortir de la maison. Mon oncle n'aura qu'à se munir d'une canne pour écarter les soupirants lorsque tu la porteras en public, répondit-elle avec une grimace ironique.

— A force d'être piquée et pincée, je vais finir par ne « porter » que des bleus ! rétorqua Caroline.

Agenouillée devant la jeune fille pour rectifier l'ourlet, madame Newcott préféra ignorer cette boutade et s'en tenir à son chef-d'œuvre.

— Quand revient ton père ? demanda Charity, pour faire diversion.

— Demain matin.

— Le marquis est-il le frère aîné ou cadet de ta mère ?

— Le frère aîné. Mon oncle Franklin est le plus jeune. Il a deux ans de moins que maman... enfin, si elle était toujours en vie. Tu t'y perds un peu, non ?

— Un peu, oui. Ton père aurait pu se contenter d'envoyer un mot au marquis pour l'avertir de ton retour. Cela eût été plus simple.

— Il a tenu à le lui dire en personne. C'est curieux, je ne savais même pas que j'avais deux oncles avant que mon père ne me l'apprenne... Ne trouves-tu pas cela étrange ?

Charity y réfléchit pendant trente secondes, puis haussa les épaules et passa à autre chose.

— Si seulement, j'avais ta silhouette ! gémit-elle en se glissant soigneusement hors de la robe pour ne pas faire craquer le bâti et tomber les épingles.

— Tu es parfaite, répondit Caroline. Ni trop

petite ni trop grande. Ce n'est pas mon cas !

— Madame Newcott ! Ma cousine trouve que ses longues jambes ne sont pas à la mode ! cria Charity.

— Je n'ai jamais dit cela ! protesta Caroline. Sur le plan pratique, je suis ravie d'avoir de longues jambes pour monter à cheval. Hormis ce détail, elles ne me seront pas d'un grand secours... pour... enfin... Mais qu'est-ce que je raconte ! gémit-elle, en faisant un mea-culpa.

Charity éclata de rire.

— C'est heureux que James ne puisse t'entendre, il t'eût frotté les oreilles !

Confuse, Caroline ébouriffa ses cheveux et s'approcha du miroir.

— Crois-tu que je devrais les couper ? Je ne parviens pas à les coiffer.

— Non ! Sûrement pas !

— Très bien, je garderai ma tignasse de sauvage.

— Écoute, je peux te les raccourcir légèrement si tu veux. Ils auront le temps de repousser avant notre retour à Boston.

Caroline tressaillit. Sa cousine ignorait encore sa décision.

— Charity... Il faut que je te dise... Je ne suis pas sûre de rentrer à Boston.

Charity ouvrit la bouche pour protester. D'un signe de tête, Caroline lui désigna madame Newcott et l'incita à se taire. Aussi Charity attendit-elle que la couturière se soit éloignée pour rouvrir le débat.

— Nous ne sommes ici que depuis deux

semaines, y as-tu suffisamment réfléchi ? Donne-toi davantage de temps avant de prendre une décision. Dieu ! Mes frères vont devenir fous si tu ne rentres pas !

— Je te promets de ne pas agir à la légère, mais je ne peux abandonner mon père, Charity. Je suis ici chez moi et ma place est auprès de mon père.

— Tu refuses de l'abandonner, alors que c'est précisément ce qu'il a fait avec toi ? Quelle ironie ! Aurais-tu déjà oublié ? explosa Charity en piquant une colère.

— Je n'ai rien oublié, mais je suis certaine qu'il avait de bonnes raisons pour agir ainsi.

Charity se calma aussi vite qu'elle s'était enflammée.

— Cessons de nous disputer, d'autant que je ne veux pas gâcher la joie de ton père qui se réjouit de ce premier bal. Promets-moi seulement d'attendre un peu avant de te prononcer. Je ne t'en reparlerai pas... avant quinze jours. Toi, vivre ici ? Tu détestes les Anglais !

— Je n'en ai pas rencontré beaucoup.

Elle en avait rencontré deux, et pas des moindres ! Impossible de nier que Bradford ne l'eût pas troublée. Mais y avait-il là de quoi bâtir tout un roman ?

Le bal donné par le duc d'Ashford marquait l'ouverture de la saison. L'événement que chacun attendait.

Caroline se consacra longuement à sa toilette. Épingles à cheveux et rubans refusant de tenir dans ses cheveux, elle se résolut à laisser sa chevelure tomber en boucles sur ses épaules.

Sa robe du soir mauve pâle, au décolleté discret, soulignait les courbes harmonieuses de son buste. Des escarpins assortis et de longs gants blancs achevaient sa toilette. Le miroir de sa chambre lui renvoya une image qui la satisfit.

Mary Margaret, la nouvelle femme de chambre que Deighton avait engagée à son intention, ne tarissait pas d'éloges. Son petit visage criblé de taches de son trahissait son admiration.

— Vos yeux ont pris la couleur de votre robe ! C'est magique ! Je voudrais être une petite souris et vous suivre lorsque vous ferez votre apparition ! Vous allez faire sensation !

— A moins que ce ne soit vous, si vous vous changez en souris ! répliqua Caroline en riant. Si vous avez le courage d'attendre mon retour, je vous raconterai tout dans les moindres détails.

L'expression ravie de la jeune camériste lui fit craindre qu'elle n'en tombât à genoux, et cette muette adoration acheva d'accentuer son malaise.

— Cessez de vous agiter, Mary Margaret. C'est mon premier bal et je me sens déjà suffisamment nerveuse.

— Pourquoi donc ? Vous êtes une lady et vous êtes ravissante !

— Je suis aussi une fille toute simple qui a été élevée dans une ferme.

Mettant un terme à cette discussion, Caroline remercia sa femme de chambre et partit rejoindre son père et Charity.

Ils se trouvaient déjà au pied de l'escalier. Charity était adorable. Ses cheveux formaient une cascade de boucles retenues par un gros ruban rose. Sa robe était de la même couleur que le ruban et ornée d'un large col qui recouvrait ses épaules. Ce rose pâle s'harmonisait avec sa carnation délicate. Aucun doute: la haute société l'adopterait d'emblée.

Le comte de Braxton dévorait sa fille des yeux en la regardant descendre l'escalier. Elle attendit qu'il eût discrètement passé son mouchoir sur ses yeux embués de larmes pour lui demander si elle ne s'était pas fait attendre trop longtemps.

— Pendant quatorze ans, répondit-il doucement. Tu es tout simplement magnifique, et je vais avoir du mal à te protéger de tous ces jeunes godelureaux.

A peine furent-ils installés dans la calèche que Charity se tourna vers son oncle pour lui demander à brûle-pourpoint:

— Y a-t-il une personne à laquelle vous teniez tout spécialement ?

— Je te demande pardon ?

Caroline vit qu'il ne comprenait pas le sens de la question et jugea bon de traduire en termes clairs les propos de sa cousine.

— Charity veut savoir si tu as une lady dans ta vie.

— Ah non ! Pas la moindre ! Il y a bien longtemps que je n'ai pas escorté lady Tillmann.

— Peut-être sera-t-elle là ce soir ? suggéra Caroline.

— Peu après que j'ai épousé ta mère, lady Tillmann est devenue veuve. Je sais qu'elle a une fille, mais j'ignore ce qu'elles sont devenues.

— N'est-il pas triste pour vous de vivre seul, mon oncle ? insista Charity, d'un ton chagriné.

— Tu dis cela parce que tu as toujours été entourée de tes frères, répondit-il.

— Et de Caroline ! Elle est une sœur pour moi !

Lorsque la calèche s'arrêta devant la vaste demeure en pierre de taille, Caroline sentit son estomac se nouer.

— Le temps est doux pour une soirée d'automne, fit remarquer le comte en aidant les jeunes filles à descendre de voiture.

Une main sur l'épaule de sa fille, l'autre sur celle de sa nièce, il les escorta jusqu'à la porte d'entrée. Mais Charity trébucha sur les marches du perron et Caroline lui conseilla de mettre ses lunettes.

— D'accord, mais je les enlèverai à l'intérieur. C'est sûrement futile, mais je me sens laide quand je les ai sur le nez !

— Au contraire, intervint le comte. Tu es adorable avec tes lunettes, elles te donnent un petit air digne.

Pour toute réponse, Charity s'empressa de les ôter sitôt qu'ils pénétrèrent dans le hall illuminé par des centaines de candélabres. Ne sachant qu'en faire, elle les glissa dans la poche de la jaquette de son oncle et roucoula :

— Vous ai-je dit combien je vous trouvais beau, ce soir, mon oncle ?

Il lui retourna le compliment en riant, tandis que Caroline s'efforçait de ne pas paraître trop gauche au milieu de ce splendide décor.

Le comte de Braxton présenta sa fille et sa nièce à leur hôte. Le duc d'Ashford était un vieil homme dont les cheveux blancs viraient au jaune. Sa voix était légèrement nasillarde et quoiqu'il fût fort intimidant, Caroline l'aima d'emblée pour l'accolade affectueuse dont il gratifia son père. En revanche, lorsqu'il s'empara de son face-à-main pour mieux la regarder, elle se demanda, gênée, s'il lui était poussé un bouton sur le nez. Il accorda moins d'intérêt à Charity et elle fut soulagée lorsque son père prit enfin son bras pour la conduire vers le large escalier qui menait à la salle de bal.

Charity ouvrait des yeux émerveillés. Ce soir, enfin, elle allait approcher cette haute société dont on parlait tant à Boston. L'un des membres connaissait sûrement Paul Bleachley. Ce serait un premier pas, mais il lui permettrait de retrouver son amour envolé.

Encadré de sa fille et de sa nièce, le comte de Braxton marqua un temps d'arrêt sur le seuil de la salle de bal, afin d'attirer tous les regards. Il avait tant attendu cet instant !

Comme l'orchestre entamait une nouvelle danse, plusieurs gentilshommes s'avancèrent vers eux et il chuchota dans un rire étouffé et ravi :

— Regardez-les accourir ! Ne vous l'avais-je pas dit ?

Étourdie par le flot des présentations, Caroline affichait une décontraction qu'elle était loin de ressentir. Sous son visage radieux, se cachait la peur viscérale de commettre un impair. Elle ne put s'empêcher d'envier Charity qui accueillait les compliments avec une aisance étonnante. Sa cousine semblait être dans son élément, telle une fleur épanouie au cœur du printemps ! Caroline se demanda où était passée sa belle assurance ! Jamais elle ne s'était sentie aussi peu à sa place que dans cette brillante réception.

Le petit carnet de bal de Charity ne tarda pas à se remplir. Le comte de Braxton déclina toutes les offres faites à sa fille, jugeant qu'auparavant, elle devait être présentée à ses amis. Comme il scrutait la foule des invités, Caroline suivit son regard. Un homme âgé venait de se détacher d'un groupe de personnes pour s'avancer vers eux. Les épaules légèrement voûtées, il s'appuyait sur une canne.

— Qui est-ce, père ? chuchota-t-elle.

— Le marquis d'Aismond, le frère aîné de ta mère.

— Celui que tu es allé voir ?

— Oui, dit-il, en posant une main apaisante sur l'épaule de sa fille. Nous avons eu une explication. Il ne te repoussera plus, maintenant.

Cette remarque l'intrigua. Quelle explication ? Pour quelle raison son oncle l'eût-il repoussée ? Ce n'était pas le moment d'en discuter, mais Caroline se promit d'interroger son père dès leur retour.

Émue par la fragilité du marquis, Caroline murmura :

— Nous devrions aller à sa rencontre.

Et, sans attendre la réponse du comte, elle se redressa et se dirigea résolument vers cet homme qui avait refusé de parler à son père pendant quatorze ans. Le marquis lui adressa un sourire. Toute ombre était désormais écartée. Lorsqu'ils furent face à face, Caroline le gratifia d'un sourire enchanteur et l'embrassa spontanément sur la joue. Bouleversé, le vieil homme, sans lâcher sa canne, saisit les deux mains de la jeune fille dans la sienne et ils continuèrent à se regarder, sans dire un mot, Caroline ne sachant comment engager la conversation. Ce fut lui qui rompit enfin le silence.

— Fais-moi plaisir, appelle-moi « oncle », dit-il d'une voix rauque, emplie d'émotion. Je n'ai pour toute famille que mon frère cadet, Franklin, et son épouse Loretta.

— Non. Vous avez aussi mon père et moi.

Derrière elle, elle entendit son père se racler la gorge. Le regard du marquis croisa alors celui de son beau-frère et il eut une moue de reproche.

— Pourquoi ne m'as-tu pas dit qu'elle ressemblait tant à sa mère ?

— Je te l'ai dit, mais tu étais sans doute trop fatigué pour t'en souvenir.

— Balivernes ! Qu'est-ce que tu crois, Brax ? J'ai conservé un esprit vif !

— Franklin et Loretta sont-ils des nôtres, ce soir ? s'informa le comte. Je ne les ai pas aperçus et j'aimerais que Caroline connaisse son autre oncle.

— Ils sont quelque part dans cette salle, dit le marquis en fronçant les sourcils. (Puis, se tournant à nouveau vers sa nièce :) Elle a mes yeux, Brax ! Oui, monsieur, elle est le portrait craché de ma sœur et tout à fait de notre côté.

— C'est possible, mais tu ne peux nier qu'elle a mes cheveux, Aismond !

Ils s'asticotaient et Caroline éclata de rire. Elle les prit chacun par un bras.

— Que voulez-vous de plus ? Ainsi, tout le monde verra que nous formons une seule et même famille. Ne pourrions-nous trouver un coin tranquille pour nous asseoir et bavarder ?

Ils se réfugièrent dans une alcôve et Charity vint les y rejoindre. La conversation prit alors un autre ton et roula sur la soirée, son faste et son succès, jusqu'au moment où Charity demanda tout de go au marquis :

— Puis-je aussi vous appeler « oncle » ? Cela me ferait plaisir. Ne sommes-nous pas un peu de la même famille ?

Le marquis parut apprécier cette marque d'affection.

— Mais tout à fait ! Nous sommes cousins par alliance et je serai ravi d'être votre oncle.

Appelez-moi oncle Milo, comme le faisait Caroline lorsqu'elle était une toute petite fille.

— Quel est ce brouhaha ? s'exclama à cet instant le comte, le regard tourné vers la porte.

Caroline en fit autant et ses yeux s'arrondirent. Monsieur Smith ! Ce n'était évidemment pas son vrai nom, mais vu l'émoi que suscitait son arrivée, il devait être un personnage important. Il devait aussi éprouver le besoin de se distinguer des autres hommes, car il portait une cravate blanche de dimension impressionnante qui sûrement le gênait pour tourner la tête !

— Tiens, voici enfin Beau Brummell, déclara son oncle avec satisfaction. Nous n'allons pas tarder à savoir si la réception du duc obtient son approbation.

— Beau Brummell ? bredouilla Caroline, en se sentant défaillir.

Catastrophe ! Qu'avait-elle dit à « monsieur Smith » à son sujet ? Elle essaya de rassembler ses souvenirs. Voilà donc la raison de ses grimaces désespérées ? Ne l'avait-elle pas appelé Plummer ? Bradford avait dû se régaler.

Brummell promena sur les invités un œil désabusé, inclinant brièvement la tête en reconnaissant l'un d'eux. Puis, sans se départir de son air hautain, il fit quelques pas et tous s'effacèrent sur son passage. Quel paon ! Néanmoins, sa blessure devait être guérie, car il ne boitait pas.

Ce fut alors qu'elle aperçut Bradford, nonchalamment appuyé contre le mur en compagnie de trois gentlemen. Visiblement, il n'écoutait pas un traître mot de leur discours. Il n'avait d'yeux que pour elle.

Fascinée par l'intensité de ce regard, Caroline n'écouta plus le bavardage des siens. Les pensées se bousculaient dans sa tête.

Bradford se révélait plus beau que dans son souvenir. Plus grand aussi que la majorité des hommes qui l'entouraient. Ses cheveux peignés n'en restaient pas moins rebelles et adoucissaient son expression autoritaire.

Le duc de Bradford n'avait pas cessé d'observer Caroline. A la minute même où il l'avait vue entrer au bras du comte de Braxton, la magie avait opéré à nouveau. Elle n'était pas passée inaperçue ! Même à présent, ces jeunes idiots continuaient à la dévorer des yeux.

Bon sang, il avait un droit sur elle ! Elle n'appartiendrait à personne d'autre. Le mortel ennui que lui inspiraient la haute société et ses futilités s'était envolé. Jamais, depuis la mort de son père et de son frère, il n'avait ressenti un tel goût de vivre. N'était-ce pas dans l'unique espoir de la rencontrer qu'il avait accepté l'invitation du duc ? Tous les membres de la haute société attendaient ce bal annuel, aussi avait-il escompté la présence du père de Caroline.

Caroline se sentit rougir sous ce regard inquisiteur. Il avait l'art de la mettre mal à l'aise. Elle était à deux doigts d'éclater d'un rire nerveux. Était-il conscient de l'effet qu'il produisait sur elle ? Désormais, elle était pratiquement sûre de commettre un impair. Sans doute s'en réjouirait-il. Elle essaya de recouvrer ses esprits et de copier l'attitude de la plupart de ces dames. Ce fut un fiasco ! Arborer un air lointain et désabusé ne lui convenait pas. Mieux valait se l'avouer ! Elle finit par lui décocher un sourire.

A sa grande surprise, Bradford s'aperçut qu'il venait de lui retourner ce sourire le plus simplement du monde. Ce n'était pourtant pas dans ses habitudes d'afficher ses états d'âme. Il releva un sourcil provocateur. Caroline tenta alors de se montrer offusquée. Elle détourna enfin la tête, mais ne put s'empêcher de rire. Décidément, la dignité ne lui convenait guère !

Comme le marquis et son père semblaient engagés dans un débat animé, Caroline chuchota à l'oreille de Charity.

— Écoute, surtout ne te retourne pas, mais ils sont ici.

— Qui donc ? demanda Charity en s'empressant de jeter un regard circulaire.

— Tiens-toi tranquille, par pitié !

— Mais enfin, de qui parles-tu ?

— De celui que nous avons secouru le jour de notre arrivée et de son ami Bradford. Ils sont présents ce soir.

Le visage de Charity s'éclaira.

— Oh ! C'est bien ! Nous devrions aller les saluer.

— Non. Ce ne serait pas bien du tout !

— Et pourquoi donc ? Que se passe-t-il, Caroline ? Qu'est-ce qui te prend ? On dirait que tu as peur ?

C'était bien la première fois que Charity voyait sa cousine dans un tel état.

Elle eut le sentiment que les rôles étaient inversés. A son tour de protéger Caroline. Contre quoi ? Elle n'eut pas la possibilité d'y réfléchir, un cavalier vint l'enlever pour la danse suivante. Au même instant, le vicomte Claymere s'inclinait devant sa cousine.

Caroline le suivit sur la piste. Le vicomte était nerveux, il avait les mains moites et, lorsqu'elle tenta de l'apaiser d'un sourire amical, il s'emmêla les pieds et serait tombé si Caroline ne l'avait retenu.

Elle évita alors de le regarder de peur qu'il ne perde tous ses moyens. Elle se laissa porter par la musique et se concentra sur cette danse que James lui avait apprise. Bradford n'avait sûrement pas perdu une miette de la scène, mais elle s'efforça de l'oublier. Il serait grotesque de se laisser intimider par cet homme.

Lorsque l'orchestre se tut, Bradford s'apprêta à la rejoindre, mais Brummell le retint pour lui demander qui il regardait ainsi. Bradford la désigna d'un mouvement du menton et Brummell se retourna tout en conservant son expression impénétrable.

Le vicomte avait reconduit Caroline près de son père. Mais, après s'être incliné, pris d'une impulsion soudaine, il s'empara de sa main et y déposa un baiser tellement bruyant que Caroline dut lutter pour conserver son sérieux.

— Père, ne sois pas offensé, mais les Anglais sont-ils tous aussi impressionnables ? chuchota-t-elle.

— Je ne sais que te répondre, répliqua-t-il malicieusement. Tu es toi-même anglaise.

Elle n'eut pas le temps de protester. Bradford et Beau Brummell surgirent à cet instant.

— Pourrions-nous être présentés ? demanda Bradford en s'adressant au comte, mais en fixant Caroline d'une façon tout à fait impertinente.

— Bien entendu, répondit aimablement le comte. Caroline, ma chère, voici le duc de Bradford et monsieur George Brummell. Je vous présente ma fille, Caroline Mary.

Caroline ne retint que le prénom de George. Comme ils avaient dû s'amuser de sa naïveté dans la calèche ! Mais Brummell lui souriait et elle eut alors l'impression d'être le point de mire de la soirée. Tout le monde s'était tu et chacun tendait l'oreille.

— Je suis ravi de faire votre connaissance, dit Brummell en s'inclinant et en la gratifiant d'un baise-main respectueux qui souleva autour d'eux des chuchotements étonnés. Vous arrivez des Colonies, ai-je entendu dire ? continua-t-il, imperturbable.

— Vous êtes vraiment fort perspicace pour l'avoir découvert, monsieur Brummell, répondit-elle sur le même ton.

Leurs regards se croisèrent, empreints d'une lueur rieuse.

— Je vous en prie, appelez-moi Beau. C'est

mon surnom et je le préfère au prénom de George qui, m'a-t-on dit un jour, me conviendrait tout à fait.

— Ainsi, George est vraiment votre prénom ?

— Oui et, récemment, une ravissante jeune lady m'a soufflé qu'il m'allait comme un gant. Mais j'ai décliné cette offre.

Caroline dut faire un effort pour ne pas éclater de rire, mais elle entra résolument dans le jeu.

— Je pense que nous avons un ami commun, Beau.

— Vraiment ?

— Oui. Monsieur Harold Smith. Il m'a souvent parlé de vous, mais sans doute ignorez-vous que ce pauvre homme a vendu tous ses biens pour fuir aux Colonies. Selon ses propres paroles, il prétendait que Londres était une ville de sauvages.

Brummell et Bradford se regardèrent, puis, n'y tenant plus, ils éclatèrent de rire et Beau dut sortir son mouchoir pour s'essuyer les yeux.

— Savez-vous si monsieur Smith compte vraiment s'installer aux Colonies ? reprit Bradford en reprenant son sérieux. Avez-vous eu de ses nouvelles ?

— Je pense qu'il ne rentrera pas à Londres de sitôt et qu'il se porte à merveille, quoiqu'il ait eu un sérieux problème avec l'une de ses jambes.

— De quoi souffrait ce pauvre homme ? intervint le comte qui avait du mal à suivre.

— Une crise de goutte, répliqua-t-elle du tac au tac.

Pris de fou rire, Brummell s'étrangla et Bradford dut lui allonger une bourrade dans le dos.

— Voici des années que je n'ai autant ri, avoua Beau. Madame, ce fut un plaisir de vous rencontrer et j'espère que nous nous reverrons bientôt. Je serais heureux aussi de faire la connaissance de votre cousine avant que cette soirée se termine.

Il avait haussé la voix dans l'évidente intention d'être entendu par ses courtisans.

Caroline inclina la tête. Brummell se retira et elle fut à deux doigts de demander à Bradford s'il n'avait pas envie de le suivre. Mais il resta là. L'orchestre entama une valse et il demanda au comte la permission d'inviter sa fille, ce qui lui fut volontiers accordé. Sans tenir compte du manque d'enthousiasme de Caroline, il la prit par la main et l'entraîna sur la piste.

— Je ne sais pas valser, dit-elle en fixant obstinément sa jaquette.

— Mes boutons de jaquette ne sauraient vous entendre, ironisa-t-il en relevant son menton pour qu'elle le regarde.

— J'ai dit que je ne savais pas valser.

— Mettez votre main sur mon épaule.

Et, comme elle s'obstinait à dire non de la tête, il saisit délibérément sa main et la posa sur son épaule. Ensuite, il ne resta plus à Caroline qu'à le suivre.

Ils se mirent à tourner et à évoluer gracieusement sans parler, au grand soulagement de Caroline. Néanmoins, elle se sentait peu sûre d'elle et sur ses gardes. La main de Bradford lui brûlait la taille. Elle voulut relever la sienne, mais ses doigts effleurèrent alors des cheveux si doux qu'elle la reposa sur son épaule. Ils étaient étroitement enlacés et elle sentait le souffle tiède de son haleine. Un coup d'œil autour d'eux lui révéla que les autres couples valsaient en gardant plus de distance. Imperceptiblement, elle s'écarta et chuchota :

— Ne me tenez pas si serrée, mon père m'en fera la remarque.

— Est-ce l'unique raison ? persifla-t-il, railleur.

— Évidemment, oui.

Mais son cœur battait la chamade. Refusant toujours de le regarder, elle avisa un groupe de femmes qui, tout en bavardant le long du mur, lui jetaient des regards incendiaires.

— Bradford, pourquoi nous regarde-t-on ainsi ?

Il jeta un bref coup d'œil par-dessus son épaule et ne broncha pas.

— Sommes-nous indécents ?

Il se mit à rire.

— Malheureusement non. Mais certaines personnes très conventionnelles considèrent que la valse est une danse choquante.

— Je vois... Êtes-vous un radical ou un conservateur ?

— A votre avis ?

— Je dirais radical. Semer le trouble à la

Chambre des lords doit vous réjouir. Je me trompe ?

— Je ne manque pas une occasion de jouer les perturbateurs lorsque je me sens trahi.

— Vous respecte-t-on à cause de votre titre ou pour vos propres mérites ?

— Vous voulez savoir si je peux me vanter d'un acte héroïque ? dit-il en riant. Et puis, d'abord, comment savez-vous que l'on me respecte ?

— A la façon dont les gens vous regardent. Mon père est conservateur, et s'il faisait encore de la politique, il serait votre adversaire, sans aucun doute. Bradford... pourrions-nous cesser de tourner, j'ai le vertige !

Il s'arrêta sur-le-champ et, la tenant par l'épaule, la conduisit sur le balcon.

— Votre père fut cent fois plus radical que je ne le serai jamais, souligna-t-il.

— Comment cela ?

— Il s'est fait le champion de la cause irlandaise.

— De quelle cause parlez-vous ?

— De leur indépendance. Votre père sait qu'ils ne sont pas aptes à se gouverner seuls, mais il s'est battu pour qu'ils obtiennent une voix dans le gouvernement, afin d'améliorer leurs conditions de vie.

Étonnée par ces révélations, Caroline essaya d'imaginer son père luttant dans sa jeunesse pour une juste cause.

— Il est tellement pacifiste à présent que j'ai du mal à vous croire. Mais je vous crois, ajouta-t-elle précipitamment, de peur de l'avoir blessé.

Bradford apprécia ces derniers mots. Se montrait-elle aussi intuitive avec tout le monde ?

Caroline était songeuse. Qu'est-ce qui avait bien pu se produire pour que son père ait abandonné à la fois ses pôles d'intérêt, sa vie mondaine et professionnelle et... sa fille ?

Bradford l'enlaça en voyant s'avancer quelques jeunes gens pour la danse suivante. Il ne la lâcherait pas d'une semelle. Elle se laissa entraîner, troublée par cette attirance physique qu'elle éprouvait pour lui et les désirs déplacés qui lui venaient à l'esprit. Un baiser, une étreinte plus étroite ! La tête commençait à lui tourner et elle bredouilla :

— Décidément, je n'aime pas...

— Qu'est-ce que vous n'aimez pas ? l'interrompit-il.

La valse, allait-elle répondre, mais il ne lui laissa pas placer un mot.

— Moi non plus, je n'aime pas ce qui m'arrive, jeta-t-il brusquement.

— De quoi parlez-vous ?

— Pourquoi le nier, Caroline ? Nous éprouvons la même chose.

Elle saisit alors l'allusion et protesta, rougissante.

— Il ne m'arrive rien du tout, hormis le tournis. Ne pourrions-nous nous arrêter un peu ? Il fait si chaud ici.

— Excellente idée.

Ils achevèrent leur tour de piste devant la porte-fenêtre qui ouvrait sur la terrasse. Caroline sourit à la perspective d'échapper enfin à l'emprise qu'il exerçait sur elle. Mais son sourire se figea sur ses lèvres. Avant qu'elle ait eu le temps de réagir, il la prit par le bras, lui fit franchir la porte et l'entraîna dans la nuit.

5

— Lâchez-moi, nous ne devons pas rester seuls ici ! C'est inconvenant ! murmura-t-elle, furieuse, en se débattant.

Mais en réalité, ils n'étaient pas seuls. Les quelques couples qui prenaient le frais sur la terrasse se retournèrent et les suivirent des yeux avec un air étonné. Bradford continuait à la pousser inexorablement devant lui et Caroline eut l'impression de se donner en spectacle. Elle se redressa et adopta une attitude plus digne. Ce n'était malheureusement pas l'endroit rêvé pour allonger quelques coups de talon dans les tibias de Bradford, comme le lui avaient enseigné ses cousins.

La terrasse entourait la maison sur trois côtés et Bradford la conduisit tout au bout, jusqu'à ce qu'ils se trouvent acculés contre la rambarde. La lumière diffusée par les candélabres accrochés le long du mur était romantique à souhait. Elle adoucissait les traits rudes de Bradford, mais pas du tout l'état d'esprit de Caroline.

— Je ne me sens pas d'humeur à vous partager avec la moitié de Londres, déclara-t-il. Je tiens à avoir toute votre attention.

— Eh bien, maintenant que vous l'avez, que me voulez-vous ?

Il la regarda, amusé. Elle crânait, mais elle mourait de peur. Décidément, Caroline Mary Richmond était une adversaire de choix.

Il faillit répondre qu'il ne voulait qu'elle et elle dut le sentir, car elle fit un pas en arrière, prête à déguerpir.

— Oh non ! Vous ne fuirez pas ! dit-il, en la retenant par l'épaule et en l'attirant vers lui.

Son imposante stature lui barrait le passage. Cet homme n'était qu'un manipulateur, mais Caroline n'était pas une marionnette.

— Veuillez me laisser passer, je vous prie.

— Pas avant que nous ayons eu un petit entretien.

— Vous êtes têtu, mais moi aussi, et je n'ai rien à vous dire.

— C'est faux. Vous savez aussi bien que moi qu'il se passe quelque chose entre nous. Plus vite vous le reconnaîtrez, mieux cela vaudra pour nous deux. Je ne suis pas un tricheur et je n'ai pas envie de perdre du temps à vous faire la cour. J'obtiens toujours ce que je désire.

— Vraiment ? persifla-t-elle. Et qu'est-ce que vous désirez ?

Leurs regards s'affrontèrent et Caroline n'eut pas besoin d'un long discours pour comprendre ce qu'il voulait.

C'était clair. Très clair. Et la tendresse qui brillait dans ses yeux eut l'art de faire tomber toute sa colère, la troublant étrangement. Brusquement, elle se sentit aussi faible qu'une enfant et il dut se baisser pour l'entendre murmurer :

— C'est moi... que vous voulez ?

— Ma franchise vous effraie-t-elle ? Je dois avouer qu'elle me joue souvent des tours.

— Non, elle ne m'effraie pas. Mais quand vous me regardez ainsi, je me sens nerveuse. Et quand je suis nerveuse, je me mets à rire. Je ne voudrais pas que vous vous sentiez insulté.

— Caroline, tout ce que je vous demande, c'est d'admettre qu'il se passe quelque chose entre nous.

— Nous nous connaissons si peu.

— Je vous connais très bien. Loyale, courageuse et pleine d'amour pour votre entourage.

— Comment le savez-vous ?

— Courageuse, parce que vous étiez morte de peur la première fois que vous m'avez affronté. Loyale, parce que vous vouliez protéger votre blessé envers et contre tout... C'est-à-dire contre moi ! Enfin, lorsque nous avons parlé, vous avez laissé percer votre amour pour votre famille aux Colonies.

— Je n'ai pas grand mérite ! Un chien aussi est loyal, courageux et affectueux, riposta-t-elle naïvement.

— Cette remarque le fit sourire et il ajouta, narquois :

— Vous avez réponse à tout, mais oserez-vous affirmer que vous aviez froid ce soir, lorsque vous trembliez dans mes bras ? Caroline, ne pouvez-vous être honnête avec moi ?

— Sachez, monsieur, que je n'ai aucune honnêteté ! persifla-t-elle, exaspérée. Je dis n'importe quoi, je ne tiens jamais mes promesses et j'adore mes défauts ! De ce fait, si j'avoue être attirée par vous, vous ne saurez jamais si j'ai dit ou non la vérité. Voilà ! Êtes-vous satisfait ?

Bradford fit la grimace.

— Dans ce cas, je dois trouver un autre moyen pour en avoir le cœur net.

Une lueur amusée brilla dans ses yeux et Caroline fronça les sourcils, un peu inquiète.

— Je préférerais le trouver moi-même, si cela ne vous ennuie pas.

Soudain, son visage s'éclaira et, à son tour, Bradford éprouva quelque crainte. Que venait-elle d'inventer ?

— Oui, c'est une bonne idée ! Vous voulez des preuves ? Vous les aurez. Vous voulez savoir si je tiens à vous ? Alors, sautez par le balcon. Si je vous retiens, c'est que je tiens à vous, sinon vous saurez que vous êtes le cadet de mes soucis.

Bradford se mit à rire.

— Il doit exister une alternative. Une meilleure solution qu'encourir le risque de me rompre le cou ! Vous éprouveriez des remords si par votre faute mon corps était réduit en miettes.

— Je me moque de votre corps ! laissa-t-elle échapper.

Elle baissa le ton.

— Vous rendez-vous compte que notre conversation frise l'indécence ? Imaginez que quelqu'un nous entende.

— Personne ne nous entend, mais vous souciez-vous toujours de l'opionion des autres ?

— Je ne m'en souciais pas avant d'arriver en Angleterre. Maintenant, je suis constamment sur mes gardes, et c'est épuisant.

Elle se sentit prise au piège lorsqu'il appuya ses deux mains sur le mur, pencha la tête vers elle et déclara doucement :

— Je connais un moyen beaucoup plus sûr pour savoir si vous tenez à moi. Laissez-moi vous embrasser, Caroline. Après quoi, nous n'en parlerons plus.

— Après quoi, vous n'en parlerez plus ? Quel romantisme ! C'est donc une telle corvée pour vous ?

Pourquoi ne puis-je m'empêcher de le provoquer ? pensa-t-elle aussitôt. La situation n'est-elle pas suffisamment compliquée ?

— Je ne vois pas où est le problème, continua-t-il, machiavélique. Puisque vous affirmez qu'il n'y a rien entre nous, regardez-moi dans les yeux et cessez de trembler. Vos réactions sont en contradiction avec vos paroles.

— Je le sais.

Cet aveu ne manqua pas de le surprendre. Il dut faire un effort surhumain pour ne pas s'emparer violemment des lèvres roses qui s'offraient à lui. Il se contenta d'abord de les effleurer, mais lorsqu'elle tenta de tourner la tête, il prit sa bouche, et son baiser cessa d'être chaste.

Caroline en fut d'abord choquée. Jusqu'à présent elle avait ignoré la façon dont un homme pouvait embrasser une femme. Puis, peu à peu, un plaisir inconnu l'envahit et elle lui rendit son baiser avec une ardeur déconcertante. Était-ce bien elle qui s'agrippait aux épaules de Bradford et l'attirait plus étroitement contre son corps ?

Ce long baiser décupla le désir de Bradford. Elle l'envoûtait ! Plus il l'embrassait, plus il la désirait. Elle vibrait entre ses bras, inondée de sensations délicieuses, et il le savait.

Terrifiée, Caroline s'arracha soudain à cette étreinte. Qu'allait-il penser d'elle ? Ses jambes étaient en coton, et elle dut s'appuyer contre le mur pour recouvrer son souffle et ses esprits. Il dut lire la confusion sur son visage mais, tout à sa victoire, il eut le front de jeter d'une voix rauque et satisfaite :

— Osez me dire maintenant qu'il n'y a rien entre nous !

Caroline en aurait pleuré de rage. Elle l'avait provoqué, c'était sûr. Elle ne pouvait s'en prendre qu'à elle et elle en fut d'autant plus furieuse.

— Je vous désire, Caroline, ajouta-t-il, sans s'encombrer de discours inutiles.

Ce fut le comble. La prenait-il pour une fille des rues ?

— M'avoir embrassée vous permet-il de me parler ainsi ?

Il tressaillit avec la sensation de recevoir une douche froide. Elle ne lui offrit pas le temps de riposter.

— Pour qui vous prenez-vous ? Pensez-vous vraiment que votre titre et votre position vous autorisent à prendre tout ce que vous désirez ? Dans ce cas, vous vous trompez ! Je n'appartiens pas à cette haute société où chacun dicte ses lois ! Si vous croyez m'avoir impressionnée, vous êtes dans l'erreur !

— Je suis sûr que non. Toutes les femmes sont impressionnables, rétorqua-t-il en retrouvant son accent hautain.

— Insinuez-vous qu'en y mettant le prix vous pouvez avoir toutes celles que vous souhaitez ? En ce qui me concerne, c'est une insulte.

— Voilà que vous me reprochez ma franchise.

— Votre franchise, non. Vos paroles, oui. Seriez-vous le roi George que je ne céderais pas davantage.

— C'est vous qui êtes blessante ! Vous ai-je proposé d'être ma maîtresse ? J'ai seulement dit que je vous désirais. Je parie que vous changeriez d'avis si je vous demandais de m'épouser !

A son tour, il était furieux. Il n'était pas homme à recevoir de leçons. D'ailleurs, il la désirait assez pour l'épouser !

— M'épouser ? reprit Caroline, estomaquée. M'épouser parce que nous éprouvons une simple attirance physique ? Pensez-vous vraiment que je pourrais vous épouser pour cette unique raison ? Peut-être suis-je loyale, courageuse et tendre, mais vous ne pouvez en dire autant !

— Qu'en savez-vous ? rugit-il en la fusillant du regard.

— Parce que vous évoquez d'abord vos désirs pour ensuite parler de mariage sous le fallacieux prétexte que cela suffirait à m'éblouir.

— Vous ai-je jamais demandé de devenir ma maîtresse ?

— Oh, mais vous seriez capable de le faire ! Vous êtes tellement égocentrique ! Il est bien possible que je vous juge sur les apparences, mais sachez que lorsque je me marierai, j'épouserai un homme plus délicat, plus attentionné et sûrement pas un Anglais !

Cette fois, il en resta bouche bée.

— Et pourquoi pas un Anglais ?

C'était le comble. Généralement, c'était aux Anglais de mépriser les Colonies ! Elle avait l'art de retourner les situations. Sa colère tomba d'un coup et il se mit à rire.

— Oublieriez-vous que vous êtes anglaise, vous aussi ?

Caroline ignora cette question.

— Les Britanniques ont à l'égard des Colonies un mépris révoltant et un esprit de supériorité qui n'est pas justifié ! lança-t-elle, cinglante, dans le but de l'offenser.

Pour toute réponse, il se mit à rire. La lutte était trop inégale. Elle se sentit frustrée, aussi continua-t-elle sur le même registre.

— La plupart d'entre vous ont trahi le roi, y compris son fils, qui n'attend qu'une occasion pour recommencer !... Pourquoi riez-vous ? Est-ce ainsi que vous réagissez lorsqu'on vous insulte ?

A bout de souffle, elle se tut, avec le sentiment d'être aussi misérable qu'une fleur coupée se fanant au soleil.

— A mon tour de m'exprimer, déclara-t-il alors d'un ton ferme. Revenons à nos moutons ! Voulez-vous savoir pourquoi je vous désire ?

— Je n'y tiens pas. Je l'ai parfaitement compris à la façon lubrique dont vous m'avez embrassée !

— Comment aurais-je pu faire autrement ? Vous êtes trop belle.

— L'argument est plutôt faible.

Bradford la trouva plus rafraîchissante que jamais. Quelle naïveté ! Que de femmes usaient de leurs charmes pour obtenir ce qu'elles voulaient ! Celle-ci était tout simplement adorable et n'en avait même pas conscience.

— Vous m'amusez beaucoup, Caroline.

— Je ne suis pas stupide, je l'avais bien compris !

— Oui, mais vous avez compris de travers. Je ne ris pas de vous, mais avec vous.

— Ah oui ? Comment se fait-il que je ne trouve pas cela amusant ? N'essayez pas de me berner, vous perdriez votre temps. Celui qui cherchera à m'en imposer n'est pas né ! Vous êtes autoritaire et arrogant. Nous n'avons aucun point commun et je ne suis pas celle dont vous avez besoin ! En revanche, je peux vous aider à trouver la perle rare, ironisa-t-elle. Loyale, courageuse, tendre... Ah, j'allais oublier l'essentiel ! Qui sache rire avec vous !

— Vous avez oublié un point capital : honnête ! ajouta-t-il avec une grimace comique.

Inconsciemment, ne venait-elle pas d'avouer qu'elle redoutait son autoritarisme ? Il en était ravi.

— Honnête, c'est d'accord ! Comment la préférez-vous ? Brune ou blonde ? Petite ou grande ? Avec des yeux bruns ou verts ? Précisez vos goûts, je n'aurai aucun mal à la trouver ! Peut-être la dénicherai-je même ici, parmi les invitées ?

— Exact, elle s'y trouve, en effet. Brune, avec des yeux virant au violet quand elle est en colère, de taille moyenne.

— C'est ma propre description que vous faites, milord, à une exception près, vous n'avez pas souligné mes défauts.

— C'est inutile, je les connais, conclut-il sans pouvoir résister à l'envie de l'embrasser.

Elle le repoussa, mais un peu tard, dut-elle s'avouer en gardant encore sur ses lèvres le goût de son baiser.

— Alors, quels sont-ils ? lança-t-elle très vite.

— Quoi ?

— Mes défauts.

— Vous possédez celui de détester sans raison les Anglais et les Irlandais, de rire de façon incongrue, de tirer des conclusions erronées neuf fois sur dix. Dois-je continuer ?

— Non, mais vous vous trompez. Je ne déteste que les Anglais et les Irlandais grossiers, je fais beaucoup d'efforts pour ne pas rire nerveusement et mes conclusions sont généralement justifiées. Seulement, vous êtes de bien trop mauvaise foi pour le reconnaître.

— Bravo ! Ajoutez à toutes ces qualités votre modestie et je me jette à vos pieds ! lança-t-il dans un éclat de rire que ne parut pas apprécier son adversaire.

Pourquoi ne puis-je m'empêcher de l'asticoter ? se dit-il en son for intérieur. Voilà qui n'arrangeait pas sa cause. Mais il y avait des années qu'il ne s'était autant amusé.

— Vous êtes bien incapable de vous jeter aux pieds de qui que ce soit ! riposta-t-elle.

— Je parie que cette éventualité vous réjouit.

— Oui, je l'avoue. Écoutez, Bradford, en voilà assez. Nous devrions rentrer avant que l'on s'aperçoive de notre absence.

Bradford jugea inutile de lui dire que c'était déjà fait, et que leur aparté n'avait sûrement pas échappé à l'œil perspicace de quelques bonnes âmes. Il ne voulait pas nuire à la réputation de Caroline, mais il avait encore moins envie de la reconduire près de son père.

— Encore une minute, dit-il.

— Non. Nous avons eu tort de nous embrasser et de bavarder comme deux intimes ! Nous nous connaissons à peine.

— A peine ? Je sais tout de vous. Vous avez été élevée dans une ferme, votre oncle s'est entiché de Boston au point de quitter l'Angleterre, votre cousine Charity a six mois de plus que vous, votre père, le comte de Braxton, vit en reclus depuis quatorze ans, vous maniez le pistolet avec des mains qui tremblent et vous combattez vos défauts jusqu'au moment où ils ont gain de cause. Dois-je en rajouter ou bien conviendrez-vous que je vous connais suffisamment ?

— Pourquoi vous intéressez-vous à ces détails ?

— Ne sont-ils pas pertinents ?

— Répondez plutôt à ma question.

— C'est à vous que je m'intéresse, Caroline. J'obtiens toujours ce que je veux, aussi finirez-vous par l'accepter quand vous me connaîtrez mieux.

Il ne riait plus et Caroline se sentit à nouveau nerveuse.

— C'est assez ! Vous n'êtes rien d'autre qu'un enfant gâté.

Bradford haussa les épaules avec flegme.

— Il vous faudra du temps avant de me comprendre, mais vous y parviendrez. Je ne m'avoue pas vaincu, Caroline, ce n'est que partie remise.

— En déduisez-vous que je finirai par devenir votre maîtresse ? J'ai entendu dire qu'en Angleterre prendre un amant était chose courante, même pour une femme mariée.

— Encore une fois, je ne vous ai jamais demandé d'être ma maîtresse, et *encore une fois,* vous tirez de fausses conclusions ! En revanche, oui, presque toutes les femmes mariées prennent un amant.

— Merci ! Insinuez-vous que je leur ressemble ? C'est une insulte et, vous aussi, vous tirez des conclusions hâtives ! Ces épouses sont à plaindre ! Elles trahissent à la fois leur mari et leur serment. Vous me connaissez bien mal pour supposer que je pourrais en faire autant.

Complètement désorienté par les réactions impulsives de Caroline, Bradford resta sans voix. Aussi en conclut-elle qu'il ne la jugeait ni pire ni mieux que les autres.

— Vous me devez des excuses !

Il effleura ses cheveux d'un baiser rapide.

— Voilà qui est fait. Je vous désire, Caroline, et je ne capitulerai pas.

— C'est un pari avec vous-même ?

— Oui, répliqua-t-il froidement.

— Alors, nous voici deux à parier. Je dois vous prévenir, milord, que je ne joue jamais sans être sûre de gagner.

— Dans ce cas, nous serons tous deux gagnants.

Et, avant qu'elle n'ait eu le temps de protester, il s'empara de sa bouche. Un baiser d'adieu, décida Caroline en s'abandonnant une dernière fois à cette délicieuse étreinte. Ce fut la voix de Charity qui y mit un terme.

— Ah, vous voici, milord ! Je savais bien que

vous sauriez la retrouver ! lança Charity en le gratifiant d'un sourire amusé avant de se tourner vers Caroline.

— Toi, ne me dis pas que je ne t'avais pas prévenue.

Confondue, écarlate, Caroline aurait eu du mal à prétendre le contraire. Elle regarda Bradford dont le sourire hilare acheva de l'exaspérer.

— Au lieu de sourire, dites quelque chose !

— Certainement, rétorqua-t-il, moqueur. Mais, auparavant, permettez-moi de me présenter avant de passer aux explications.

Craignant le pire, Caroline prit les devants.

— Charity, voici le duc de Bradford et je te prie de croire que nous étions en train de nous dire adieu.

— Du moins jusqu'à demain. Charity, je suis enchanté de faire votre connaissance, déclara-t-il paisiblement en prenant la main de la jeune fille.

Tout aussi tranquillement, ils se mirent à échanger des banalités, Caroline rongeant son frein, jusqu'au moment où Charity demanda à brûle-pourpoint :

— Connaissez-vous un certain Paul Bleachley ?

— Oui, je le connais.

Bradford se sentit alors assailli des deux côtés, Charity accrochée à son bras droit, la main de Caroline posée sur son bras gauche. Des larmes brillaient dans les yeux de la petite cousine et Bradford comprit qu'un sentiment très fort la liait à Bleachley.

— L'avez-vous vu récemment ? Pouvez-vous me dire s'il est marié ? Il a quitté Boston sans un mot d'explication, continua Charity.

— Paul est célibataire et, depuis son retour des Colonies, il vit dans son cottage aux environs de Londres, répondit-il en serrant subrepticement les doigts de Caroline.

En quelques mots, Caroline évoqua les circonstances dans lesquelles Charity et Paul s'étaient rencontrés, mais comme elle montrait une certaine réserve, il jugea plus sage d'attendre un peu pour en savoir davantage. Aussi suggéra-t-il gentiment à Charity d'aller rejoindre son oncle et lui promit-il qu'ils ne tarderaient pas à la suivre.

— Elle est amoureuse de Bleachley, n'est-ce pas ? demanda-t-il à Caroline lorsque Charity eut disparu.

— Oui, mais il n'a pas tenu sa promesse et elle en a le cœur brisé.

— Paul est un homme de parole. Il ne lui aurait rien promis s'il ne l'avait pas aimée, lui aussi.

— Eh bien, vous vous trompez. Il lui a demandé sa main et l'on n'a plus jamais entendu parler de lui.

— Alors, je vais vous dire ce que je sais. Peut-être serait-il préférable que vous ne le répétiez pas à Charity. Cela risque de lui infliger un chagrin supplémentaire.

— C'est à moi d'en juger. Mais que s'est-il passé ?

— Très bien. Lors de son séjour à Boston,

Paul a été grièvement blessé au cours d'une explosion dans le port. Il est resté longtemps entre la vie et la mort, et quand il a repris connaissance et découvert à quel point il était défiguré, il est parti se terrer dans sa maison près de Londres. Il refuse toute visite, y compris celle de sa famille.

— L'avez-vous revu ? demanda Caroline, atterrée.

— Oui, peu après son retour à Londres. Paul a pratiquement perdu l'usage d'un bras et ses cicatrices sont vraiment horribles.

La gorge nouée, Caroline fut envahie par le remords.

— Charity avait raison. Je l'ai mal jugé. Elle n'a cessé de croire en lui. Bradford, ne pensez pas que je fais preuve d'une curiosité morbide, mais je dois connaître la gravité de ses blessures pour savoir si je peux ou non parler de tout cela à Charity.

— Tout un côté de son visage est brûlé, il a perdu un œil, sa laideur est vraiment impressionnante. Mais vous ne m'avez pas écouté. Paul ne laissera jamais personne le voir. Je le connais depuis l'enfance et je sais qu'il ne cédera pas.

— Et moi, je connais Charity ! Elle est moins superficielle que vous ne le pensez ! Dans notre famille, les qualités morales sont plus importantes que les qualités physiques. Nous l'avons surnommée Papillon, parce qu'elle est gracieuse et donne l'impression de butiner, mais ne vous y trompez pas. Elle est très forte. Elle aime sincèrement Paul Bleachley et ce ne sont pas ses blessures qui pourront changer ses sentiments.

Bradford était embarrassé, il se sentit coupable.

— Vous avez donc l'intention de tout lui raconter ? J'ai commis une indiscrétion. Paul est mon ami et il est suffisamment malheureux pour ne pas en rajouter.

— Je vous comprends très bien. A votre place, j'aurais la même réaction, mais vous devez me faire confiance.

Lui faire confiance ? Bradford serra les mâchoires et retrouva son air cynique. Il était prêt à lui remettre toute sa fortune si besoin était, mais quant à la croire aveuglément, c'était trop lui demander.

— Visiblement, vous ne m'accordez aucun crédit, lança-t-elle.

Il préféra ne pas répondre, aussi lâcha-t-elle sa main, et, sans insister, tourna-t-elle les talons, non sans lui lancer par-dessus son épaule :

— Merci pour m'avoir dit la vérité sur Paul Bleachley.

Elle se dirigea résolument vers la porte et il la suivit sans essayer, cette fois, de la retenir. Avant de franchir le seuil, elle se retourna vers lui.

— Et merci aussi pour vos excuses. Je les accepte d'autant plus volontiers que cela a dû vous coûter.

Il écarquilla les yeux. Avait-il bien entendu ?

— Quand donc vous ai-je présenté des excuses ? bredouilla-t-il en la retenant par le coude.

— Vous l'auriez fait si je vous en avais donné le temps, rétorqua-t-elle en se dégageant d'un geste désinvolte.

Elle le planta là et disparut dans la foule des invités. Demeuré seul, il oscilla entre l'irritation et le sourire, devant le comique de la situation. Cette fille était vraiment déroutante. Elle n'avait pas tort, il aurait sûrement fini par lui présenter des excuses, tout comme il l'aurait volontiers prise pour maîtresse si elle l'avait accepté. Était-elle vraiment différente des autres femmes ? C'était absurde. Elle prétendait n'avoir que faire de son argent et de son titre, mais n'était-ce pas un piège pour mieux le conquérir ? Que voulait-elle ? Un homme prévenant et attentionné, avait-elle déclaré. Ces qualités n'étaient pas vraiment celles que lui accordait son entourage, aussi ne voyait-il pas très bien comment répondre à ce désir ! Bon sang ! Il n'allait sûrement pas en rester là, car il n'était pas de la race des perdants. Il traversa la salle et rejoignit Caroline au moment où le comte s'exclamait en apercevant sa fille :

— Ah, te voilà enfin ! Où étais-tu passée, ma chérie ?

Caroline prit un air contrit et effleura d'un baiser la joue de son père.

— Désolée, papa, je me suis fait enlever, dit-elle en désignant Bradford.

— Apprécies-tu ta première soirée ?

— Énormément, père. J'ai fait la connaissance de personnes fort sympathiques.

Elle enveloppa son père d'un regard affectueux et Bradford envia la complicité qui semblait les unir. Ils ne s'étaient pas vus pendant quatorze ans et leur amour ne paraissait pas en avoir souffert.

— Je savais que tu t'amuserais, reprit le comte. Et vous, Bradford ? C'est un événement que de vous voir escorter une jeune fille !

— C'est vrai. J'ai manqué à tous mes devoirs jusqu'à présent, mais cela va changer, répondit-il en jetant un coup d'œil vers Caroline.

— Voici le marquis et Charity ! s'exclama le comte en les voyant s'avancer jusqu'à eux.

Il se tourna vers Bradford pour ajouter d'un ton beaucoup plus cérémonieux :

— Il est inutile que je vous présente le marquis d'Aismond, je suppose ?

Bradford étant beaucoup plus jeune que son père et son oncle, cette soudaine déférence amusa Caroline, d'autant que Bradford inclina brièvement la tête, conscient de son titre de duc.

— Je suis ravi de vous revoir, Aismond.

— Il en est de même pour moi, Bradford, répliqua chaleureusement le vieux marquis, qui se tourna vers son beau-frère pour ajouter : Notre hôte souhaiterait nous dire un mot.

— Bien sûr. Caroline, je serai de retour dans un instant.

— Avec votre permission, puis-je présenter à votre fille le comte de Milfordhurst ? demanda Bradford.

Le comte ayant acquiescé, il entraîna Caroline à l'autre bout de la salle. Milford les aperçut, s'excusa auprès de ses amis et vint au-devant d'eux.

— Caroline, puis-je vous présenter mon ami William Summers, comte de Milfordhurst. Milford, voici Lady Caroline Mary Richmond, fille du comte de Braxton.

— Je suis enchantée de faire votre connaissance, dit-elle en tendant la main, séduite par le large sourire et l'étincelle qui brillait dans les yeux gris de ce joyeux garçon.

— Tout le plaisir est pour moi, répondit-il. Bradford, est-ce la lady qui vient des Colonies ? Caroline, puis-je vous demander si la robe que vous portez est un modèle unique ?

Quelle drôle de question !

— Oui, balbutia-t-elle, interloquée. Elle a été conçue par madame Newcott.

Milford et Bradford échangèrent alors un regard complice et éclatèrent de rire.

Mais, lorsque son père vint les rejoindre, elle fut encore plus décontenancée en entendant Bradford lui demander un entretien.

Que mijotait-il ? se demanda-t-elle en les regardant s'éloigner. Charity fit diversion en fondant sur eux dans un frou-frou de dentelles roses. Milford se présenta, fit signe au maître d'hôtel de leur servir des rafraîchissements, et dut écouter les derniers potins de la soirée rapportés scrupuleusement par Charity.

Lorsqu'elle se tut enfin pour reprendre son souffle, Caroline en profita pour demander à Milford :

— Depuis quand connaissez-vous Bradford ?

— Nous sommes amis d'enfance et presque des frères.

— Comme nous, presque des sœurs ! renchérit Charity. Ciel ! j'allais oublier que j'ai promis cette danse à notre hôte ! Il est plein d'allant pour un homme de son âge. Voulez-vous m'excuser ?

Elle prit sa jupe à deux mains et chuchota en passant devant sa cousine :

— Prie pour qu'il ne m'écrase pas les pieds !

Elle disparut comme elle était venue. En coup de vent !

— Savez-vous que j'ai une dette envers vous ? dit alors Milford lorsqu'il se retrouva seul avec Caroline.

Il la connaissait donc ? Elle écarquilla les yeux. Que de surprises au cours de cette soirée ! D'abord Bradford qui lui avait récité la vie qu'elle menait à Boston, et maintenant son ami pour lequel elle n'était pas une inconnue.

— Brad ne savait plus sourire, vous le lui avez réappris, continua-t-il.

— On ne peut pas dire qu'il soit vraiment d'un abord facile !

— Vous êtes très perspicace, dit-il en riant. Je savais que je vous aimerais !

— Et pourquoi sourire est-il un tel événement pour lui ?

— Parce qu'il n'a jamais eu de grandes raisons de le faire.

Cette réponse elliptique piqua la curiosité de Caroline.

Bradford avait-il un passé douloureux ?

— Vous êtes quelqu'un de bien, aussi dites-moi ce que... commença-t-elle.

— Et moi ? Suis-je quelqu'un de bien ? intervint à cet instant Bradford en surgissant derrière elle.

— Vous pourriez prendre exemple sur votre ami, répliqua-t-elle avec un rire moqueur en le voyant s'assombrir.

Bradford ne dit rien. En effet, Milford répondait au type d'homme qu'elle eût aimé épouser. Mais le dîner fut annoncé, et comme ils lui offraient chacun un bras, elle désigna son père et son oncle qui espéraient sûrement sa présence à leurs côtés. Bradford suivit son regard et s'assombrit davantage. Un groupe de jeunes gens entouraient le comte.

— Ils flattent votre père pour obtenir vos faveurs, lâcha-t-il du bout des lèvres.

— As-tu projeté de monter la garde toute la soirée ? demanda Milford, les yeux pétillants.

— Non. Mais, avant la fin du bal, j'aurai deux mots à dire à ces jeunes daims.

Milford eut une grimace ironique, s'inclina devant Caroline et s'esquiva. Sans attendre son approbation, Bradford la prit par le coude pour la conduire vers la salle à manger.

— C'est le comte de Stanton qui parle avec Charity ? lui demanda-t-elle, peu sûre d'avoir retenu tous les noms de ceux qui lui avaient été présentés.

— Non. Il est comte de Stanton.

— N'est-ce pas ce que je viens de dire ?

— Pas du tout. Lorsque vous dites le comte de Stanton, cela signifie qu'il est le fils aîné et porte le plus haut titre de sa famille. Si vous dites comte de Stanton, c'est que son père ou son frère aîné portent un titre plus élevé.

Le visage de Bradford était impénétrable, mais une lueur provocatrice brillait dans ses yeux. Caroline n'en parut guère offusquée.

— Merci pour m'avoir souligné ces nuances. Dois-je comprendre que c'est vous qui portez le titre le plus élevé, puisqu'on vous appelle *le* duc de Bradford ?

— Oui. Je suis également le comte de Whelburne, le comte de Canton, le marquis de Summertonham et le vicomte Benton.

Cette avalanche de titres ne parut pas impressionner Caroline outre mesure.

— Êtes-vous chevalier également ?

— Pas encore. Ce titre n'est pas un héritage. Seul le roi peut sacrer un chevalier.

— Je vois. Mes connaissances en la matière doivent vous paraître bien pauvres, mais, à Boston, on se préoccupe peu des titres. Mon oncle Henry n'a pas jugé bon de parfaire mon éducation, d'une part, parce qu'il ne pensait pas que je rentrerais en Angleterre, et, d'autre part, parce que les titres ne signifient pas grand-chose pour lui. Il s'attache davantage à la valeur d'un homme qu'à celle de ses pères. Je partage son avis.

Le comte de Braxton attendant sa fille sur le seuil de la salle à manger, Bradford dut lâcher son bras à regret.

— Nous reprendrons cette discussion demain. Votre père m'a accordé l'autorisation de vous revoir.

Voilà qui expliquait leur entretien ! Braxton plaça sa fille près du marquis et s'assit en face d'eux. Quelques secondes plus tard, Bradford escortait Charity jusqu'à leur table avec un visage tellement souriant que Caroline demanda à sa cousine ce qu'elle avait pu lui raconter.

— A lui, rien ! Mais, lorsqu'il est venu me chercher, je discutais avec notre hôte, lequel s'est esquivé sans que j'y fasse attention. Aussi Bradford m'a-t-il découverte en train de parler à une plante verte !

Caroline fit un effort pour ne pas céder au fou rire et réclama à son père les lunettes de Charity.

— Porte-les, par pitié ! dit-elle en les lui tendant.

Charity hésita avant de les chausser, puis chuchota :

— Sais-tu que ton Bradford provoque des commentaires ?

— Ce n'est pas *mon* Bradford... Mais, dis-moi ce qu'on raconte !

— Qu'il est très étonnant de le voir sortir de sa réserve, s'amuser et rire. Ce n'est pas dans ses habitudes. Notre hôte est aux anges. Et, comme ton père, également, n'est pas sorti depuis des siècles, on t'attribue ces deux miracles.

Caroline haussa les épaules. Dans l'immédiat, Bradford se tenait au milieu d'un groupe de femmes ravissantes qui faisaient mille manières pour capter son attention. Pour une raison inconnue, elle en fut irritée. Mais de quoi se mêlait-elle ?

Lorsque le souper fut terminé, son père et son oncle lui présentèrent encore d'autres amis et relations, les uns, titrés, les autres pas. Caroline s'évertua à trouver les mots justes et à ne pas commettre d'impairs dus à son ignorance.

Elle fit aussi la connaissance de Lady Tillmann qui, selon les dires du marquis, aurait eu jadis des vues sur son père. En fait, Lady Tillmann n'était guère différente des autres ladies. Plus âgée et plus enveloppée, elle avait dû, à l'instar des autres, passer des heures devant son miroir à peaufiner ses mimiques et ses gestes.

Déçue, Caroline la trouva assommante, superficielle, et ne comprit pas pourquoi son père semblait si content de la revoir. Puis elle en éprouva des remords. Il avait été si longtemps seul.

La fille de Lady Tillmann était la copie conforme de sa mère, en plus jeune et en plus fluette. Elle avait hérité ses expressions et attitudes. Quant à son fiancé, le comte Nigel Crestwall, il ressemblait à un renard ! Lors des présentations que fit Lady Tillmann, il trouva le moyen de décocher à Caroline une œillade provocatrice qu'elle trouva aussi déplacée que gênante. Rachel Tillmann eut alors la bonne idée d'entraîner son futur époux sur la piste de danse.

Le marquis montrant quelques signes de fatigue, Caroline suggéra que l'on retourne dans la salle à manger pour prendre un dessert. Mais à peine furent-ils installés que le vicomte Claymere et Terrence St. James demandèrent à être présentés et à se joindre à eux.

Ils ne tardèrent pas à rivaliser pour attirer son attention et elle finit par les trouver terriblement ennuyeux. A l'autre bout de la salle, Bradford observait ce manège, ignorant la femme qui se tenait près de lui et le couvait d'un œil énamouré. Lorsque Caroline croisa son regard, il leva son verre d'un geste complice, et elle allait en faire autant lorsque le vicomte se pencha vers elle et fit basculer sa coupe de champagne sur la nappe damassée. Il se répandit en excuses, Caroline serra les dents et Bradford, que cette scène parut réjouir au plus haut point, sourit d'une oreille à l'autre.

La soirée se termina enfin. Caroline dut promettre une dizaine de fois de rendre visite à son oncle, le surlendemain, à l'heure du thé.

Après avoir salué et remercié avec sa cousine le duc d'Ashford, toutes deux suivirent le comte de Braxton dont la satisfaction était évidente.

Ils montèrent en calèche. Charity ne tarit pas

d'éloges sur la soirée et le comte lança avec un rire étouffé :

— Le duc de Bradford m'a demandé l'autorisation de venir te voir demain, Caroline, mais, lorsque je lui ai dit qu'il était le cinquième à me présenter cette requête, il n'a pas eu l'air d'apprécier.

— Oh ! mais Bradford lui fait la cour, affirma Charity.

— Il n'est pas le seul, mais puis-je te préciser que tu ne manques pas de soupirants, Charity, à en juger par tous ceux qui sont venus me présenter la même requête.

— Ah oui ? murmura-t-elle.

— Je ne suis plus tellement au courant des nouveaux usages, mais s'ils n'ont pas changé, vous devriez dès demain être inondées de fleurs et d'invitations.

Cette nouvelle ne parut guère bouleverser Charity. Tout au contraire. Comme elle ouvrait la bouche pour protester, Caroline lui lança un coup d'œil éloquent. Pourquoi gâcher la joie de son père ? Charity saisit le message et inclina la tête. Elle ne songeait qu'à Paul, et Caroline se promit d'avoir demain matin un long entretien avec sa cousine.

Durant le trajet, elle écouta la conversation d'une oreille distraite. Le visage de Bradford se profilait devant ses yeux.

Elle le compara à Clarence, son soupirant de Boston. Comme ils étaient différents ! Clarence était immature, aussi maladroit qu'un des poulains de la ferme. Bradford était un homme, aussi fort que son étalon. Possédait-il la même endurance ? La désirerait-il longtemps ?

Puis, jugeant que ces comparaisons étaient stupides, elle chassa hommes et chevaux de sa tête.

6

Caroline avait projeté de discuter avec Charity après une bonne nuit de sommeil. Mais, lorsqu'elle entra dans la chambre de sa cousine pour lui dire bonsoir, elle la trouva sanglotant dans son lit, ou plus précisément dans l'oreiller qu'elle serrait contre sa poitrine.

— Tu avais raison, hoqueta-t-elle. C'est un traître. J'espère que tu vas m'aider à le retrouver et que tu lui logeras une balle dans la tête.

Charity avait l'art de passer d'un extrême à l'autre. Caroline s'assit au bord de son lit.

— Écoute, Charity, cette fois, c'est moi qui me suis trompée au sujet de Bleachley. Tu as bien fait de suivre ton intuition.

— Tu te moques de moi ? s'écria sa cousine en essuyant ses yeux sur la taie d'oreiller. (Puis elle se redressa.) Tu sais quelque chose ? Tu dois me le dire !

— Bleachley a été blessé lors de l'explosion qui a eu lieu à Boston. Tu te souviens, nous apercevions de notre chambre ce giganstesque incendie sur le port ?

— Bien sûr, je m'en souviens ! Par pitié, dis-moi ce qui lui est arrivé !

Caroline ne la fit pas languir plus longtemps et lui répéta ce que lui avait dit Bradford.

— Que dois-je faire, Caroline ? S'il ne veut même pas voir les siens, c'est qu'il doit être horriblement malheureux. Mon pauvre Paul...

Et elle se remit à sangloter de plus belle.

— Je pense qu'il y a une solution, dit Caroline lorsque Charity fut un peu calmée. Mais nous aurons besoin de l'aide de Bradford.

— Pourquoi ? demanda Charity en lui broyant les mains.

— A lui de trouver le moyen de nous conduire chez lui. Ensuite, lorsque tu seras seule avec Paul, à toi de lui montrer la force de tes sentiments. Ton rôle ne sera pas facile. Si tu es trop gentille, tu gâcheras tout.

— Je ne comprends pas...

— Souviens-toi du jour où j'ai ramené Benjamin à la maison.

— Quand je suis entrée dans la cuisine et que je l'ai vu avec son couteau dans la main, j'étais morte de peur, c'est vrai !

— Oui, mais tu ne l'as pas montré. Tes frères non plus. Rappelle-toi, James s'est contenté de se présenter et lui a tendu la main.

— Où veux-tu en venir ? Quel rapport avec Paul ?

— Laisse-moi finir.

— Benjamin n'avait aucune confiance en

nous. Mais, comme nous nous conduisions comme si de rien n'était, il a fini par accepter que Mama soigne ses blessures. Il n'a pas dit un mot et, si j'ai bonne mémoire, il s'est laissé faire. Mais il n'a pas lâché son couteau, même pour dormir !

— Je ne vois toujours pas...

— Écoute, il doit en être de même avec Paul. Si tu affiches la moindre compassion, il en sera blessé, comprends-tu ?

Une heure de discussion parvint à convaincre Charity et Caroline déclara qu'il était temps d'aller dormir.

— Attends un peu ! Nous n'avons pas parlé de la soirée ! Sais-tu que tout le monde t'a remarquée et que les dames mouraient de jalousie ? Autre chose, l'oncle Franklin était là et il n'a même pas demandé à te rencontrer. Cet adorable vieux marquis lui a signalé notre présence et, pour toute réponse, Franklin a tourné les talons et il est parti.

— Peut-être as-tu mal entendu ou... mal vu ?

— D'accord, je ne portais pas mes lunettes, mais j'étais suffisamment près d'eux pour entendre le marquis et voir l'expression menaçante de Franklin. Tout cela est bizarre. Tu prétends que tous les Anglais sont étranges, mais la conduite de cet homme l'était réellement.

— En effet. Pourquoi me fuit-il ?... Que lui ai-je fait ? Penses-tu que...

— T'ai-je dit que Bradford est réputé pour assister rarement à ces soirées ? Il n'est venu que pour toi, Caroline. Ne le nie pas. Mon intuition était bonne. Quant à toi, il ne te laisse pas indifférente ! N'oublie pas que je t'ai vue l'embrasser et l'observer quand tu croyais que personne ne te regardait !

— Cela se voyait tant que ça ? demanda Caroline, mortifiée.

— Uniquement pour moi, parce que je te connais.

— C'est possible qu'il m'attire... Mais il me rend tellement nerveuse...

Sa cousine lui donna une petite tape amicale sur la main, comme l'aurait fait Mama.

— Charity, sais-tu que depuis que je suis arrivée en Angleterre, tous mes projets sont chamboulés. Je ne pensais qu'à rentrer à Boston, et maintenant j'accepte l'idée de rester ici. Quand j'ai rencontré Bradford, je l'ai trouvé autoritaire et odieux et voilà que j'aime être en sa compagnie. Miséricorde ! Que m'arrive-t-il ?

— Je crois, ma chère petite sœur, que tu es en train d'apprendre à te soumettre. Bref, tu deviens une femme.

Caroline la fusilla du regard et Charity éclata de rire.

— Tu sais ce que je crois, Lynnie ? Tu es tombée amoureuse. Inutile de me regarder de travers, ce n'est pas la fin du monde.

Il était trois heures du matin lorsque Caroline se glissa enfin dans son lit. Il lui fut impossible de chasser Bradford de ses pensées. Une question revenait sans cesse. Pourquoi était-ce un miracle de le voir sourire ? Que s'était-il passé ? Elle devrait le lui demander. Finalement, elle s'endormit.

Habituée à se lever tôt, Caroline s'éveilla quatre heures plus tard, avec des cernes sous les yeux. Elle enfila une robe beige, ornée d'un col au ras du cou, noua ses cheveux en un gros chignon sur la nuque, et descendit en quête d'une tasse de thé brûlant.

La salle à manger était vide. La table, aussi. Caroline se rendit à la cuisine où elle trouva Marie, la nouvelle cuisinière de son père, assise devant l'âtre.

Au premier abord, elle ne trouva pas cette jeune femme particulièrement sympathique. Elle devait avoir son âge, mais elle avait un air revêche et provocateur. Quant à l'état de la cuisine, il était indescriptible. De la vaisselle sale était empilée dans l'évier, le sol était gras, il y avait des miettes partout. Caroline fronça les sourcils.

— Je n'ai pas encore eu le temps de nettoyer, grommela Marie. Et puis, autant tout vous avouer, j'ai encore raté le plat de viande.

— Est-ce une raison pour que la cuisine soit aussi sale ?

Puis, d'un seul coup, changeant de tactique, Marie fondit en larmes.

— Qu'est-ce que je vais devenir ? Je vais être fichue à la porte, gémit-elle en s'essuyant les yeux sur son tablier crasseux.

Désemparée, Caroline se radoucit.

— Ne vous a-t-on pas expliqué ce qu'on

attendait de vous avant de vous engager ? Allons, calmez-vous.

La cuisinière releva la tête.

— Écoutez, j'ai menti. Toby a rédigé de fausses références. C'est malhonnête, mais j'ai tant besoin de travailler que je n'ai pas eu le choix. Toby ne gagne pas suffisamment pour subvenir à nos besoins, et il me faut des shillings supplémentaires pour nourrir le petit Kirby.

— Qui sont Toby et Kirby ?

— Mon mari et mon fils. Ma cuisine leur convient, mais ce n'est pas le cas du comte. Maintenant, il va me renvoyer et je ne sais pas ce que nous allons devenir.

Caroline l'examina attentivement. Marie semblait robuste et pourtant elle était trop mince. Sans doute ne mangeait-elle pas à sa faim ?

— En parlerez-vous à votre père, miss ? demanda-t-elle en chiffonnant son tablier entre ses doigts.

— Peut-être pourrions-nous faire un arrangement ?

— Je ferai n'importe quoi, miss, pour conserver mon travail.

L'expression lasse de ses yeux la vieillissait considérablement, et Caroline repoussa sa première impression pour se montrer compatissante.

— Vous connaissez mon ami Benjamin ?

— Oui. L'on m'a dit qu'il était chargé de veiller sur votre sécurité.

— C'est exact. Mais la cuisine n'a aucun secret pour lui. Aussi lui demanderai-je de préparer les repas et de vous apprendre à les faire.

Marie promit d'exécuter tout ce que voudrait Benjamin. Un instant plus tard, mis au courant de la situation, celui-ci accepta sans broncher. Jamais Caroline ne lui aurait proposé de travail supplémentaire si elle n'avait su le plaisir qu'il trouverait à préparer des petits plats. Benjamin vint donc à la rescousse, Mary se montra éperdue de reconnaissance, tout rentra dans l'ordre et Caroline put boire enfin une tasse de thé dans la salle à manger, en attendant son père.

Le comte de Braxton rejoignit sa fille une heure plus tard. Caroline resta à ses côtés pendant qu'il dégustait le meilleur petit déjeuner de sa vie, affirma-t-il. Une pile de lettres était arrivée ce matin, accompagnée d'une montagne de fleurs et de requêtes.

— T'ai-je dit que le duc de Bradford passera te voir à deux heures cet après-midi ? demanda son père.

— Deux heures ! Je n'ai pas vu passer la matinée ! Il faut que je me change ! dit-elle en bondissant de son siège.

— Ce soir, nous sommes invités à un dîner offert par le vicomte Claymere et sa famille, lui cria-t-il avant qu'elle ne disparaisse.

Caroline s'arrêta sur le seuil de la porte.

— S'agit-il de ce gentleman maladroit que j'ai rencontré hier soir ?

Le comte inclina la tête. Caroline leva les yeux au ciel.

— Dans ce cas, je ne porterai pas ma jolie

robe ivoire. Il y renverserait encore quelque chose !

Bradford arriva avec quinze minutes de retard. Elle entendit Deighton accueillir cérémonieusement « Sa Grâce », puis les portes du petit salon furent ouvertes.

Il était extrêmement élégant dans sa tenue d'équitation. Ses culottes de daim fauve et sa veste marron foncé faisaient ressortir la blancheur de sa cravate de soie. Visiblement, il avait pris soin de se vêtir à la perfection, mais Caroline n'avait rien à lui envier.

Elle portait une robe de couleur lavande, avec de larges manches qui tombaient en plis souples. Le décolleté en carré était bordé d'un galon d'un bleu profond. Mary Margaret avait ramené ses cheveux en grosses boucles sur la nuque, tout en laissant quelques petites frisettes encadrer son visage.

Caroline se rendit compte qu'elle était en train de le dévisager et qu'il en faisait autant. Relevant légèrement sa jupe qui découvrit alors ses escarpins bleus, elle fit une brève révérence.

— Vous êtes en retard, milord. Qu'est-ce qui vous a donc retenu ?

— Savez-vous que vous êtes vous-même en avance de cinq minutes ? Une jeune dame doit au moins attendre vingt minutes pour ne pas donner à son soupirant l'impression qu'elle se languit de lui.

— Seriez-vous mon soupirant, milord ? demanda-t-elle en s'avançant vers lui, ses yeux pétillant de malice.

— Et vous, mouriez-vous d'impatience ? riposta-t-il.

— Mais bien sûr ! Comment pourrait-il en être autrement, sachant combien vous êtes respectable et respecté.

Sa mine déconfite la fit éclater de rire.

— Je n'ai même pas eu le temps de vous saluer correctement que vous m'agressez, grommela-t-il, en poussant un soupir.

— Mais ne venons-nous pas de nous saluer ? ironisa-t-elle.

Son sourire s'effaça en le voyant s'avancer vers elle d'un pas un peu trop décidé. Elle essaya vainement de faire un pas en arrière, mais il la tenait déjà par les épaules, la pressant contre lui.

Ses intentions étaient claires. Caroline le repoussa. Les portes du salon étaient grandes ouvertes. Deighton était allé prévenir le comte. Son père pouvait surgir d'un instant à l'autre et les surprendre dans cette position particulièrement compromettante.

— Mon père... commença-t-elle.

Les lèvres de Bradford se posèrent sur les siennes et Caroline se sentit fondre. Ce baiser ne souleva aucune rébellion et lorsqu'il se redressa, la déception que trahissait son regard le fit éclater de rire.

— Pourquoi ne m'avez-vous pas embrassée comme la nuit dernière ? balbutia-t-elle naïvement.

— Quand je vous embrasse ainsi, je ne peux plus m'arrêter et je connais mes limites.

— Insinuez-vous que je peux vous faire perdre tout contrôle sur vous-même ?

A présent, une lueur amusée brillait dans ses yeux. Elle croyait le taquiner, ignorant qu'elle était tout à fait capable de lui faire perdre la tête. Aussi ne répondit-il pas.

— Qui ne dit mot consent ! reprit-elle, moqueuse, en l'invitant à s'asseoir devant la cheminée de marbre.

Elle prit place en face de lui et Bradford allongea ses longues jambes devant l'âtre, d'un air décontracté, tout en cherchant vainement comment lui clouer le bec.

— Très bien, continua-t-elle. Je vois que vous n'êtes pas d'humeur à plaisanter. Je vais en profiter pour vous demander une petite faveur avant que mon père arrive, Bradford. Si vous acceptez, je vous en serai éternellement reconnaissante.

— Éternellement ? C'est long pour une simple dette !

— J'exagère, en effet. Venons-en au fait. Bradford, je voudrais que vous nous conduisiez chez Paul Bleachley, Charity et moi, et que vous nous aidiez à le rencontrer.

Il hocha la tête, navré de devoir contrecarrer son projet.

— Paul n'acceptera jamais.

— Non, vous n'avez pas compris. Bien sûr qu'il refusera ! Il ne doit pas savoir. Mon plan consiste à arriver sans le prévenir.

Le visage de Bradford s'assombrit un peu plus. Son père allait surgir d'un instant à l'autre et Caroline perdit patience. L'affaire devait être réglée au plus vite.

— Écoutez-moi. Il s'agit d'agir au mieux pour Paul et ma cousine, ne comprenez-vous pas ?

— Dois-je en déduire que vous savez ce qui est le mieux pour eux ?

— Cessez de vous moquer de moi ! Acceptez, s'il vous plaît. Je sais parfaitement ce que je fais, vous devez me croire, Bradford !

Insensiblement, sa voix était devenue suppliante, aussi se raidit-elle. Les pas du comte résonnaient déjà dans le hall.

— Je ne m'avoue pas vaincue, souffla-t-elle. Ce n'est que partie remise.

N'était-ce pas à peu de chose près ce qu'il lui avait dit la veille ? Sur un tout autre sujet !

Lorsque le comte entra dans la pièce, Bradford riait et Caroline souriait, assez satisfaite de sa déclaration. La conversation s'engagea à bâtons rompus pendant près d'une heure. Puis Bradford prit congé sans qu'ils aient eu la possibilité de se retrouver seuls.

Caroline et son père le raccompagnèrent dans le hall et, sur le seuil de la porte, Caroline lui chuchota :

— J'attends votre réponse jusqu'à demain matin au plus tard. A défaut de quoi je m'arrangerai autrement.

— Serez-vous chez les Claymere ce soir ? demanda le comte. La soirée risque d'être charmante. La petite Clarissa jouera de l'épinette et accompagnera ensuite le tour de chant de sa sœur.

— Je compte porter un tablier de cuisinière afin que le vicomte ne gâche pas ma toilette ! lança Caroline.

Bradford réprima son envie de rire. Mais le comte fusilla sa fille du regard. Confuse, Caroline eut la certitude de s'être conduite comme une écervelée.

— Milford et moi y assisterons, promit Bradford qui, pour rien au monde, ne se fût avoué qu'il ne se rendait à cette soirée que parce que le vicomte s'intéressait d'un peu trop près à Caroline.

Caroline Richmond n'appartiendrait à personne d'autre qu'à Jered Marcus Brenton.

— Les réceptions commencent-elles toujours aussi tard à Londres ? demanda Caroline à son père.

L'atmosphère douillette de la calèche la rendait somnolente et elle n'arrêtait pas de bâiller.

— Pourquoi t'es-tu levée si tôt ? lança Charity. J'ai dormi jusqu'à midi et je suis en pleine forme. Pince tes joues, Caroline, tu es pâle à faire peur !

— Je suis sûr que vous apprécierez cette soirée, déclara le comte. Les Claymere sont des gens charmants et les jeunes sœurs du vicomte sont très douées pour la musique.

Caroline ferma les yeux, incapable de suivre la conversation de son père et de sa cousine.

Charity était, en effet, dans une forme éblouissante depuis cette fin d'après-midi. Bradford avait donné sa réponse. Dans sa lettre, il précisait qu'il viendrait les chercher à dix heures, le lendemain, pour les conduire chez Bleachley. Il avait terminé sa missive par : « Suis-je assez attentionné ? ».

Il l'était. Caroline avait mis son père au courant. Il avait accepté, à la condition qu'elles fussent de retour à une heure afin d'avoir le temps de se préparer pour se rendre ensuite chez l'oncle de Caroline.

Lorsqu'ils arrivèrent chez les Claymere, Bradford n'y était pas encore et Caroline en fut déçue. Pour comble de malchance, le vicomte ne la lâchait pas. Il était sans cesse sur ses talons, renouvelant ses excuses pour sa maladresse de la veille.

Bradford fit son apparition juste avant le récital.

Caroline s'était assise entre son père et sa cousine pour fuir les assiduités du vicomte. La petite Clarissa, qui eût gagné à perdre quelques kilos, s'installa devant l'épinette en prenant tout son temps. La pauvre gosse voulait faire de son mieux, mais elle attaqua plusieurs fois le début de son morceau, tant et si bien que, lasse d'attendre, Caroline ferma les yeux et finit par s'endormir.

Au fond de la salle, appuyé contre le mur, Bradford se jura qu'au prochain essai il traverserait la pièce, prendrait Caroline par le bras et qu'ils quitteraient tous deux cette triste assemblée.

Milford arriva à cet instant et vint rejoindre son ami.

— Peut-on savoir pourquoi tu grimaces ? chuchota-t-il.

— Je souffre d'entendre massacrer Mozart et de ne pas être à côté de Caroline.

— Où est-elle ?

Bradford lui désigna le demi-cercle que formaient les invités, et soudain il se mit à rire. Des regards choqués se tournèrent vers lui et il s'efforça de reprendre un visage de circonstance.

— Elle dort, chuchota-t-il.

— Ma parole, oui ! souffla Milford en se mordant les lèvres pour ne pas rire à son tour.

Caroline dormit pendant tout le récital de la petite Clarissa, et ne s'éveilla même pas durant l'entracte destiné à permettre à la cadette de préparer ses partitions pour la suite du concert.

Bradford en profita pour changer de place. Le comte et Charity venant de quitter leurs sièges, Milford et lui prirent leurs places.

— Crois-tu que nous devrions la réveiller ? demanda Milford.

— Uniquement si elle se met à ronfler, répondit Bradford. Dieu qu'elle est belle quand elle dort !

— Penses-tu pouvoir un jour la chasser de tes pensées ?

Obtenir ce qu'il voulait et passer à autre chose avait été dans ses intentions. Mais rien n'avait fonctionné comme prévu. Clarissa lui épargna la nécessité de répondre en attaquant les premiers accords d'un nouveau morceau.

L'ouverture fut presque plaisante, jusqu'au moment fatidique où Catherine Claymere ouvrit la bouche. Son soprano léger était surtout perçant, et Bradford l'apprécia pour la bonne raison qu'il éveilla Caroline en sursaut. Elle tressaillit, laissa échapper un cri et posa machinalement sa main sur la cuisse de Bradford. Puis elle piqua un fard, non pour s'être endormie, mais pour avoir piaillé comme un moineau pris au piège.

Bradford recouvrit paisiblement sa main de la sienne. Caroline prit alors conscience de la situation, elle s'écarta précipitamment, fusilla Bradford des yeux et adressa à Milford un sourire enchanteur.

— Révélez-moi votre secret pour dormir ainsi pendant une telle épreuve, murmura-t-il. J'aimerais pouvoir en faire autant.

Mais Bradford ayant délibérément passé son bras autour de ses épaules, son sourire disparut, elle se raidit et regarda droit devant elle.

— Tenez-vous bien ! Qu'est-ce que les gens vont penser !

— Que je soutiens une malade, répondit-il, en commençant à lui masser la nuque.

— Votre ami manque d'éducation, dit-elle à Milford.

— Je le lui ai souligné en maintes occasions, répliqua ce dernier, imperturbable.

Aucune aide à attendre de lui ! Tant pis pour

ses oreilles qui souffriraient davantage des vocalises de Catherine, mais il ne lui restait plus qu'à changer de place et à s'asseoir au premier rang. Elle essaya de se lever, mais Bradford la retint fermement.

— Laissez-moi partir! souffla-t-elle en lui lançant un regard incendiaire.

Peine perdue! Il regardait ailleurs. Lorsque Catherine eut fini son tour de chant, des applaudissements polis la saluèrent et quelques personnes se levèrent, y compris Bradford et Caroline. Mais ils durent se rasseoir, Catherine annonçant une autre chanson. Caroline en profita pour s'esquiver avant que Bradford ait eu le temps de réagir.

Elle se précipita vers l'escalier et demanda à une femme de chambre où elle pourrait se rafraîchir. Au bout d'un long corridor, elle trouva enfin une salle d'eau déserte où elle put rectifier sa coiffure. Grâce à Bradford, ses joues étaient roses à souhait!

Lorsqu'elle quitta les lieux, le palier était plongé dans l'obscurité. Étrange. Quelqu'un avait dû souffler les chandelles. Elle s'apprêtait à descendre avec précaution, lorsqu'un léger bruit se fit entendre derrière elle. Sans avoir le temps de s'interroger ou de crier, Caroline se sentit littéralement projetée dans l'escalier.

Elle culbuta, tête la première, roula et rebondit jusqu'en bas. Le talon de sa chaussure se coinça dans l'ourlet de sa robe, provoquant une large déchirure, mais ce n'était rien à côté des dégâts causés à son décolleté.

Elle s'assit sur la dernière marche, complètement ébouriffée, et constata que, hormis un coude endolori et des courbatures de la racine des cheveux aux orteils, elle n'avait rien de cassé.

Une chance dans son malheur : personne ne l'avait vue. Les jambes en coton, elle se mit debout en s'aidant de la rampe, leva la tête vers le haut de l'escalier et comprit alors qu'elle aurait pu se rompre le cou. Sa seconde pensée fut que... *quelqu'un avait essayé de lui rompre le cou* !

Ce fut Bradford qui la découvrit. Il la cherchait partout, Milford ne l'avait vue nulle part, ils commençaient tous deux à s'inquiéter. Mais en l'apercevant, il la dévisagea avec stupeur et indignation.

— Pour l'amour de Dieu ! commença-t-il.

Elle avait tout d'une femme venant de se livrer à quelque bacchanale. Il ne lui manquait plus qu'un peu de paille dans les cheveux.

La même expression atterrée se lisait sur le visage de Milford, qui venait de le rejoindre. Peut-être tirait-il lui aussi des conclusions hâtives, mais les faits étaient contre elle ! Il posa sa main sur le bras de Bradford pour le retenir.

— Laisse-la s'expliquer, dit-il en ramassant un escarpin.

Jugeant qu'ils s'étaient suffisamment repus du spectacle qu'elle offrait, Caroline affermit sa voix.

— De vrais gentlemen ne resteraient pas

bouche bée devant une lady en détresse. Ils tenteraient au moins de lui porter secours.

Bradford luttait désespérément contre la colère qui défigurait ses traits. Il ôta sa jaquette et la posa sur les épaules de Caroline.

— Qui se trouvait avec vous là-haut ? gronda-t-il les dents serrées.

Caroline ne comprit pas tout de suite. Ahurie, elle lança à Milford un regard interrogateur. Du salon leur parvenaient les vocalises toujours plus hautes de Catherine Claymere, et elle eut l'impression que le monde était en plein délire.

— Nous ferions mieux de sortir avant que cette gosse ne fasse fuir tous ces pauvres gens désespérés qui n'attendent qu'une occasion, grommela Bradford, en prenant Caroline par les épaules.

— Excellente idée, dit Milford.

De plus en plus décontenancée, Caroline se tourna vers lui.

— Mais enfin, que se passe-t-il ?

Milford haussa les épaules. Bradford la souleva dans ses bras et jeta à son ami :

— Toi, va prévenir Braxton que Caroline a déchiré sa robe et que je la ramène chez elle. Quant à vous, madame, quand nous serons sortis, vous me direz qui a bien pu vous mettre dans cet état !

Caroline écarquilla les yeux, ne sachant si elle devait rire ou pleurer en comprenant enfin ce qu'il s'était imaginé.

— Miséricorde, Bradford ! Pensez-vous que

j'étais avec mon amant ? Je n'ai fait que basculer dans l'escalier, voyons !

Puis, furieuse d'avoir à lui fournir des explications, elle ajouta, ironique :

— Évidemment, cela s'est passé après notre rencontre secrète ! Quel homme incroyablement rapide, sans parler de ses idées baroques ! Il a tenu à déchirer ma robe et à me tordre la cheville ! N'est-ce pas là des preuves d'amour plutôt inhabituelles ?

Milford éclata de rire et Bradford se sentit légèrement confus.

— Pourriez-vous baisser le ton ? Vous allez finir par crier aussi fort que Catherine Claymere...

Ils atteignirent la porte d'entrée, Milford leur tint le battant et les suivit pour s'assurer de la bonne marche des événements.

— Bon sang, vous auriez pu vous blesser ! murmura Bradford en effleurant les cheveux de la jeune fille.

— Elle aurait pu se tuer, mon vieux, rectifia Milford en gratifiant son ami d'un coup d'œil railleur.

— Eh bien, je *suis* blessée ! souligna Caroline. J'ai le coude endolori et j'ai très mal au...

— Comment vous y êtes-vous prise, ma chérie ? Auriez-vous besoin de porter des lunettes comme votre cousine ? susurra Bradford, non sans une certaine tendresse qui eut le don de faire craquer les nerfs de Caroline.

Ses yeux s'emplirent de larmes, mais elle rétorqua, rageuse :

— C'était terrible... Toutefois, je ne vous permets pas de m'appeler « ma chérie ».

Milford fit appeler la calèche et leur tint la portière.

— Fais donc attention à sa tête ! grommela-t-il, tandis que son ami se baissait en gravissant le marchepied.

Bon gré, mal gré, Caroline dut appuyer sa joue contre l'épaule de Bradford. Une odeur épicée émanait de sa veste et elle en fut troublée. Après l'avoir déposée sur la banquette, il rappela à Milford de ne pas oublier de prévenir le comte, et revint s'asseoir près d'elle. La calèche s'ébranla et Caroline se redressa, gênée par la façon dont Bradford la dévorait des yeux.

— Ne me regardez pas ainsi, ce n'est pas correct.

— Je n'ai jamais su ce que signifiait ce mot. C'est ennuyeux, parce que justement il fait partie des qualités que vous exigez d'un homme.

— Vous n'êtes pas très compréhensif non plus.

— Comment en êtes-vous arrivée à cette conclusion ? dit-il en relevant un sourcil moqueur.

— Pour m'avoir soupçonnée de m'être mal conduite. Ça suffit, Bradford ! Cessez de jouer les innocents !

— A vrai dire, j'ai simplement craint que quelqu'un n'ait abusé de vous.

— Alors, vous n'êtes pas généreux. Pourquoi voyez-vous toujours le mal chez les autres ?

Bradford eut une moue mi-railleuse, mi-tendre, et il caressa lentement son visage.

— Y a-t-il une seule chose que vous aimiez en moi ? murmura-t-il.

Caroline frissonna et le repoussa. Mais, puisque l'on jouait au jeu de la vérité, pourquoi ne pas être franche ?

— Eh bien, j'aime la façon dont vous m'embrassez, avoua-t-elle avec une naïveté désarmante.

Bradford se pencha, prit doucement son visage entre ses mains et ne fit qu'effleurer sa bouche. Caroline entrouvrit légèrement les lèvres et se pressa contre lui. C'était l'encouragement qu'il attendait.

Son baiser se fit plus insistant et il n'eut plus qu'à prendre ce qu'elle lui offrait si innocemment.

Le cœur battant, le souffle court, perdant la notion du temps, Caroline lui rendit son profond baiser. Ses doigts s'enfoncèrent dans la chevelure brune et bouclée dont le parfum l'enivrait. Elle gémit doucement lorsqu'il s'arracha à son étreinte.

Bradford prit une profonde inspiration, espérant que ce geste calmerait son ardeur. Peine perdue ! Comment aurait-il pu en être autrement alors qu'il la sentait si douce et si consentante ? Il devait pourtant tenir son rôle de gentleman, s'asseoir en face d'elle et respecter sa naïveté et sa chasteté. Mais lorsqu'il la regarda, il lut dans ses yeux que s'éveillait en elle ce plaisir physique que toute femme éprouve avec un homme.

Alors, il reprit sa bouche en se promettant

qu'il n'irait pas plus loin. Mais ses doigts glissèrent lentement de son cou à la naissance de sa gorge, et ses belles résolutions s'envolèrent.

Caroline tenta de protester tout en luttant contre les sensations délicieuses qu'il éveillait en elle. Lorsqu'il posa sa bouche sur la pointe de ses seins, elle se sentit sans défense. Il ne lui restait plus qu'à faire confiance à Bradford. Il saurait où il devait arrêter ce délicieux supplice. Elle se laissa entraîner dans cet univers érotique, comptant sur son expérience d'homme mûr pour ne pas franchir certaines limites.

— Caroline, vous êtes si douce... Vous êtes faite pour l'amour, murmura-t-il en mordillant le bout raidi et douloureux d'un sein tandis que sa main caressait l'autre.

Caroline vibrait de toute son âme, mais aussi de tout son corps, répondant à cet appel mystérieux qui finit par l'effrayer. Elle devait s'en libérer.

— Bradford ! Non !

Un baiser plus profond la réduisit au silence. Bradford n'avait plus l'intention d'en rester là.

— Je vous désire, comme je n'ai jamais désiré aucune femme, Caroline.

Il fit glisser jusqu'à la taille le peu de tissu qui recouvrait sa gorge. Au contact de ses mains, Caroline eut l'impression d'être marquée au fer rouge et la colère chassa la passion qui la dévorait. Elle s'écarta brusquement.

— J'ai eu tort de vous faire confiance !

Elle s'enfonça dans la banquette comme si

elle eût voulu y disparaître, recouvrit ses épaules avec la jaquette et se sentit plus misérable que jamais. Sa conduite n'était pas des plus glorieuses ! Humiliée par ce désir qu'elle n'avait su contrôler, elle sentit des larmes de rage et de honte couler sur ses joues. Il y avait des années qu'elle n'avait pas pleuré et elle l'en rendit responsable !

Ses pleurs ne parvinrent pas à émouvoir Bradford. Il n'était pas d'humeur à la consoler. Se rendait-elle compte qu'il souffrait, lui aussi ? N'avait-elle pas allumé ses désirs ? N'y avait-elle pas répondu avec autant d'ardeur ? Quels étaient ces gens qui l'avaient élevée sans l'avertir du pouvoir de ses charmes ? En son âme et conscience, il souhaita que sa souffrance fût au moins égale à la sienne, en cet instant.

Caroline soutint son regard furibond et, d'un geste puéril, essuya ses larmes avec un pan de sa jaquette, dans l'espoir de le voir protester. Elle lissa sa robe, se raidit contre les coussins et prit alors conscience des meurtrissures de son dos. Il devait être couvert d'ecchymoses. Un gémissement lui échappa. La calèche venait de s'engager dans la rue qui conduisait à la demeure de son père et Caroline comprit qu'elle ne parviendrait jamais à se lever et à descendre de voiture seule.

— Pourquoi diable gémissez-vous ? rugit Bradford en allongeant ses jambes aussi loin que possible, et en piétinant sans vergogne le bas de la robe longue, entortillé dans ses chaussures.

— J'ai mal, figurez-vous ! gronda-t-elle sur le même ton.

— Moi aussi !

— Je voudrais bien savoir pourquoi ?

— Dieu ! Êtes-vous sérieuse ? Je souffre parce que je vous désire ! Êtes-vous innocente à ce point ?

Sa voix avait encore monté d'un ton. Il se pencha en avant, les mains sur les genoux, et la menaça du regard.

— Je l'étais jusqu'à ce que vous en profitiez ! Je vous prenais pour un gentleman, espérant que vous sauriez vous arrêter avant de prendre de telles libertés ! Vous me désirez ? Mais qu'est-ce que vous avez dans la tête, Bradford ? A quoi pensez-vous !

Sans doute réagissait-elle comme une enfant, mais c'était le cadet de ses soucis. Par ailleurs, sa colère, par miracle, lui fit oublier ses douleurs.

— Vous avez vraiment une très haute idée de vous-même ! riposta-t-il. Je doute que vous m'intéressiez bien longtemps. Une nuit devrait être suffisante pour vous chasser définitivement de mes pensées !

Profondément blessée par ses paroles, Caroline eût préféré mourir que de le laisser voir.

— C'était donc là vos intentions ? Me séduire et passer à une autre ? Eh bien, pour une fois, je suis d'accord avec vous : je me suis conduite comme une idiote !

Bradford s'aperçut du chagrin qui se lisait dans ses yeux, et sa colère tomba d'un seul coup. Il eut honte. Pour la première fois de sa vie il venait de se conduire comme un mufle. Aussi chercha-t-il désespérément une façon de lui faire comprendre qu'il était désolé, sans toutefois avoir à désarmer.

— Je ne voulais pas abuser de vous, mais vous m'avez fait perdre la tête.

— Serait-ce ma faute ? C'est vraiment un comble !

— Caroline, vous réagissez comme si vous aviez perdu votre virginité ! J'évoquais les feux de la passion.

— Je vois. Je ne vous ferai plus jamais confiance.

Elle ajouta, tristement :

— Je n'épouserai jamais un homme en qui je ne peux avoir confiance.

— Vous ai-je offert le mariage ?

— Non, et je ne vois pas l'intérêt de prolonger nos relations. Vous êtes incapable de me donner ce que je désire. Il n'y a pas d'avenir pour nous, autant nous dire adieu.

— Très bien. Adieu, dans ce cas !

Cette conclusion était loin de le satisfaire, mais pourquoi, fichtre, parvenait-elle toujours à lui faire endosser les torts ?

Caroline garda le silence.

La calèche s'arrêta. Elle eût souhaité ouvrir la portière avant que Bradford ne bouge. Malheureusement, il avait les pieds posés sur le bas de sa jupe et le geste qu'elle fit n'eut d'autre résultat que d'agrandir la déchirure.

Bradford descendit et prit Caroline dans ses bras. Elle se laissa faire, mais manifesta son mécontentement par une moue significative. Bradford n'en avait cure.

— Demain, vous serez courbatue, dit-il.

L'espace d'un instant, Caroline fut tentée de lui révéler qu'elle avait été poussée dans l'escalier. Mais elle se ravisa. A quoi bon ? Peut-être, après tout, n'était-ce que le fruit de son imagination ?

Dans l'immédiat, elle était épuisée et n'avait aucune envie d'entamer avec Bradford une nouvelle discussion pour savoir si quelqu'un l'avait ou non menacée.

Pour un homme de son âge, Deighton avait l'oreille fine. Alerté par la voix de Bradford, il ouvrit la porte au moment où le duc gravissait le perron avec son précieux fardeau. Deighton le précéda dans l'escalier.

— Je crois que vous devriez le plus vite possible songer à porter des lunettes, Caroline. Vous avez peut-être aussi besoin d'un garde du corps, dit Bradford.

— Et d'une, parlez moins fort ! Et de deux, je n'ai besoin de personne !

— Si ! Vous avez besoin de quelqu'un pour vous protéger contre vous-même.

— Êtes-vous en train de me dire que vous posez votre candidature ? Je serais plus en sécurité au milieu d'une horde de loups que sous votre protection. J'aurais plus de chances de survivre !

— Une horde de loups ? répéta-t-il, amusé.

— Vous m'avez très bien comprise. Si ce trajet en calèche est un exemple de la protection que vous pouvez m'offrir...

— Caroline, vous êtes en train de crier, indiqua Bradford en désignant discrètement Deighton.

Elle baissa alors d'un ton :

— Écoutez-moi bien, Bradford. C'est fini entre nous ! Et rassurez-vous, Benjamin veillera sur moi.

Deighton ouvrit la porte de la chambre et se tint sur le palier. Mary Margaret, assise dans un fauteuil près de la fenêtre, bondit sur ses pieds en voyant sa maîtresse.

— Sortez ! jeta Bradford, d'un ton si péremptoire que la femme de chambre se propulsa littéralement hors de la pièce.

— Je ne vous permets pas de donner des ordres à ma femme de chambre ! siffla Caroline, furieuse de voir avec quelle promptitude Mary Margaret avait obéi. Attendez que j'appelle Benjamin ! Il vous jettera dehors avant que vous n'ayez eu le temps de dire ouf !

— Pourquoi ne le faites-vous pas ? dit-il en la déposant sur le lit. Allez, appelez-le !

— Je ne le ferai pas, déclara-t-elle d'un ton digne, en se débarrassant de la jaquette de Bradford.

Elle lui tendit le vêtement et ajouta :

— Allez vous rhabiller hors de ma présence, et que je ne vous revoie plus jamais !

Il ignora sa veste, se pencha sur Caroline, la prit entre ses bras et, à deux doigts de son visage, déclara sur le même ton :

— Maintenant, c'est vous qui allez m'écouter, ma petite adversaire. Ce qu'il y a entre nous est loin d'être fini ! D'une façon ou d'une autre, vous m'appartiendrez. S'il vous faut le mariage, eh bien, je vous épouserai. Mais nous jouerons selon mes règles et non selon les vôtres. Compris ?

— Plutôt mourir que vous épouser ! Vous avez compris, Jered Marcus Brenton, *jamais* je ne vous épouserai !

Elle ferma les yeux, s'attendant à l'entendre exploser. Décontenancée par son silence, elle les rouvrit. Bradford semblait avoir un mal fou à conserver son sérieux.

— Il faut vraiment que quelqu'un vous prenne en main pour vous apprendre les bonnes manières, reprit-elle. Peut-être Milford pourrait-il s'en charger ? Comment peut-il être votre ami ? Vous êtes tellement détestable avec votre air intransigeant !

— Intransigeant ? J'ai justement rompu le vœu que j'avais fait il y a des années en cessant de l'être. Et à cause de qui ? A cause d'une jeune sauvage aux yeux violets qui, en moins de deux semaines, m'a métamorphosé.

Quel était ce vœu ? Que lui était-il arrivé ? Pourquoi s'en inquiétait-elle ? Caroline n'eut pas le temps de réfléchir davantage, Bradford s'était à nouveau emparé de sa bouche.

A quoi bon se débattre ? Ce n'était là qu'un dernier baiser. Un baiser d'adieu qui la poussa à jeter les bras autour de son cou et à lui rendre ce baiser jusqu'à ce que Bradford lui-même s'arrache à son étreinte.

— C'était un baiser d'adieu, murmura-t-elle lorsqu'il se redressa.

— Mais oui, ma chérie ! lança Bradford par-dessus son épaule.

Il avait ramassé sa jaquette et sa main tournait déjà la poignée de la porte.

— Adieu ! dit-il... Jusqu'à demain.

Dieu, qu'il était têtu ! N'avaient-ils pas décidé de cesser toute relation ? Ignoraient-ils l'un et l'autre qu'ils n'avaient aucun avenir à partager ? Pourquoi avait-il évoqué le mariage ? Caroline rassembla ses souvenirs. Était-ce elle qui en avait parlé la première ? Ah oui ! Au sujet de la confiance qu'elle exigeait dans le couple. De toute façon, ne s'était-il pas montré suffisamment clair en soulignant qu'il s'agissait pour lui d'un désir purement physique ?

— Cet homme va me faire perdre la raison, murmura-t-elle.

Elle se leva, se débarrassa de sa robe et enfila le peignoir bleu que Mary Margaret avait disposé sur une chaise. Elle n'avait plus sommeil, trop de pensées contradictoires se bousculaient dans sa tête.

Caroline s'approcha de la fenêtre et scruta la nuit. Bradford l'avait défiée. Mais pourquoi le nier ? Elle était tombée amoureuse de cet homme.

Il ne capitulerait pas, avait-il dit ? Eh bien, elle non plus. Elle poserait ses conditions. Pauvre naïf ! Il ignorait ce qui l'attendait ! Il devrait apprendre comment se conduire !

Pourquoi l'amour soulevait-il tant de problèmes ?

Oui, elle aimait cet homme autoritaire. Et s'il lui fallait remuer ciel et terre pour l'amener à la raison, elle en trouverait les moyens !

7

Le lendemain matin, à dix heures précises, Bradford vint chercher Caroline et Charity pour les conduire chez Bleachley. Il avait mal dormi. Ses pensées étaient confuses et il était d'une humeur exécrable. De plus, Caroline ne lui avait fourni aucune précision quant au plan qu'elle comptait adopter pour violer le refuge de Paul.

— Puis-je savoir ce que vous comptez faire ? lui demanda-t-il lorsqu'ils furent montés dans la calèche.

Charity répondit :

— Caroline m'a assuré que tout irait bien, mais je me sens terriblement nerveuse !

Ce n'était pas vraiment la réponse qu'il attendait. Il souhaitait avoir des détails sur la façon dont elles allaient s'y prendre et non sur les états d'âme de Charity. Son regard croisa celui de Caroline qui, ayant parfaitement senti son exaspération, lui accorda un sourire. Il releva un sourcil interrogateur. Elle en fit autant.

Visiblement, elle n'était plus en colère, elle affichait même un air mutin et semblait prête à conquérir le monde. L'humeur lugubre de Bradford disparut en un clin d'œil.

Caroline était particulièrement désirable, ce matin. Elle portait une robe d'un bleu profond, gansée de blanc, et une cape assortie qui s'harmonisait avec la couleur de ses yeux. Elle faillit éclater de rire en le voyant changer d'expression, et le trouva presque séduisant dans son costume d'un brun chaud dont les culottes toujours aussi moulantes ne cachaient rien de son anatomie.

En arrivant devant le cottage de Bleachley, il aida Charity à descendre de calèche et, ignorant la main que lui tendait Caroline, la saisit par la taille pour la poser à terre, effleurant son front d'un baiser avant de la lâcher.

— Je vous prierais d'être un peu moins familier, lui dit-elle d'un ton ferme, en regardant Charity qui se tenait déjà sur le seuil de la maison.

A deux doigts de lui souligner que ce chaste geste n'avait rien de scandaleux, il resta sans voix lorsqu'il l'entendit ajouter :

— Je pense que vous devriez nous attendre dehors, Bradford. Sinon vous risquez de tout gâcher. Inutile de prendre cette mine outragée !

La soudaine irritation de Caroline cachait en fait sa nervosité. Si les choses tournaient mal, Charity en serait la première victime. Nul ne pouvait prévoir la réaction de Bleachley. S'il se mettait en colère, Caroline en serait responsable.

— Pour l'amour de Dieu, quel est votre plan ? demanda Bradford en la retenant par l'épaule.

— Il est trop tard pour en discuter. Vous avez promis de me faire confiance, dit-elle en se libérant.

— Je n'ai rien promis du tout !

— Évidemment, puisque vous n'aviez pas le choix !

Bradford sur ses talons, elle rejoignit sa cousine et frappa à la porte.

Une femme au visage revêche vint ouvrir et, sans un regard pour les deux jeunes filles, s'adressa à Bradford :

— Vous êtes en retard. Il est dans la bibliothèque.

Puis, sans ajouter un mot, elle tourna les talons.

Caroline et Charity échangèrent un regard indécis. Bradford allongea un coup de coude complice à Caroline et désigna une porte à Charity :

— C'est ici, Charity. Allez-y, je vous suis.

— Il n'en est pas question ! chuchota Caroline. Tenez-vous à l'écart, Bradford. Charity, c'est à toi de jouer, maintenant ou jamais.

Les yeux de sa cousine s'emplirent de larmes et elle serra convulsivement la main de Caroline qui ouvrit la porte de la bibliothèque, poussa Charity dans la pièce et referma derrière elle avant que Bradford fût revenu de sa surprise. Elle s'adossa contre le battant et leva vers lui un visage souriant.

— Cela ne regarde que Charity, Bradford. Cessez de froncer les sourcils, vous ne faites que compliquer les choses.

— Caroline, j'aurais pu faciliter cette entrevue.

— Je vous le redis : faites-moi confiance.

Fataliste, il haussa les épaules et tendit l'oreille, prévoyant déjà l'explosion de colère de son ami. Mais, à sa grande surprise, ce fut la petite voix de Charity qui s'éleva brusquement, et elle était loin d'être suave ! La fragile cousine invectivait purement et simplement celui qu'elle aimait et son discours leur parvint dans les moindres détails.

— Ainsi donc, vous êtes en vie ! Et moi qui vous prenais pour un homme de parole ! Vous n'êtes qu'un lâche et un traître !

La réponse de Paul fut inaudible, mais la voix de Charity monta encore d'un ton et fit trembler la porte.

— Non ! Je ne partirai pas d'ici avant de vous avoir dit combien je vous méprise ! M'avoir promis le mariage pour trahir ensuite mes sentiments ! Pourquoi avez-vous prétendu m'aimer ?

Enfin, le rugissement attendu se fit entendre.

— Regardez-moi, au moins !

— Depuis des mois je ne cesse de penser à vous et de pleurer toutes les larmes de mon corps ! Je vous croyais mort ! Quelle idiote ! Comment ai-je pu être assez folle pour vous faire confiance ?

Bradford attendait une réponse explosive, mais il n'entendit qu'un bris de verre.

— Mais que se passe-t-il ? gronda-t-il en essayant d'écarter Caroline.

Elle résista. Mais, comme il était sûrement le plus fort, elle ne vit qu'un seul moyen pour lui barrer le passage. Elle lui jeta les bras autour du cou, leva la tête et l'embrassa fougueusement, comme il le lui avait si bien appris.

Le stratagème fonctionna au-delà de tout espoir. La dernière pensée qui traversa l'esprit de Bradford fut qu'il aurait dû user de sa force, entrer dans la pièce et en sortir avec Charity. Mais il n'en fit rien et constata qu'une fois de plus Caroline avait réussi à contrecarrer ses projets.

Dans la bibliothèque, Charity continuait à tenir le rôle de la femme outragée. Un second vase vola au-dessus de la table de travail et Paul dut baisser la tête pour l'éviter de justesse. Charity eût mille fois préféré laisser couler ses larmes plutôt que de lire la détresse inscrite sur le visage de Bleachley.

— Par pitié, Charity, mettez vos lunettes et regardez-moi !

— D'accord.

Elle renversa le contenu de sa bourse sur le bureau, prit ses lunettes, les chaussa sur son petit nez et, les poings sur les hanches, le dévisagea sans broncher.

— Et maintenant ?

— Êtes-vous aveugle ? rugit-il enfin. Je suis laid à faire peur, Charity ! Dois-je vous énumérer mes cicatrices ?

— C'est tout à fait inutile ! C'est un tour de votre façon, n'est-ce pas ? Vous n'avez rien trouvé de mieux que ces quelques cicatrices pour me convaincre que ce sont elles qui vous ont incité à m'abandonner ? Me prenez-vous pour une imbécile ? Avez-vous rencontré quelqu'un d'autre ? Soyez franc, Paul, et peut-être alors vous pardonnerai-je.

— Qui d'autre voulez-vous qu'il y ait ! aboya-t-il à nouveau. Je ne vois plus que d'un œil, sans parler du reste ! Trouvez-vous cela beau ?

— Vous n'avez qu'à mettre un bandeau sur cet œil, répondit-elle froidement.

— Et mes cicatrices ? Vous avez une idée pour les masquer ?

— Parfaitement. Laissez pousser votre barbe ! Et changez un peu de refrain, Paul ! Nous sommes en train de parler de votre trahison, et non de beauté physique.

Charity fit bouffer ses cheveux et commença à replacer ses objets dans sa bourse. Elle prit tout son temps, sachant très bien que Paul ne perdrait pas un de ses gestes.

— Mais puisque la beauté vous intéresse tant, continua-t-elle, vous auriez pu vous apercevoir que j'ai changé de coiffure. Mais non ! Vous ne pensez qu'à vous ! Dans un sens, je suis contente d'avoir découvert avant notre mariage à quel point vous êtes superficiel. Je vais devoir vous faire évoluer, Paul. Le comprenez-vous ?

Ou bien dois-je admettre que vous êtes aussi stupide que vain ?

— Me... faire évoluer ?

Charity retint un soupir et le dévisagea tranquillement. Elle vit la lueur d'espoir qui brillait dans son œil et comprit que la partie était gagnée. Elle enfila ses gants blancs avec une lenteur calculée.

— Et maintenant, avant que je parte, je dois vous poser un ultimatum. Je vous donne quinze jours pour vous présenter devant mon oncle et l'informer de vos intentions. Sinon, j'en déduirai que vous ne m'aimez plus.

— Je n'ai jamais cessé de vous aimer, Charity, mais...

— Je n'ai jamais cessé de vous aimer, Paul, l'interrompit-elle en s'approchant de lui.

Elle se haussa sur la pointe des pieds pour poser un baiser léger sur chaque cicatrice.

— S'il vous plaît, ne vous méprenez pas, Paul. Je suis désolée que vous ayez été blessé. Mais on ne peut pas revenir sur le passé. Aussi devons-nous nous tourner vers l'avenir.

Sur ce, elle se permit de l'embrasser plus longuement sans qu'il opposât la moindre résistance. Puis elle s'écarta et reprit d'un ton péremptoire :

— N'essayez plus jamais de prendre la fuite ! Où que vous vous cachiez, je saurai vous retrouver. Autre chose encore : si vous ne venez pas rapidement voir mon oncle, je crois que je pourrais me montrer plus violente. Vous voici prévenu, monsieur Bleachley.

Cela dit, Charity redressa les épaules, ouvrit la porte, passa entre Caroline et Bradford dont elle interrompit l'étreinte et, sans se soucier de l'expression ahurie de sa cousine, sortit de la maison.

Rouge comme une pivoine, Caroline la suivit, non sans avoir déclaré à Bradford qu'il cesse une fois pour toutes ses avances déplacées.

Il en resta bouche bée et le fut plus encore lorsqu'il vit son ami quitter la bibliothèque et gravir l'escalier avec un sourire épanoui. Il eut l'impression que tout lui échappait.

— Où vas-tu ? lança-t-il à Paul.

— Me faire pousser la barbe ! rétorqua ce dernier par-dessus son épaule en éclatant de rire.

Durant le trajet de retour, Charity ne fit que pleurer et rire. Caroline la réconforta gentiment tout en écoutant le récit de son exploit. Interloqué, Bradford essayait en vain de comprendre comment pareil miracle avait pu se produire.

— Je savais que si Charity lui laissait voir la moindre trace de compassion Paul la repousserait. C'est vous qui m'avez mise sur la voie, Bradford, déclara Caroline.

— Moi ? Et comment cela ?

— En me soulignant la façon dont Paul s'était replié sur lui-même. La pitié eût été la dernière chose qu'il eût acceptée.

Vexé de ne pas y avoir songé, Bradford hocha la tête.

— Lui as-tu dit que tu lui tirerais une balle dans la tête s'il essayait de fuir à nouveau ? demanda-t-elle à sa cousine.

— Oui, en quelque sorte. Je l'ai menacé et il a compris.

— Bon ! Étant donné qu'il t'a embrassée et t'a dit qu'il t'aimait, je ne pense pas que tu aies à le faire.

Exaspéré, Bradford leva les yeux au ciel.

— Comme si Charity était capable de tuer qui que ce soit ! explosa-t-il.

— Moi non, souligna Charity. Mais Caroline en serait tout à fait capable si je le lui demandais.

L'expression indignée de Bradford les fit éclater de rire.

— Désormais, Caroline, je suivrai tous tes conseils ! Ton plan m'a sauvé la vie et je ne l'oublierai jamais.

— C'est donc grâce à elle que ce piège a fonctionné ? lança Bradford d'un ton suave en se tournant vers Charity. Elle vous a conseillé de hurler pour venir à bout de ce pauvre Paul. Je comprends mieux, maintenant.

Caroline fit la moue.

— Pourquoi prétends-tu qu'il n'a aucun sens de l'humour ? dit Charity en riant.

— Vous avez dit cela, Caroline ? reprit-il. Au fait, je suppose que Charity vous a promis de ne pas raconter à votre père qu'elle nous a surpris en train de nous embrasser ? En revanche, moi, je n'ai rien promis.

— Que mijotez-vous ? lui lança-t-elle alarmée.

— Ne prenez pas cet air affolé, vous le saurez bien assez tôt. Est-ce que, par hasard, vous ne m'accorderiez pas votre confiance ?

— Autant que vous m'accordez la vôtre ! Charity, ne l'écoute surtout pas !

Charity resta muette, quelque chose lui échappait, il y avait de l'électricité dans l'air et elle en fut désolée.

— Vous ne direz rien à mon père ! ordonna Caroline.

— Je m'en priverai !

— Non ! Ne faites pas ça !

— Si ! Et j'ajouterai même que je me suis promis qu'un jour vous serez...

— Taisez-vous ! explosa-t-elle.

Il n'allait tout de même pas avoir le front d'évoquer son pari devant sa cousine.

— Que vous êtes-vous promis ? demanda Charity.

Ni l'un ni l'autre ne répondit. Mais ils la dévisagèrent de telle sorte qu'elle s'enfonça dans son siège en prenant la résolution, exceptionnelle pour elle, de garder ses pensées et ses questions pour elle !

8

Les semaines suivantes ne furent que bals, dîners, visites. Caroline se rendit à plusieurs reprises chez le marquis, visiblement heureux de s'entendre appeler oncle Milo. La grande sensibilité du vieil homme n'avait pas tardé à la conquérir. Elle y rencontrait souvent l'oncle Franklin, frère cadet du marquis. Hormis un air de famille, les ressemblances s'arrêtaient là. Franklin était un homme séduisant, brun, avec de beaux yeux noirs, mais son regard était dur et son comportement glacial. Loretta, son épouse, faisait de plus rares apparitions chez son beau-frère, prétextant toujours une foule d'engagements mondains.

Le comte de Braxton continuait à escorter Lady Tillmann. Certes, son père méritait un peu de bonheur, mais Caroline ne parvenait guère à éprouver de la sympathie pour cette femme.

Peu à peu, l'incident dont elle avait été victime chez les Claymere ne fut plus qu'un mauvais souvenir. Ses soupçons lui parurent enfantins. Pour quelle raison l'aurait-on poussée dans l'escalier ? Elle se félicita d'avoir tu ses doutes, d'autant que le duc de Bradford se révélait beaucoup plus menaçant ! Il l'accompagnait dans toutes les réceptions. Se tenant résolument à ses côtés, il laissait ainsi entendre qu'elle lui appartenait. Elle eût aimé réagir, mais il lui faisait perdre tous ses moyens. Cette attirance qu'elle éprouvait pour lui l'inquiétait. N'était-il pas absurde d'avoir les jambes en coton sitôt qu'elle se trouvait en sa compagnie ?

Jour après jour, elle se sentait de plus en plus misérable. Navrée... lorsqu'ils se séparaient et, ensuite, furieuse de l'être. Où étaient passés sa belle assurance et son goût de la liberté ? A force de réfléchir, elle dut se rendre à l'évidence... La rebelle était tombée amoureuse ! Cette vérité lui parut d'autant plus amère que Bradford ne parlait que de désir et jamais d'amour.

Comment avait-elle pu en arriver là ? Elle détestait ses défauts. Elle admirait sa force de caractère, mais cet homme était diabolique. Chaque fois qu'il lui volait un baiser, une lueur victorieuse s'allumait dans ses yeux, comme s'il ne s'agissait que d'un jeu. Pourquoi fallait-il qu'il y eût un gagnant et un perdant ?

Caroline n'avait pas l'âme d'une perdante et la situation devenait inextricable.

Elle le désirait autant qu'il la désirait. Mais plutôt mourir que de le lui avouer. Avant toute chose, il devrait lui faire part de ses sentiments. En éprouvait-il ? Dans l'hypothèse où le duc de Bradford en ferait un jeu, Caroline s'en tiendrait à ses propres règles.

Quant à Charity, elle nageait dans le bonheur. Paul Bleachley s'était présenté au comte et avait officiellement obtenu la permission de lui faire sa cour. Désormais, un bandeau de satin noir recouvrait son œil blessé et sa barbe commençait à pousser.

Caroline l'aimait beaucoup. C'était un homme paisible, aimable. La façon dont il couvait Charity du regard prouvait à quel point il l'aimait. Pourquoi Caroline n'avait-elle pas eu la chance de rencontrer un homme aussi doux ? Elle envia sa cousine. Si seulement Bradford ressemblait un peu à Paul. Son attitude ne reflétait que son désir et nullement ses sentiments.

Le comte de Braxton avait organisé un dîner de vingt couverts. Parmi les invités figuraient les oncles de Caroline, sa tante Loretta, Lady Tillmann, sa fille Rachel et son horrible fiancé, Nigel Crestwall. Milford, Paul Bleachley et Bradford comptaient également parmi les convives.

Par égard pour le vieux marquis, le dîner était prévu de bonne heure. Ainsi pourrait-il se retirer avant que tout le monde se rende à l'Opéra.

Benjamin fut chargé de préparer le repas, pigeons truffés, poissons et volailles. Les arrangements de dernière minute furent confiés à Deighton.

Caroline et Charity suivirent ses conseils judicieux et Charity lui demanda même son avis quant à la robe qu'elle devait porter.

Caroline opta pour sa tenue ivoire, au décolleté profond. C'était l'occasion rêvée pour l'étrenner. Elle s'habilla avec un soin tout particulier. Cette robe ravissante allait rendre Bradford fou de désir et le pousser dans ses derniers retranchements. Il ne pourrait faire autrement que lui avouer son amour.

Charity rejoignit Caroline dans sa chambre et, en la voyant, elle s'écria, ravie :

— Tu ressembles à Vénus, la déesse de l'Amour ! Bradford en restera bouche bée !

— Tu n'as rien à m'envier, répondit Caroline.

Charity pivota sur ses talons en faisant bouffer sa jupe d'un jaune très pâle.

— Je me sens si bien ! C'est l'amour, Caroline ! Il me donne des ailes.

Ce n'était pas le cas de Caroline. L'amour lui coupait plutôt les jambes. Elle préféra ne pas répondre et invita sa cousine à descendre dans le hall pour recevoir les premiers invités.

— Sais-tu que Paul et moi avons décidé de nous marier en Angleterre ?

— Cela me semble normal, répondit Caroline. Où pensais-tu le faire ?

— A Boston, évidemment ! Mais nous n'avons pas le courage d'attendre. Aussi serons-nous déjà mari et femme lorsque nous ferons la traversée.

Caroline écarquilla les yeux.

— Je suppose que tu as seulement l'intention de rendre visite à ta famille ? N'allez-vous pas vivre ici ? C'est le pays de Paul.

— Oui, mais il souhaite commencer une nouvelle vie ailleurs. Puisqu'il n'est pas titré, quitter l'Angleterre n'est pas un problème. Papa nous aidera à nous établir aux Colonies.

Les yeux fixés sur la porte d'entrée, Charity ne vit pas l'expression de détresse qui s'inscrivait sur le visage de sa cousine.

— Que compte-t-il donc faire aux Colonies ? demanda Caroline, se rendant compte qu'elle allait perdre Charity.

— Il en a déjà discuté avec Benjamin. Il veut acheter des terres et devenir gentleman-farmer. Benjamin l'aidera.

— Gentleman-farmer ! Une ferme exige un travail tous les jours de la semaine, vingt-quatre heures sur vingt-quatre !

— Paul en est capable. Il commence à retrouver l'usage de sa main gauche, et mes frères lui montreront comment s'y prendre.

— C'est bien, murmura Caroline.

Benjamin les suivrait. De quel droit l'aurait-elle retenu en Angleterre ? Un sentiment d'abandon lui noua le ventre.

Les premiers invités arrivaient et elle s'efforça de retrouver un visage souriant. Deighton tourna rapidement la tête pour juger leur tenue. Il les enveloppa d'un regard satisfait et la soirée commença.

Bradford fut le dernier à arriver. Caroline ne manqua pas de le lui faire remarquer et leurs retrouvailles prirent un tour franchement hostile lorsqu'il lui suggéra de remonter dans sa chambre pour finir de s'habiller.

— Mais je suis habillée ! protesta-t-elle, aussi déçue que furieuse.

Ils se tenaient devant la cheminée et Milford les avait rejoints. Étonné par les paroles de son ami, il renchérit :

— Je la trouve parfaite, Brad !

— Ce n'est pas mon avis. Cette robe est indécente. Montez vous changer, Caroline.

— Certainement pas.

— Allez enfiler quelque chose de plus convenable.

— Pensez-vous l'être dans vos culottes ?

— Qu'est-ce qu'elles ont, mes culottes ?

— Elles sont tellement étroites qu'il vous sera difficile de vous asseoir sans vous blesser !

Milford se mit à rire devant cet échange de flèches et offrit son bras à la jeune fille.

— Puis-je vous conduire à votre place ?

— Avec grand plaisir, dit-elle d'un ton suave.

Puis, passant devant Bradford interdit, elle lui décocha un regard meurtrier avant d'ajouter :

— Quand vous aurez retrouvé vos belles manières, vous pourrez vous joindre à nous.

Il les suivit, complètement dérouté. Pourquoi avait-elle pris la mouche ? Ne comprenait-elle pas que cette robe était provocante ? Il s'assit à sa droite. Paul Bleachley s'installa à sa gauche et Milford en face d'elle.

Caroline ignora Bradford pendant tout le dîner. Pas une fois elle ne lui adressa la parole, et il en fut furieux. Passer inaperçu l'exaspérait. Il toucha à peine son assiette et nota avec satisfaction que Caroline ne faisait guère honneur non plus aux plats délicieux. Il dut lutter pour ne pas enlever sa jaquette et en couvrir ses épaules nues. Il se jura aussi de corriger Nigel Crestwall s'il continuait ainsi à la dévorer des yeux.

Bradford sentit s'envoler toutes ses bonnes résolutions. Il avait projeté de lui donner le temps de l'accepter tel qu'il était. Mais, au dessert, sa patience avait disparu. Une petite conversation s'imposait. Le plus tôt serait le mieux.

Caroline ne parvenait pas, de son côté, à se concentrer sur le discours de Milford au sujet de cet opéra qui suivrait le dîner. Son attention fut brusquement attirée par le manège de Loretta. La belle épouse rousse de son oncle Franklin déployait tous ses charmes pour séduire Bradford.

Caroline dut faire un effort pour ne pas mettre fin brutalement à ce flirt éhonté en renversant sa tarte aux framboises sur la robe de cette dévergondée !

Enfin, le dîner s'acheva et les dames furent autorisées à quitter la salle à manger pour laisser les hommes boire un dernier verre, selon la coutume.

Mais Bradford, rompant avec la tradition, suivit Caroline et exigea un bref entretien.

Lady Tillmann et Loretta ne perdant pas une miette de la scène, Caroline répliqua d'une voix haute et claire :

— Si c'est vraiment important...

Puis, se dirigeant vers le bureau de son père, elle chuchota à Bradford :

— Laissez la porte ouverte, je vous prie.

— Ce que j'ai à vous dire ne regarde personne, répliqua-t-il en la claquant derrière lui et en s'adossant contre le battant.

— Et, maintenant, approchez-vous, ordonna-t-il.

— Non merci, dit-elle en allant s'appuyer contre le bureau de son père.

Pour qui la prenait-il ? Pour une enfant docile ? Mon Dieu ! Avoir tant attendu cette soirée et la voir gâchée par cet impudent ! Il n'avait manqué aucune occasion de la blesser. Il était arrivé en retard, avait critiqué sa robe et flirté avec une femme mariée !

Bradford eut un large sourire, que démentait son regard, chargé d'étincelles.

— Caroline, ma chère, ne m'avez-vous pas dit un jour : « Est-ce ainsi que vous réagissez lorsqu'on vous insulte ? »

— Où voulez-vous en venir ?

— A mon tour de vous demander pourquoi vous réagissez ainsi quand vous avez peur ?

— De quoi devrais-je avoir peur ? crâna-t-elle, en le voyant s'avancer.

Acculée contre le bureau, elle ne pouvait plus bouger. Bradford la saisit par la taille et la plaqua contre lui.

— Ma chérie, je pense que vous avez toutes les raisons d'avoir peur. Vous vous êtes montrée provocante, vous m'avez ignoré et maintenant, vous m'affrontez encore.

Une colère froide faisait frémir les muscles de sa mâchoire, mais Caroline n'en avait cure. Comment trouvait-il l'audace de retourner la situation à son avantage !

— Je n'ai provoqué personne ! Mais, vu votre conduite avec Loretta, je ne peux pas en dire autant de vous ! Si vous n'aviez pas critiqué ma robe, sans doute ne vous aurais-je pas ignoré... C'est peut-être puéril... mais je souhaitais tant que cette soirée fût parfaite. Vos détestables commentaires m'ont rendue malade...

Sa voix trembla et elle fixa obstinément la cravate de Bradford.

— Pourquoi teniez-vous tant à ce que cette soirée soit parfaite ?

— Parce que j'avais espéré que... que vous... Je croyais...

Elle ne put continuer.

La colère de Bradford tomba brusquement devant cette soudaine détresse. Il relâcha son étreinte et lui caressa doucement le dos.

— Nous ne bougerons pas d'ici avant que vous ne m'ayez dit ce que vous avez dans la tête...

— Eh bien, j'avais espéré que vous me diriez quelque chose de gentil, ce soir. Je voulais entendre d'autres paroles, Bradford. Était-ce trop demander ?

Il saisit son menton et la força à le regarder.

— Vous parler gentiment n'est pas exactement ce dont j'ai envie à présent. J'ai plutôt envie de vous étrangler. Vous m'avez mené par le bout du nez pendant près d'un mois. Pire, je vous ai laissée faire. Mais c'est fini, Caroline. Je ne joue plus. Ma patience est à bout.

— Pourquoi avez-vous patienté ? chuchota-t-elle. Pour m'entendre dire que je vous désire ? Dans ce cas, c'est vrai. Êtes-vous satisfait ?

Il l'était. Il se pencha pour l'embrasser, mais elle détourna la tête.

— Bradford, vous devez aussi comprendre que, pour moi, c'est insuffisant. Je ne peux vous désirer sans vous aimer et je vous aime, bien sûr.

D'un seul coup, Bradford fut inondé de bonheur. Mais elle reprit tout aussi fermement :

— Ne soyez pas si sûr de vous, Bradford. Vous êtes bien le dernier dont je souhaitais tomber amoureuse ! Vous n'êtes pas quelqu'un d'aimable, savez-vous ? Pourquoi n'ai-je pas choisi un homme comme Paul Bleachley ! Que d'efforts il vous reste à faire !

Elle poussa un soupir, avant d'ajouter :

— A présent, vous comptiez m'embrasser et me faire perdre la tête, n'est-ce pas ?

Il grimaça et posa un chaste baiser sur son front.

— Avouez-le donc, Bradford !

— Comment pouvez-vous à la fois porter cette robe et espérer ne pas être embrassée ? murmura-t-il en posant ses lèvres sur les siennes.

Sa bouche était chaude. Caroline ne put résister. Ses bras entourèrent son cou et elle lui rendit son baiser. Lorsqu'il se redressa, elle appuya sa joue contre la sienne, attendant qu'il se livre enfin.

— Est-il donc si douloureux de m'aimer ? demanda-t-il en luttant pour garder son sérieux.

— Aussi douloureux qu'un ulcère à l'estomac. Je vous ai vraiment détesté avant de l'admettre.

— Quoi ? L'ulcère ou le fait que vous m'aimiez ? Quelle charmante comparaison ! Et c'est vous qui me reprochez de n'être pas romantique ?

Caroline se prit à rêver. Il riait, mais sa voix était tendue. Il allait enfin lui avouer son amour. Une voix résonna alors près de la porte. C'était celle de Milford. Et tout s'écroula.

— Brad ! Aismond voudrait te parler !

Caroline sursauta.

— Mon oncle doit être furieux. Il a dû s'apercevoir de ma disparition. Restez ici, je vais le chercher.

Elle sortit précipitamment et referma la porte derrière elle. Milford n'était plus là. A peine avait-elle fait quelques pas que Nigel Crestwall surgit devant elle, la plaqua contre le mur, la couvrit de baisers humides et lui fit des suggestions tellement osées que, surprise par cette attaque, Caroline n'eut pas la possibilité de réagir.

Lorsqu'elle le fit, Bradford se trouvait déjà là.

Avant de comprendre ce qui lui arrivait, Nigel s'envola dans les airs pour retomber ensuite sur le sol avec un bruit mat. En guise de conclusion, il reçut un vase sur la tête. Caroline le regardait, muette de dégoût.

— Tout est votre faute ! rugit alors Bradford.

— Un homme m'attaque et c'est ma faute ! bredouilla-t-elle, effrayée cette fois par sa colère.

— Si vous n'aviez pas été vêtue comme une gourgandine, vous n'auriez pas été traitée comme telle !

Nigel reprenait lentement ses esprits. Son regard alla de l'un à l'autre, il se redressa avec l'espoir de filer sans demander son reste.

Bradford ne lui offrit pas cette chance. Il l'empoigna par le col de sa chemise, le colla au mur et le souleva de terre.

— Approchez-la une fois encore et je vous tue. Compris ?

A moitié étranglé, Nigel ne put répondre. Bradford le relâcha, le regarda déguerpir et tourna sa colère contre Caroline qui se raidit, non moins furibonde.

— Vous n'avez même pas vu ce qui s'était passé ! Ne pourriez-vous me faire confiance ?

— Dites encore une fois ce mot, et je vous tords le cou !

— Ah, vous voici, Bradford ! intervint à propos le marquis, en trottinant vers eux.

Ils n'eurent que le temps de se composer un visage. Son oncle prit la main de Caroline.

— Je pars, viendras-tu me voir demain ?

— C'est entendu, oncle Milo.

— Bien. Bradford, mon garçon, je compte également sur vous, et bientôt.

— Je n'y manquerai pas, répondit Bradford d'un ton respectueux.

Il fallait lui rendre justice, songea-t-elle. Quand besoin était, il savait se montrer distingué et contrôler ses émotions plus vite qu'elle.

— Loretta va me reconduire chez moi, reprit le marquis. C'est sur son chemin, elle doit se rendre à une autre réception. Quant à Franklin, j'ignore où il est allé. Il a filé sitôt que Brax a annoncé que chacun était libre de prendre ses dispositions.

— Je pense que je vais me rendre à l'Opéra dans le fiacre de mon père, déclara Caroline.

— Non, dit le marquis. Il escorte Lady Tillmann, la jeune Rachel, et Nigel Crestwall se joindra sans doute à eux. Mais Milford a suggéré qu'il pourrait t'y conduire avec Bradford.

Caroline réprima un soupir. Cette solution ne lui convenait pas. Elle eût aimé trouver un coin paisible pour réfléchir. Elle avait besoin de calme et Bradford à ses côtés ne ferait que rendre ses pensées encore plus tumultueuses...

Pourquoi ne pas prétexter une migraine pour rester tout simplement ici ? songea-t-elle tout à coup. Elle attendit que le marquis eût disparu pour porter la main à son front, dans un geste mélodramatique, digne de Charity.

— Je ne me sens pas très bien... commença-t-elle.

Bradford posa sans douceur ses mains sur ses épaules.

— Votre ulcère à l'estomac ? lança-t-il en riant sous cape.

Elle n'avait pas le cœur à plaisanter et son humour lui parut déplacé. Elle le fusilla des yeux, mais Milford venait de les rejoindre. Elle dut faire contre mauvaise fortune bon cœur.

Deighton leur souhaita une agréable soirée et les regarda se diriger vers la calèche, devant la maison.

Caroline, intentionnellement, s'était assise au milieu de la banquette afin que Bradford n'eût d'autre choix que de s'installer en face, aux côtés de son ami. Elle fit bouffer sa jupe pour réduire encore la place disponible et se montra satisfaite de son stratagème.

C'était mal connaître Bradford. D'un air bougon, il s'assit froidement près d'elle, de sorte qu'il ne lui resta qu'à rassembler les plis de sa jupe et à se blottir dans un coin.

Milford perçut l'orage qui grondait dans l'air. Il eût donné cher pour en comprendre les causes et finit par entamer une conversation avec son ami. Bradford se détendit, mais Caroline conserva un silence vengeur. Au bout d'un moment, Milford se tourna vers elle.

— Vous ne dites rien, Caroline. Êtes-vous souffrante ?

— Elle souffre d'un ulcère à l'estomac, la

pauvre ! déclara Bradford d'un ton suave. Elle ne veut pas le reconnaître. C'est dommage, car cela la soulagerait.

— Il existe des remèdes plus radicaux pour en finir avec ces ulcères insupportables, rétorqua Caroline sur le même ton.

Bradford n'ajouta rien. Ahuri, Milford les regarda à tour de rôle. Se seraient-ils exprimés dans une langue étrangère qu'il n'aurait pas eu l'air plus perdu.

Caroline croisa son regard. Ses nerfs commençant à craquer, elle sentit monter un fou rire nerveux. Milford releva un sourcil interrogateur. Mais, grâce au ciel, le trajet prit fin, ils arrivèrent à l'Opéra.

Le spectacle était de qualité et enchanta Caroline. Bradford lui présenta de nombreuses personnalités. Brummell assistait à la représentation et lui adressa un chaleureux sourire de sa loge située face à la leur. Bradford et Caroline n'échangèrent cependant pas un traître mot de toute la soirée.

Lorsqu'ils sortirent, la pluie s'était mise à tomber, les dames attendirent à l'intérieur que leur calèche fût avancée. Indifférente à l'eau qui ruisselait sur son visage, Caroline préféra rester dehors en compagnie de Milford et de Bradford.

Quand le fiacre s'arrêta devant eux, Bradford lui tint la portière et attendit que Caroline fût installée pour se diriger vers le cocher. Lorsqu'il les rejoignit, son visage était soucieux. Milford ne vit rien et demanda à Caroline :

— Pensez-vous que votre père va finir par épouser Lady Tillmann ?

Le nez sur la vitre, Caroline sursauta. Pourquoi la calèche s'engageait-elle dans les petites rues plutôt que de remonter l'avenue principale ?

— Veuillez m'excuser, que disiez-vous ? balbutia-t-elle.

Milford réitéra patiemment sa question.

— Oui, Lady Tillmann semble intéresser mon père... répondit-elle, distraitement.

Bradford semblait toujours plongé dans ses pensées moroses, et elle se concentra à nouveau sur le décor inhabituel que traversait maintenant leur voiture.

— Baissez le store ! ordonna soudain Bradford... J'aurais dû suivre mon intuition !

Les deux hommes échangèrent un bref regard et Caroline fut éberluée en les voyant sortir leur pistolet. La calèche, qui roulait très vite, était secouée de toute part.

— Qu'arrive-t-il à Harry ? demanda Milford à propos du cocher.

— Il se trouve que ce n'est pas Harry, répliqua Bradford d'une voix calme, destinée à rassurer Caroline.

Inquiet, fou de rage contre lui-même, il se reprochait sa naïveté. Comment avait-il pu accepter l'explication du cocher qui s'était présenté comme le remplaçant de Harry, prétendûment malade ? Il était tombé dans le piège et, maintenant, Caroline risquait d'être blessée. On leur avait tendu un traquenard, sans doute en relation avec son engagement politique au sujet de la guerre. A cause de son imprudence, Caroline se trouvait impliquée. Il mettait sa vie en danger.

Milford souleva le bord du store au moment où le cocher quittait son poste et sautait à terre.

— Notre conducteur vient de filer, se contenta-t-il de souligner d'un ton égal.

Les chevaux s'emballèrent, un bruit sinistre ébranla la calèche, le store tomba au même instant, et Caroline aperçut des étincelles qui jaillissaient d'une roue déjantée. Bradford resserra son étreinte autour de ses épaules tandis que simultanément les deux hommes prenaient appui sur le siège opposé. Caroline se retrouva propulsée sur les genoux de Bradford, la tête contre sa poitrine. Ensuite, tout se passa très vite. Les harnais se rompirent, la calèche se renversa et ce fut le choc final.

Bradford bascula sur Caroline, et Milford se retrouva projeté sur eux. Lorsque Caroline rouvrit lentement les yeux, elle vit tout d'abord le pistolet de Milford à deux doigts de son nez. Elle l'écarta prudemment tout en essayant de retrouver son souffle. Milford les écrasait de tout son poids. Mais lorsqu'il se laissa rouler sur le côté, Caroline s'aperçut que ses jambes demeuraient coincées sous les hanches de Bradford. Comme elle essayait de se dégager, il grommela, mi-figue mi-raisin :

— Ouf ! Vous n'êtes pas blessée !

— Vous non plus ?

— Non. Mais, si vous ne déplacez pas votre genou, je vais me retrouver eunuque.

Milford pouffa et Caroline devint cramoisie.

La calèche s'étant renversée sur le côté, en sortir promettait d'être acrobatique. Milford parvint à ouvrir la portière opposée et ses bottes manquèrent de peu la tête de Caroline que Bradford protégea à temps. La jeune fille se sentit ensuite soulevée par l'un, hissée par l'autre. Un instant plus tard, ils se retrouvèrent sains et saufs dans une rue sinistre des bas quartiers de Londres, entourés par des badauds dont les commentaires allaient bon train, la présence de Caroline les fascinant beaucoup plus que l'état de la calèche.

Avisant l'enseigne d'une taverne peu engageante, Bradford la désigna à Milford.

— Emmène Caroline à l'intérieur pendant que je cherche de l'aide.

Ils tenaient toujours leur pistolet à la main et Caroline en déduisit que le danger n'était pas encore écarté.

Milford inclina la tête et prit Caroline par le bras. Elle eut envie de se retourner pour inviter Bradford à la prudence, puis se ravisa. Il était inutile d'éveiller la curiosité de la foule. En arrivant devant la taverne, elle tenta d'ironiser en lisant l'enseigne lumineuse :

— *Le Fauteur de Troubles*. Quel drôle de nom ! Allons-nous semer le trouble à l'intérieur ?

Mais sa voix tremblait. Ses jambes étaient en coton. Elle subissait le contrecoup.

— Lady Caroline, vous allez découvrir l'envers du décor. Êtes-vous impatiente de prendre votre première leçon ? déclara Milford avec ce large sourire qui le rendait irrésistible.

— Je meurs d'impatience ! répondit-elle en pénétrant dans la salle enfumée.

Elle n'y était guère à sa place. Sa robe du soir et sa cape de fourrure formaient un étrange contraste avec les vêtements grossiers des consommateurs.

La salle était à moitié pleine et une quinzaine de clients la dévisagèrent. Milford la conduisit dans un coin du bar et se plaça devant elle, avec l'évidente intention de la protéger. Le patron de ce sinistre établissement daigna enfin prendre leur commande. Milford demanda deux cognac et offrit une tournée générale. Celle-ci fut accueillie avec enthousiasme. Bière et whisky furent réclamés à grand renfort de cris.

— C'est très judicieux, Milford. En quelques minutes, vous vous êtes fait des amis, dit Caroline.

Elle lui donna une petite tape sur l'épaule pour qu'il se tourne vers elle, mais il ne bougea pas. Quoiqu'il eût rangé son pistolet, elle le sentait sur le qui-vive.

— Grands dieux ! marmonna-t-il. Voici une éternité que je n'ai pas connu une bagarre. Je le regrette presque.

Caroline eut une moue amusée qui disparut très vite. Quatre hommes à la mine patibulaire venaient d'entrer dans la salle.

— Votre vœu va peut-être bien être exaucé, souffla-t-elle.

Le silence tomba brusquement. L'un des gaillards s'avançait vers eux, un homme à la bedaine impressionnante, crasseux à souhait.

— Laisse-nous voir le petit bijou que tu caches derrière toi, grommela-t-il, en essayant de repousser Milford.

— Ne bougez pas, Caroline, murmura ce dernier avec un soupir faussement résigné.

Son bras se détendit et son poing cueillit l'homme à la mâchoire. Il n'en fallut pas plus pour que ses camarades viennent à la rescousse.

En un clin d'œil, verres et bouteilles volèrent et ce fut la mêlée générale. Les forces étant inégales, Caroline s'affola. Milford risquait d'être blessé. A cet instant, le patron l'empoigna par les cheveux pour l'attirer vers lui. Surprise, elle hurla et le regretta aussitôt. Milford venait de tourner la tête et ce geste risquait de lui être fatal.

— Ne vous occupez pas de moi ! Regardez ce que vous faites ! lui cria-t-elle en s'emparant d'une bouteille qu'elle abattit froidement sur la tête du patron.

Il s'écroula et Caroline en profita pour se réfugier derrière le bar. C'était l'occasion ou jamais d'aider Milford. Saisissant toutes les bouteilles se trouvant à sa portée, elle commença à bombarder les agresseurs. Quelques clients s'étaient ralliés à la bagarre et, dans la confusion générale, il devint difficile de distinguer les amis des ennemis ! Mais tout le monde semblant prendre un plaisir évident à se tabasser, Caroline ne laissa pas passer cette expérience unique !

Bientôt, elle manqua de munitions. Elle jeta alors un coup d'œil sur le comptoir, avisa le tiroir-caisse, l'ouvrit et découvrit un nouvel arsenal. Le patron ne devait pas en être à sa première échauffourée. Il y avait là plusieurs coutelas, deux pistolets et un gourdin beaucoup trop lourd à manier.

Caroline choisit les pistolets, posa l'un d'eux sur le comptoir et s'empara de l'autre. La bataille semblait tourner à l'avantage de Milford. Malgré tout, il était en train d'en affronter trois à la fois, ce qui était beaucoup ! A cet instant, elle vit briller l'éclat d'une lame. L'un des hommes s'apprêtait à poignarder Milford dans le dos. Caroline fit feu. Le couteau glissa à terre et le blessé hurla.

Surpris par le coup de feu, les combattants s'arrêtèrent, se tournèrent vers le blessé, puis vers Caroline qui déclara d'un ton très calme :

— L'arme blanche est interdite dans cette bagarre.

Elle s'empara du second pistolet et, comme Milford la regardait toujours d'un œil interloqué, elle lui cria :

— Alors, qu'est-ce qu'on fait ? Vous en finissez avec eux ou l'on s'en va ?

Milford ricana, empoigna par le cou les deux lascars, cogna leur tête l'une contre l'autre. Ils s'écroulèrent sans bruit. D'autres revinrent alors à la charge et la bagarre reprit.

Caroline n'avait plus qu'à attendre patiemment la suite des événements. Celle-ci arriva plus tôt que prévu. La porte de la taverne s'ouvrit si violemment qu'elle rebondit contre le mur, arrachée de ses gonds. Le bruit n'eût peut-être pas suffi à distraire les combattants, mais le rugissement poussé par le nouvel arrivant y parvint !

Sur le seuil, se tenait Bradford, une lueur meurtrière dans les yeux. Caroline remercia le ciel qu'il fût de leur côté !

— Tu viens prendre du bon temps ! lui cria Milford entre deux coups de poing.

Rassuré par le sourire que lui décocha Caroline, Bradford entra résolument en lice. Il ôta tranquillement sa jaquette, la posa sur le dossier d'une chaise et commença à prendre, lui aussi, « du bon temps » ! Milford l'appela et il rejoignit son ami dans la mêlée.

Ce fut un régal de le voir procéder. Sans le moindre effort, il assomma les assaillants l'un après l'autre, souleva un homme pesant deux fois son poids et l'envoya rouler sous une table, en propulsant un autre sur le trottoir.

Lorsque tout le monde fut au tapis, Bradford et Milford durent arrêter, à leur grand regret. A part quelques mèches rebelles tombant sur son front, Bradford était resté impeccable. On ne pouvait en dire autant de Milford. Débraillé, il avait déchiré sa jaquette et ses culottes de daim étaient sérieusement endommagées.

Comme il tentait de rectifier sa cravate, Caroline annonça :

— Les boissons sont pour la maison, à la condition qu'il reste encore une bouteille.

— Je crains, ma chère, que vous ne les ayez toutes lancées, répondit Milford en riant.

— N'étais-tu pas censé veiller sur elle ? jeta Bradford, exaspéré. Quittons cet endroit, Caroline, un fiacre de location nous attend dehors.

Elle acquiesça et se dirigea vers la porte en enjambant les victimes, qui mettraient un moment avant d'émerger.

— Inutile de te demander qui s'est rangée à tes côtés, grommela Bradford sur ses talons, en passant devant Milford.

— Abstenez-vous-en ! riposta Caroline. Qu'aurais-je dû faire à vos yeux ? M'évanouir ? Pleurer ? Tout compte fait, ces tavernes offrent une mine de distractions. Les bagarres sont vraiment excitantes. Au fait, Milford, pourquoi sommes-nous partis ?

Milford fut le seul à rire. Sourcils froncés, Bradford la prit par le bras et l'aida à monter dans le fiacre. Il se révéla si exigu que Caroline se retrouva quasiment sur les genoux de Bradford qui, toujours d'humeur sombre, n'écoutait pas un traître mot de leur conversation.

Caroline comprit n'être pas à l'origine de cet air bougon car il ne cessait de fixer la vitre.

Lorsque le fiacre s'arrêta devant sa maison, elle se tourna vers Milford.

— Ce fut une soirée délicieuse, milord.

D'abord, l'Opéra, ensuite, une bagarre. Deux charmantes expériences !

— Jusqu'à la prochaine aventure, Lady Caroline, répondit Milford en déposant un baiser dans la paume de sa main.

Ses yeux pétillaient. Caroline éclata de rire.

— Il n'y aura pas de prochaine aventure, déclara Bradford d'une voix ferme.

Il descendit de voiture et lui offrit son bras jusqu'à la porte d'entrée.

— Bradford, êtes-vous fâché contre moi ?

— Je ne mettrai jamais plus votre vie en danger. Je ne veux pas que quelque chose vous arrive, dit-il en la serrant brièvement contre lui.

Il se pencha, effleura sa joue d'un baiser et s'éloigna.

Caroline le suivit des yeux, un peu déçue de le voir repartir si vite. Deighton ouvrit la porte et elle rentra à contrecœur. Elle devrait attendre le lendemain pour poursuivre leur discussion. Il lui avouerait ses sentiments et tout serait enfin merveilleux.

9

— Quelqu'un a saboté la roue, les écrous avaient été desserrés, déclara Bradford lorsqu'il se retrouva seul avec son ami.

— Tu as encore dû t'attirer des ennemis ! Bravo ! Nous devrions être morts à cette heure.

Maintenant que Caroline était en sécurité chez elle, Milford ne riait plus.

— Peu importe qui veut ma peau ! Mais Caroline doit rester à l'écart de cette histoire. Il n'est plus question de mettre sa vie en péril.

— Quelles sont tes intentions ?

— Découvrir les auteurs de ce complot, régler mes comptes et, dans l'intervalle, cesser de fréquenter Caroline.

— Je suppose que tu vas lui fournir des explications ?

— Non, et dans son propre intérêt, il est préférable qu'elle ne sache rien. Elle risque de se trahir et mes ennemis chercheront à m'atteindre à travers elle. Je n'ai pas d'autre solution pour assurer sa protection.

Tout en approuvant cette décision, Milford songea à quel point Caroline souffrirait de cette séparation. Il avait deviné les sentiments qu'elle éprouvait pour Bradford.

— Malgré tout, tu vas mettre Braxton au courant ?

— Certainement pas ! Il adore sa fille et risquerait de vendre la mèche.

— Par où allons-nous commencer nos recherches ? Par Harry ?

Bradford inclina la tête.

— J'en parlerai aussi à mes amis du département de la Guerre.

Ils restèrent un instant silencieux, puis Milford se détendit et ajouta, taquin :

— Et quand tout cela sera réglé, tu auras un nouveau combat à remporter !

Ils échangèrent un regard complice et lancèrent en chœur :

— Caroline !

Les deux semaines suivantes furent abominables. Au début, Caroline trouva mille excuses pour justifier l'absence de Bradford. Il était impossible qu'il l'eût oubliée ! Elle se berça d'illusions jusqu'au soir où elle se trouva nez à nez avec lui chez les Almacks. Non seulement il ne lui adressa pas la parole, mais il fit comme s'il ne la voyait pas ! Caroline dut alors affronter la vérité. Il l'avait froidement abandonnée.

L'indignation de Charity fut à son comble. Elle énuméra toutes les tortures que cet homme méritait et ne fit qu'augmenter le chagrin de sa cousine en lui rapportant les activités notoires de cet individu !

On lui prêtait des liaisons. Chaque soir, il s'affichait avec une femme différente. Il avait retrouvé ses vieilles habitudes de joueur et de buveur invétéré. Bref, il menait une joyeuse vie et tout le monde en était témoin.

De ce jour, Caroline déclina toutes les invitations et demeura chez elle. Elle vida même son cœur dans une longue lettre adressée à son cousin James et regretta son impulsion sitôt que Deighton l'eût envoyée. A quoi bon avoir inquiété inutilement son cousin ? Nul ne pouvait l'aider.

Le comte de Braxton ne savait rien de l'état de tension nerveuse dans lequel se trouvait sa fille. Elle l'accueillait toujours avec le sourire et elle lui paraissait parfaitement heureuse. Il la crut lorsqu'elle prétexta être fatiguée par ce tourbillon mondain et préférer se concentrer sur le mariage de Charity.

Caroline ne tenait pas à causer du souci à son père. Certes, leur relation devenait superficielle, mais elle désirait lui épargner toute inquiétude à son sujet. A plusieurs reprises, il lui demanda des nouvelles de Bradford et elle lui répondit qu'ils ne se voyaient plus. Sans autre commentaire.

Le lundi, une lettre arriva de Boston. Oncle Henry donnait des nouvelles de la famille, posait mille questions sur les activités de Charity et de Caroline, accordait sa bénédiction au mariage de sa fille... et réclamait le retour de

Benjamin. Ils avaient acheté des chevaux, quatre poulains étaient nés au printemps, on avait besoin de lui à la ferme.

Benjamin avait hâte de partir, Caroline le lut dans ses yeux.

— Tu as le mal du pays, n'est-ce pas ?

— Vous allez nous manquer et nous allons à nouveau mourir de faim, dit le comte avant de quitter la pièce.

Demeurée seule avec Benjamin, Caroline se demandait aussi comment elle pourrait se passer de lui, mais elle n'en laissa rien voir.

— Nous avons parcouru un bon bout de chemin ensemble, murmura Benjamin.

— C'est vrai, répondit-elle en posant sa main sur son épaule. Je ne t'oublierai jamais, ami. Tu as toujours été là quand j'avais besoin de toi.

Huit jours plus tard, elle le conduisait au port. Le comte avait renouvelé sa garde-robe et y avait ajouté une grosse pelisse.

— Vous vous souvenez du jour où vous m'avez découvert dans la grange ? lui demanda Benjamin lorsqu'ils se dirent adieu.

— Cela me paraît si loin...

— Vous devez mener votre vie, maintenant. Mais, si vous me le demandez, je resterai. Je vous dois la vie.

— Je te dois aussi la mienne. Mais ton avenir est à Boston, Benjamin. Ne t'inquiète pas pour moi.

— Si jamais vous avez besoin... commença-t-il.

— Je sais. Mais tout va bien, rassure-toi.

Pieux mensonge. Jamais Caroline ne s'était sentie aussi misérable. Elle pleura durant tout le trajet de retour.

Les jours suivants, elle fit des efforts pour ne pas s'apitoyer sur elle-même et tenta de réagir. La première neige était tombée sur Londres et elle n'avait toujours aucune nouvelle de Bradford.

Elle accepta d'accompagner Thomas Yves à un dîner offert par Lady Tillmann. La soirée fut d'un ennui mortel, mais son père était ravi.

Le lendemain, elle rendit visite à son oncle Milo. Franklin n'étant pas encore arrivé, leur conversation n'en fut que plus chaleureuse. Ayant eu vent du départ de Benjamin pour Boston, le vieux marquis lui demanda où elle l'avait connu.

— Un matin, je l'ai découvert dans la grange. Il s'était enfui et avait marché depuis la Virginie, dit-elle, sans se perdre dans les détails.

— Ton père dit qu'il s'est fait ton garde du corps. Est-ce vrai que Boston et les environs fourmillent de sauvages ?

— C'est moi que vous venez de dépeindre et non Boston, répondit-elle en riant. Benjamin a toujours été présent pour veiller sur moi et surtout rattraper mes bêtises. Plus d'une fois il m'a sauvé la vie.

— Tu es tout à fait comme ta mère ! Mais revenons à Benjamin. Risque-t-il d'être ramené dans le Sud ? Y a-t-il vraiment des chasseurs de têtes chargés de traquer les fuyards ?

— Oui, c'est exact. On les appelle des chasseurs d'esclaves, mais Benjamin est désormais un homme libre. Papa... je veux dire oncle Henry a envoyé James dans le Sud pour le racheter et faire établir ses papiers.

Sur ces entrefaites, Franklin arriva et prit immédiatement des nouvelles de Bradford. Affichant une expression sereine, Caroline lui annonça qu'ils ne se voyaient plus.

— Dans ces conditions, penses-tu rentrer à Boston ?

Surprise, Caroline se demanda pourquoi son oncle tirait une telle conclusion ? Il lui fallut près d'une heure pour apaiser oncle Milo, bouleversé par cette perspective. Mais non, promit-elle, elle n'avait pas du tout l'intention de quitter l'Angleterre. Il finit par se calmer.

En guise d'excuse, Franklin évoqua la rumeur selon laquelle Caroline devait regagner Boston après le mariage de son père avec Lady Tillmann. Le comte aurait projeté un voyage en Europe avant de revenir s'installer ici avec sa nouvelle épouse.

Déjà irritée par sa première remarque, Caroline le fut encore plus par la seconde. Elle lui riva son clou en déclarant ce bruit mensonger et ridicule. Les événements qui se déroulaient en France n'inciteraient sûrement pas son père à quitter l'Angleterre.

— Du reste, conclut-elle, il n'a nullement l'intention de voyager.

— S'il le fait, tu viendras chez moi ! déclara

oncle Milo en jetant sur son frère un coup d'œil provocateur.

— Excellente idée ! renchérit Franklin.

La conversation en resta là.

De retour à la maison, Caroline trouva une lettre sur le guéridon du hall. Elle partit la lire dans la salle à manger et rendit grâce au ciel de se trouver seule à la maison.

C'était une lettre anonyme dont le contenu soulignait clairement la haine qu'un ou qu'une inconnue lui portait. Son auteur semblait connaître sa vie dans les moindres détails, et affirmait que la chute dans l'escalier des Claymere et l'accident de calèche n'étaient que de simples avertissements. Une impitoyable vengeance l'attendait. S'ensuivaient des menaces de mort émaillées d'injures aussi blessantes que vulgaires.

Qui donc pouvait la détester à ce point ? Dans quelle vengeance se trouvait-elle impliquée ? Caroline glissa la lettre dans sa poche d'une main tremblante. Plus que jamais elle déplora l'absence de Benjamin.

Deighton savait-il qui avait déposé ce message ? Le majordome affirma n'avoir reçu personne. Indigné, il s'écria être le seul à pouvoir ouvrir la porte d'entrée. Il en conclut qu'une femme de chambre avait sûrement outrepassé ses droits et violé son territoire !

Pour ne pas affoler le pauvre homme, Caroline s'en tint là, gagna ses appartements et s'informa auprès de Mary Margaret.

— Ce ne peut être que Marie! explosa la jeune fille. Elle est beaucoup trop chafouine pour l'avouer, et par ailleurs elle travaille mal! Depuis le départ de Benjamin, les repas sont à nouveau innommables! Cette femme est stupide et Deighton aurait dû la renvoyer depuis belle lurette.

— Soyez plus charitable, dit sévèrement Caroline en songeant aux enfants de la cuisinière. Patientons encore un peu, Mary Margaret. Marie a besoin de travailler et je vais lui demander de faire quelques efforts.

Mais elle était exaspérée d'avoir à régler des problèmes domestiques alors qu'un inconnu lui envoyait des menaces de mort!

Inutile d'avertir son père, du moins pour l'instant. Effrayé, il s'empresserait de la renvoyer à Boston. Intuitivement, Caroline sentait que cette séparation de quatorze années n'avait eu pour but que d'assurer sa sécurité. Mais elle en ignorait les raisons précises. Sans doute avaient-elles un rapport avec les engagements politiques de son père. Bradford lui avait révélé que le comte s'était rallié aux radicaux. Jusqu'à présent, elle ne pouvait s'en tenir qu'à des hypothèses.

Non, elle ne fuirait pas. Ne plus jamais revoir Bradford ? Elle hocha la tête. Dans l'immédiat, c'était lui qui s'était éloigné. En fait, elle n'avait plus personne à qui se confier. Charity ? C'était hors de question. Terrorisée, sa cousine le répéterait à qui voudrait l'entendre et son premier soin serait de tout raconter au comte.

Une semaine s'écoula durant laquelle Caroline resta sur le qui-vive. Incapable de trouver le sommeil la nuit, le moindre bruit la faisait sursauter dans la journée. Elle se replia sur elle-même, refusa toutes les sorties et ne quitta la maison que pour se rendre directement chez son oncle Milo.

Intrigué, son père finit par l'interroger sur son étrange conduite. Il insista pour qu'elle accepte d'accompagner Milford au théâtre. De peur d'éveiller ses soupçons, elle capitula.

Son père en fut heureux. Mais Caroline, elle, se sentait à la fois impatiente et triste de revoir Milford. Elle aimait sa forme d'esprit, son humour et sa gaieté, mais il lui rappelait Bradford.

Ce soir-là, elle enfila une robe d'un vert très pâle et elle essayait en vain de piquer des épingles dans ses cheveux bouclés lorsqu'elle perdit patience. Le manque de sommeil la rendait irritable et elle explosa.

— Mary Margaret, allez chercher vos ciseaux ! Vous avez très bien coupé les cheveux de Charity. Je veux la même coiffure !

Et, sans tenir compte des protestations de la soubrette, elle enleva sa robe et toutes les épingles rebelles.

— Dépêchez-vous, Mary Margaret. Je suis décidée. Je ne peux plus supporter le poids de ma tignasse !

Mary Margaret n'eut plus qu'à obtempérer et sortit de la pièce en courant. Caroline se regarda longuement dans le miroir, redressa les épaules et grommela :

— Tu as suffisamment gémi sur ton sort, Caroline Richmond. A nous deux, maintenant !

— Tu parles toute seule ? demanda Charity qui entrait dans sa chambre.

— A partir d'aujourd'hui, j'ai décidé de me prendre en charge. Ne m'as-tu pas répété que j'étais une battante ?

— Tu déclares la guerre à Bradford ?

— Non. J'ai d'autres projets en tête. Je te les confierai plus tard, mais rassure-toi, je ne suis pas folle.

Mary Margaret revenant avec les ciseaux, elle congédia gentiment sa cousine.

— Et maintenant, laisse-nous à notre travail !

A contrecœur, Mary Margaret commença à couper les pointes, un centimètre, pas davantage, déclara-t-elle. Caroline lui arracha les ciseaux des mains et tailla froidement sa chevelure sans écouter les gémissements de la jeune fille. Lorsque ce fut fini, Mary Margaret dut admettre que la nouvelle coiffure de Caroline produisait un effet spectaculaire. Des boucles courtes et souples encadraient le visage de Caroline qui secoua la tête, ravie de se sentir si légère.

— Je me sens toute neuve et merveilleusement bien !

— Vous êtes surtout ravissante, ainsi. Vos yeux paraissent plus grands, vous êtes encore plus féminine et vous allez faire des ravages, milady.

— Me voici prête à conquérir le monde !

Milford arriva avec quelques minutes d'avance et lorsqu'il la vit descendre l'escalier, il nota immédiatement la nouvelle coiffure, qu'il trouva délicieuse. Il remarqua également la fatigue et le manque de sommeil inscrits sur le visage de Caroline.

Lorsqu'ils furent installés dans le fiacre, il cacha son inquiétude sous un large sourire.

— Voici une éternité que nous ne nous sommes vus, farfadette !

— Farfadette ? Tiens, c'est nouveau !

— Allez-vous bien ? dit-il en l'enveloppant d'un regard compatissant qui la fit bouillir.

— Inutile de me regarder ainsi, Milford. Personne n'est mort et je vais très bien.

— Bradford ne dort pas plus que vous...

— Ne prononcez plus jamais son nom devant moi ! siffla-t-elle avant d'ajouter plus doucement : Faites-m'en la promesse, Milford, sinon je saute de calèche et je rentre chez moi.

— C'est promis, dit-il à contrecœur. Je ne dirai plus un mot sur... vous savez qui. Seulement, je pense que vous devriez comprendre que...

— Milford ! Plus un mot ! C'est fini... Parlez-moi plutôt de vous. Vous êtes-vous à nouveau bagarré ?

Bavarder à bâtons rompus releva de l'exploit. Elle avait déjà les nerfs à fleur de peau et jouer la comédie fut épuisant. En outre, la pièce se révéla médiocre. Durant l'entracte, au milieu d'une foule de gens, Caroline réussit à garder le sourire jusqu'au moment où, dans une glace, elle crut apercevoir Bradford. Son sang ne fit qu'un tour. Elle pâlit. L'homme se retourna. Ce n'était pas Bradford. Mais elle prit soudain conscience que se mêler ainsi au public était une magistrale imprudence. Elle était une cible rêvée ! Elle frissonna en se remémorant les détails de cette horrible lettre. A cet instant, quelqu'un la poussa par inadvertance et une lueur de terreur traversa son regard. Milford s'aperçut que quelque chose l'effrayait et il la conduisit à l'écart de la foule. Rassurée, Caroline comprit qu'elle ne supporterait pas une minute de plus ce bruit et cette foule.

— Que se passe-t-il, Caroline ?

— Cet endroit n'est pas sûr... Je voudrais rentrer chez moi, balbutia-t-elle.

Ce fut pour Milford la sonnette d'alarme. Caroline était blême et à deux doigts de s'évanouir. Il l'entraîna vers la sortie et attendit qu'ils fussent assis dans le fiacre pour en avoir le cœur net.

— Caroline, que voulez-vous dire par... cet endroit n'est pas sûr ?

— Rien. Êtes-vous invité chez les Stanton, la semaine prochaine ? dit-elle en fixant la portière.

Milford ne se laissa pas abuser. Il prit ses mains dans les siennes et les pressa doucement.

— Regardez-moi et répondez. Pourquoi cet endroit n'était-il pas sûr ?

Caroline comprit qu'il ne céderait pas et elle capitula.

— Quelqu'un a l'intention de me tuer.

Milford resta sans voix pendant quelques secondes et se renversa contre le dossier de son siège.

— Dites-moi tout, ordonna-t-il sur le même ton que Bradford.

— Seulement si vous me donnez votre parole de n'en parler à personne.

Il inclina la tête.

— Très bien. Alors voilà : je ne suis pas tombée maladroitement dans l'escalier des Claymere. Quelqu'un m'y a poussée. Et l'accident de calèche était également un geste criminel.

L'incrédulité qu'elle lut sur le visage de Milford l'incita à préciser :

— Je ne suis pas paranoïaque, Milford. J'ai reçu une lettre de menaces la semaine dernière. Il y a vraiment un inconnu qui me hait et souhaite ma mort. Qui ? Pourquoi ? Ça, je l'ignore.

— Avez-vous gardé cette lettre ? L'avez-vous montrée à votre père ? C'est une folie de vous avoir laissée sortir ! s'exclama-t-il, bouleversé par cette révélation.

— Mon père ne sait rien.

— Non, mais je rêve !

— Écoutez-moi, Milford, je suis pratiquement sûre que c'est la peur et le désir de me protéger qui ont incité mon père à m'envoyer aux Colonies. Je ne tiens pas à l'affoler à nouveau. Je désire que ses dernières années s'écoulent de façon paisible et heureuse.

— Vous êtes consternante ! On cherche à vous tuer et vous ne songez qu'à l'inquiétude de votre père ! Caroline, c'est à vous qu'il faut penser, maintenant !

— Calmez-vous, j'ai décidé d'agir. Soyez sans crainte, je suis capable de veiller sur moi.

— Que diable comptez-vous faire ?

Mais il ne l'écoutait déjà plus. Il n'avait qu'une idée en tête, la ramener chez elle et courir prévenir Bradford en dépit de la promesse qu'il venait de faire. Bon sang ! Ils s'étaient trompés. Bradford n'était pas la cible. Il serait atterré d'avoir laissé Caroline seule et sans protection.

— Dès demain matin, je vais engager des détectives, déclara Caroline.

— Ne m'en dites pas plus, l'interrompit-il, obnubilé par les mesures à prendre dans l'immédiat.

Caroline le regarda, un peu étonnée. L'avait-elle ennuyé avec ses problèmes ?

— Je comprends, Milford. Désolée de vous avoir importuné. Vous avez raison, moins vous en saurez mieux cela vaudra. Je crois aussi que vous devriez rester à l'écart tant que cette histoire ne sera pas réglée.

Milford leva les yeux au ciel, déposa Caroline chez elle et prit congé. Où trouver Bradford à cette heure ? Il perdit plus d'une heure à le chercher pour le découvrir finalement dans une maison de jeu.

Affalé devant une table, Bradford regardait d'un œil ennuyé ses gains et les joueurs qui l'entouraient. Milford s'avança vers lui et les quelques mots qu'il lui chuchota à l'oreille le firent changer d'expression. Il rugit, se leva d'un bond, bouscula la table, renversa sa chaise, oublia ses gains et, sans un mot d'explication pour ses partenaires, il suivit son ami.

— Il est plus de minuit, Brad. Attends demain pour aller la voir, protesta Milford après l'avoir mis au courant de la situation.

— Tout de suite ! Dépose-moi chez Caroline et rentre chez toi.

Milford n'eut d'autre choix que celui d'obtempérer.

Réveillé par les coups de heurtoir, Deighton finit par aller ouvrir et reconnut Bradford.

— Heureux de vous revoir, Votre Grâce.

— Veuillez dire à Caroline que je désire lui parler.

Un coup d'œil sur le duc évita à Deighton de perdre son temps à souligner que lady Caroline dormait certainement. Il se hâta vers l'escalier.

Caroline était couchée, mais elle ne dormait pas encore. Lorsque Deighton lui annonça qui désirait la voir, elle devina immédiatement ce qui s'était passé. Milford n'avait pas tenu sa promesse et s'était empressé de tout rapporter à son ami.

— Dites à Sa Grâce que je ne désire pas le recevoir. Mon père est-il rentré, Deighton ?

— Oui, il y a près d'une heure. Dois-je le réveiller ?

— Grands dieux, non ! Ne le dérangez surtout pas.

Caroline referma la porte et se dirigea lentement vers la fenêtre. Deighton ne se débarrasserait sans doute pas facilement de Bradford. Elle s'y attendait, aussi ne fut-elle pas étonnée d'entendre à nouveau frapper à la porte.

— Deighton ! Une fois pour toutes, dites-lui de partir !

La porte s'ouvrit.

— Je ne partirai pas ! déclara Bradford, debout sur le seuil et si incroyablement séduisant que Caroline sentit ses jambes fléchir.

Ses yeux s'emplirent de larmes. La fatigue, sans doute.

Bouleversé par le charmant tableau que lui offrait Caroline, Bradford dut lutter pour ne pas claquer le battant derrière lui et la prendre dans ses bras.

Paralysée par l'émotion, Caroline ne put que balbutier :

— Vous ne devriez pas vous trouver ici. C'est choquant, inconvenant.

— Vous devrez admettre que je me moque tout à fait des convenances, dit-il en refermant la porte et en tournant la clef dans la serrure.

Elle n'en fut que plus pétrifiée.

— C'est un cauchemar ou bien vous avez perdu l'esprit ? Ouvrez cette porte et sortez, Bradford.

— Pas encore, ma chérie.

Il prit son peignoir, s'avança vers elle et le posa sur ses épaules, surpris de ne pas entendre d'amers reproches. Que signifiait cette apathie ?

Mille pensées se bousculant dans sa tête, incapable d'en saisir une seule, submergée par les événements pour la première fois de sa vie, Caroline continua à le dévisager.

Bradford se tenait devant elle et ne fit que caresser doucement sa joue d'une main tremblante.

— Non, s'il vous plaît... murmura-t-elle douloureusement en reculant d'un pas.

Complètement désarçonné par cette attitude qui trahissait plus de souffrance que de colère, Bradford chercha désespérément le moyen de la faire réagir.

— Vous m'avez manqué, Caroline.

Avait-elle bien entendu ? Elle hocha la tête et se mit à pleurer. Bradford ne put tenir plus longtemps et la serra dans ses bras.

— Je suis désolé, ma chérie. Dieu, que je le suis ! Cela a été aussi dur pour moi, dit-il en lui relevant le menton pour essuyer ses joues inondées de larmes, tout en posant des baisers sur ses cheveux, son front, puis ses lèvres.

Caroline le repoussa enfin.

— Je voudrais bien savoir en quoi cela a pu vous paraître dur ?

Bradford s'assit dans un fauteuil et attira Caroline sur ses genoux.

— Promettez-moi de ne pas m'interrompre.

Elle inclina la tête.

— Quand la calèche s'est renversée, j'ai cru que quelqu'un en voulait à ma vie. C'est alors que j'ai décidé...

— Pourquoi vous être imaginé qu'on en voulait à votre vie ?

— Vous avez promis de me laisser parler ! C'était *ma* calèche qui avait été sabotée et *mon* cocher assommé ! Ma conclusion était logique.

— Égocentrique, plutôt !

Bradford grimaça. Peut-être n'avait-elle pas tout à fait tort ?

— Caroline, en vous écartant de mon chemin, j'empêchais mes ennemis de s'en prendre à vous. Je n'ai songé qu'à votre sécurité.

— Pourquoi ne pas me l'avoir dit ? J'aurais compris. Mais je connais la réponse. Vous n'avez aucune confiance en moi !

— Vous protéger était mon seul objectif. Je ne pouvais encourir le risque que vous vous trahissiez.

— L'éventualité que je garde pour moi cette information ne vous a pas traversé l'esprit, je suppose ?

— Allons donc ! Personne ne serait tombé dans le piège ! Votre visage est un livre ouvert, ma chérie. Vous auriez été incapable de feindre la tristesse.

Visiblement, elle ne partageait pas son avis. Elle se redressa, balaya la pièce des yeux. Y cherchait-elle un pistolet ? se demanda-t-il, railleur et attendri. Il tendit le bras pour l'attirer à nouveau sur ses genoux, mais elle s'esquiva.

— Caroline, j'ai cru agir dans votre propre intérêt.

— Là n'est pas la question, Bradford. Quand donc admettrez-vous que les femmes ne sont pas toutes les mêmes ? Quand vous déciderez-vous à m'accorder votre confiance ? Sans elle, aucun lien solide ne peut s'établir entre nous !

Elle se planta devant lui et lui décocha un regard meurtrier.

— Votre forme de pensée me rend malade et votre misogynie est révoltante !

— Mon cœur, savez-vous que vous êtes en train d'ameuter toute la maison ? Si vous réveillez votre père et qu'il me trouve ici, il exigera que je vous épouse sur-le-champ.

Caroline ravala prudemment sa colère.

— C'est bien, reprit-il. Vous épouser demain serait un peu précipité, mais disons que samedi ce sera parfait.

— Allez au diable ! Vous n'avez pas écouté un traître mot de ce que je viens de vous dire !

— Bien sûr que si, j'ai écouté. Les domestiques aussi. Et maintenant, soyez une brave fille et donnez-moi cette lettre. Le lit est tentateur, je risque de ne pas pouvoir résister très longtemps.

— Seigneur ! Comment ai-je pu me confier à Milford ! J'aurais dû me douter que votre ami ne valait pas mieux que vous.

— La lettre, Caroline. Donnez-la-moi et laissez-moi prendre la situation en main.

— Vous n'avez rien à décider ! Et je ne vous épouserai ni samedi ni dans un an ! L'amour n'a aucun sens pour vous, sinon vous auriez confiance en moi.

— Prononcez encore une fois ce mot et je vous étrangle ! dit-il en se redressant.

Ses yeux lançaient des éclairs et Caroline fit un pas en arrière !

— Allez-vous-en, je vous prie. Nous en avons assez dit.

— Enfin une phrase sensée ! déclara-t-il froidement en s'asseyant au bord du lit.

Il se débarrassa de sa jaquette, de ses bottes, sous le regard interloqué puis affolé de Caroline.

— Que faites-vous ? bredouilla-t-elle.

— Vous le voyez.

Elle bondit au moment où il commençait à enlever ses chaussettes, mais il allongea le bras, la fit rouler sur le lit et elle se retrouva sur le dos et à sa merci.

— Ne plus vous embrasser fut un martyre, murmura-t-il en s'emparant de sa bouche.

Elle lutta, mais faiblement, puis, sous l'emprise de ses caresses, se fit douce dans ses bras, enivrée par les ondes de plaisir qu'il éveillait en elle. Sa chemise de nuit glissa sur sa gorge, puis sur sa taille, et une seconde plus tard, les doigts tendres et insistants de Bradford exploraient la peau douce de son ventre et de ses cuisses. Elle eut un bref sursaut de protestation, mais ses dernières défenses tombèrent et elle était sur le point de s'abandonner à la passion quand, d'un seul coup, Bradford s'arracha à son étreinte et bascula sur le dos.

— Vous êtes faite pour moi et moi pour vous, Caroline ! grommela-t-il d'une voix rauque.

Et, croisant les mains sous sa tête, il prit quelques profondes inspirations pour se calmer et gronda :

— Samedi, nous serons mariés.

Caroline eut l'impression de se retrouver brusquement sur une banquise. Inondée de désir, elle aspirait à ses caresses, à ses baisers, à son étreinte brûlante. Elle se redressa lentement et s'aperçut que ses jambes la soutenaient à peine.

— Je ne comprends pas comment vous arrivez à me mettre dans cet état, avoua-t-elle d'une petite voix déçue qui arracha un sourire à Bradford.

— Vous êtes aussi passionnée que je le suis, Caroline. Seulement, vous ne savez ni feindre ni vous contrôler.

— Comme vos autres femmes ? dit-elle, cinglée par la comparaison qu'il établissait sans doute.

Bradford vit la colère briller à nouveau dans les yeux mauves et se redressa juste à temps pour récupérer les bottes qu'elle était à deux doigts de lui lancer à la tête.

— Je n'ai pas connu d'autre femme... commença-t-il. (Puis il jugea inutile de la persuader. Elle avait déjà tourné les talons et enfilait son peignoir.) La lettre, s'il vous plaît, dit-il, péremptoire.

Caroline alla la chercher dans la poche de sa robe, la lui tendit et sursauta en entendant frapper à la porte.

— Ne restez pas sur le lit, souffla-t-elle, éperdue, en rectifiant sa coiffure.

Elle se dirigea vers la porte et tourna la clef d'une main tremblante.

Debout sur le seuil, en robe de chambre, une expression consternée sur le visage, le comte de Braxton contemplait la scène qui s'offrait à ses yeux.

— Oh, papa ! Je t'ai réveillé !

Bradford se tenait derrière elle. Dieu merci, il avait enfilé sa jaquette et ses bottes !

— Bonsoir ! lança-t-il le plus naturellement du monde, habitué sans doute à ce genre de situation, ce qui acheva de mettre Caroline hors d'elle.

— Bradford ! C'est tout ce que vous trouvez à dire ! explosa-t-elle. (Puis, adressant un regard suppliant à son père :) Papa, ce n'est pas du tout ce que tu crois ! Je ne voulais pas descendre, alors, il a fini par...

— J'en fais mon affaire, l'interrompit Bradford.

Son pauvre père ! Son visage passait par toutes les couleurs. Étonné, indigné, choqué, il semblait à présent dans l'expectative.

— Pouvez-vous m'accorder quelques minutes de votre temps, Braxton ? demanda Bradford.

Le comte inclina brièvement la tête et retrouva enfin l'usage de la parole.

— Laissez-moi m'habiller. Je vous retrouve au rez-de-chaussée.

— Je vous en remercie, monsieur.

Braxton les dévisagea à tour de rôle encore un instant avant de tourner les talons, et Bradford referma paisiblement la porte derrière lui.

La gorge nouée, partagée entre la colère et les larmes, Caroline se rendit compte à quel point elle avait dû décevoir son père. Peut-être la méprisait-il à cette heure ?

— Bradford ! hurla-t-elle, prête à lui tordre le cou.

— Par l'enfer, qu'avez-vous fait à vos cheveux ? dit-il en la prenant dans ses bras.

— Cela suffit ! Pensez-vous pouvoir vraiment régenter ma vie ? Vous ai-je dit à quel point je vous trouvais détestable ? Il n'y aura jamais rien de sérieux entre nous ! Vous êtes...

Indifférent à ses sarcasmes, il l'embrassa à nouveau, puis constata paisiblement :

— Vous avez une mine affreuse. Vous ne dormez pas assez. Allez vous coucher et reposez-vous maintenant.

— Jamais de la vie ! Je descends, moi aussi ! Dieu sait ce que vous êtes capable de raconter à mon père. Je tiens à être là pour me défendre.

Pour toute réponse, il la souleva, la porta sur son lit, cala les oreillers sous sa tête. Une lueur diabolique traversa ses yeux.

— *Faites-moi confiance!* dit-il en effleurant sa joue.

— Bradford ! Nous n'en avons pas fini ! rugit-elle.

Il traversa la pièce et se retourna sur le seuil de la porte.

— Je le sais, mon cœur. C'est très bien que vous le compreniez enfin.

Caroline bondit du lit et le rattrapa sur le palier.

— Surtout, pas un mot au sujet de la lettre ! Il me renverrait à Boston ! Je ne veux pas l'affoler !

Bradford ne répondit pas et se dirigea imperturbablement vers l'escalier, Caroline sur ses talons. Elle le retint en agrippant le bas de sa veste.

— Et s'il vous provoque en duel ? Jurez-moi de refuser !

Elle ne le troubla pas davantage que s'il se fût agi d'un bourdonnement de mouche, car il continua d'avancer, Caroline pendue à ses basques, jusqu'au moment où elle se rendit compte qu'elle se conduisait comme une idiote. Elle le lâcha, essaya de reprendre ses esprits et s'entendit balbutier :

— Qu'est-ce que je peux bien faire ?

Elle ne songeait qu'à cette lettre et au courroux de son père. Bradford dégringolait déjà les marches deux par deux.

— Trouvez un moyen pour faire repousser vos cheveux d'ici samedi ! lança-t-il par-dessus son épaule.

Cette ridicule boutade acheva de lui saper le moral. Caroline se laissa choir sur la dernière marche et se prit la tête dans les mains. Pour l'amour de Dieu, dans quel pétrin s'était-elle encore fourrée ? Elle devait recouvrer la raison, mettre de l'ordre dans sa vie, cesser d'accumuler les impairs et savoir ce qu'elle voulait.

De retour dans sa chambre, elle fut assaillie par des pensées contradictoires. Le bonheur d'avoir retrouvé Bradford était gâché par la certitude qu'il y aurait toujours des problèmes entre eux.

Combien de temps durerait leur attirance ? A moins qu'elle ne trouve le moyen de lui apprendre ce qu'était l'amour ? Ce n'était qu'un jeu pour lui. Elle ne pouvait pas l'épouser. Qu'adviendrait-il de leur union lorsqu'elle aurait perdu sa beauté et gagné quelques rides ?

Ce rêve était-il impossible ? Son oncle Henry et sa tante Mary ne s'aimaient-ils pas depuis des années ? Charity et Paul Bleachley n'avaient-ils pas trouvé le vrai bonheur ?

Quel genre de mariage espérait Bradford ? Devrait-elle vivre continuellement dans la crainte de ne pas lui plaire ? Aurait-elle à devenir aussi superficielle que Lady Tillmann ?

Elle se glissa dans son lit avec la ferme intention de chasser une fois pour toutes ces pensées grotesques. Elle y parvint en se persuadant qu'elle ne l'épouserait que lorsqu'il deviendrait respectable. Comme ce n'était sûrement pas demain la veille, elle s'endormit.

10

Au dire de tous, ce fut un beau mariage ! Côte à côte, Caroline et Bradford recevaient les félicitations des nombreux invités. Elle avait promis de chérir cet homme jusqu'à ce que la mort les sépare, mais elle était contente que la cérémonie fût finie !

Le soir même de leurs mémorables retrouvailles, Bradford avait demandé la main de Caroline à son père, qui la lui avait accordée. Caroline lui ayant fait remarquer qu'elle n'avait pris aucune décision définitive, le comte lui avait seulement demandé si elle aimait Bradford. Oui ! Il avait refusé d'en entendre davantage.

Dès le lendemain, ils étaient partis avec Charity à Bradford Hills où, pour respecter la tradition, se déroulerait la cérémonie. Bradford s'était chargé de tout organiser. Charity et le père de Caroline avaient lancé les invitations.

Nuit et jour, madame Newcott et deux couturières travaillèrent sur la robe de la mariée.

Deux gardes du corps furent engagés par Bradford pour veiller sur la sécurité de Caroline. Le comte n'avait émis aucun commentaire à ce sujet. Que savait-il au juste ?

Ces gardiens avaient-ils été engagés pour la protéger... ou pour l'empêcher de prendre la poudre d'escampette ? L'idée de rentrer à Boston lui avait plus d'une fois traversé la tête ! Caroline n'arrivait toujours pas à comprendre comment elle avait pu si vite prendre unc décision aussi importante.

Charity, plongée dans les préparatifs, ne lui avait été d'aucun secours. A peine installée dans la somptueuse demeure des Bradford, Caroline avait fait la connaissance de sa future belle-mère, de façon peu banale. Elle était en train de changer de robe pour le dîner lorsqu'une femme de haute stature, élégamment vêtue, était entrée dans sa chambre. Caroline n'avait eu que le temps d'enfiler un peignoir avant de faire sa révérence sous le regard scrutateur de la duchesse.

— Portez-vous son enfant ? avait-elle demandé tout de go d'une voix pointue.

Ahurie par la rudesse de la question, Caroline avait rétorqué d'un ton non moins rude :

— Non.

Elles s'étaient dévisagées pendant une minute. Les yeux de la duchesse étaient de la même couleur que ceux de Bradford et les petites pattes-d'oie qui les entouraient trahissaient un caractère plutôt rieur.

— Ne vous laissez jamais impressionner par

lui, dit-elle en s'asseyant sur un siège en tapisserie et en invitant Caroline à en faire autant.

— Je ne me suis jamais laissé impressionner par personne.

— Mon fils est un homme impatient. Quand il veut quelque chose, il n'a de cesse de l'obtenir sur-le-champ.

— Il n'est pas seulement impatient, mais aussi arrogant et autoritaire, répondit Caroline. Il est bon que vous sachiez que nous sommes très mal assortis.

La duchesse sembla apprécier cette franchise et Caroline sourit, tout compte fait séduite par le franc-parler de sa future belle-mère.

— J'ai l'impression que vous n'avez pas tellement envie de vous marier dans l'immédiat ?

— Bradford ne m'aime pas. Il n'a aucune confiance en moi. Ce n'est pas un excellent départ. Peut-être devriez-vous le lui dire ?

— Quelle absurdité, ma petite ! Visiblement, mon fils tient à vous, sinon il ne vous épouserait pas. Il ne fait que ce qu'il veut vraiment. A vous de lui apprendre à vous aimer, quoique ce ne soit pas indispensable.

— L'amour ne l'est-il pas ? balbutia Caroline.

— Former une belle équipe l'est davantage.

Sur ce, la duchesse se leva et lança avant de sortir :

— Je crois que mon fils a fait le bon choix.

A présent, Caroline contemplait la superbe salle de bal où se pressaient les invités.

— Caroline, tu vas rêvasser encore longtemps ? lui lança Charity en s'accrochant à son bras. Tu es duchesse, maintenant. Ne pense à rien d'autre !

— Je suis surtout l'épouse de Bradford et crois-moi, cela suffit à m'occuper l'esprit ! riposta Caroline.

Elle ne vit pas l'expression satisfaite de son mari qui avait sourcillé en entendant l'exclamation de Charity. Mais il fut surtout aux anges en voyant étinceler l'alliance sertie de saphirs lorsque Milford lui baisa la main pour la féliciter. Cet anneau était un gage. Caroline était sienne.

— Me pardonnerez-vous d'avoir trahi mon serment ? demanda Milford.

— Jamais ! Regardez où j'en suis à cause de vous !

— Dites-moi, Caroline, qu'y avait-il de si drôle dans les vœux que vous avez prononcés ?

— Un excès de bonheur est la raison de son fou rire nerveux, intervint Bradford.

— Je suis en effet de nature souriante, persifla Caroline en regardant Milford. A moins bien sûr que l'on ne me force la main, ajouta-t-elle à l'intention de son mari.

Bradford plissa ironiquement les yeux, puis la prit par le coude, l'entraînant au centre de la piste, et le bal commença.

Caroline vécut cette soirée dans une sorte de brouillard. Elle aspirait à quelques secondes de répit pour réfléchir et souffler un peu. Mais Bradford ne lui en offrit pas l'opportunité et le moment de gagner leurs appartements vint très vite.

Charity monta assister sa cousine dans ses derniers préparatifs nuptiaux. Elle fit preuve d'un calme étonnant dont Caroline lui fut reconnaissante. Après avoir pris un bain et enfilé une chemise de nuit vaporeuse, elle ne fut pas surprise d'entendre sa cousine aborder le sujet brûlant.

— Mama t'a-t-elle expliqué comment se déroulait une nuit de noces ?

— Elle se serait évanouie avant la première phrase.

— Il me faudra donc attendre pour que tu me fournisses quelques précisions ! gémit Charity.

— Par pitié, ne me rends pas plus nerveuse que je le suis ! Il est déjà suffisamment gênant de passer la nuit ici ! Demain, tout le monde saura que nous...

— Calme-toi. Mais si je puis te donner un conseil, ne commence pas à rire quand Bradford... Bref, je ne crois pas qu'il apprécierait.

Puis, jugeant qu'elle en avait assez dit, Charity s'éclipsa, non sans lancer avant de refermer la porte :

— Je vais prier pour toi.

Debout au milieu de la chambre, Caroline n'avait plus qu'à attendre. Elle songea à se glisser dans le lit et à se cacher sous l'édredon, mais ce n'était peut-être pas une très bonne idée !

Soudain, la porte s'ouvrit et il fut là. La clef

tourna dans la serrure, Bradford s'appuya contre le battant et contempla sa femme, le souffle coupé par sa beauté.

Le fragile tissu de la chemise de nuit laissait deviner les longues jambes, les hanches et les seins galbés. Caroline soutint son regard pendant que Bradford enlevait lentement sa jaquette et sa cravate. Il était à la fois irrésistible et un peu effrayant. Caroline regretta d'avoir coupé ses cheveux qui auraient pu cacher sa gorge. Serait-il puéril de s'emparer du dessus-de-lit et de s'y enrouler ?

— Charity prie pour moi, chuchota-t-elle de façon suffisamment audible car Bradford releva un sourcil interrogateur, puis sourit.

Alors, d'un seul coup, elle se sentit rassurée.

— Ne crains rien, Caroline, dit-il, en l'enveloppant d'un regard ému.

— Je n'ai pas peur, j'ai froid.

Il la prit dans ses bras et la serra contre lui.

— C'est mieux ?

— Oui... La maison est magnifique... Mais elle est glacée... Les cheminées tirent mal...

Elle se mordit les lèvres. Ses paroles n'avaient aucun sens, ne pouvait-elle donc se taire ? Bradford la souleva, la déposa sur le lit et lui remonta l'édredon jusqu'aux oreilles.

— Tu auras chaud dans une minute, ma chérie.

Une lueur amusée brillait dans ses yeux. Caroline le regarda enlever ses chaussures et sa chemise. Il était assis au bord du lit et elle eut envie de tendre la main pour le toucher. Le souvenir de leurs baisers brûlants acheva d'effacer ses craintes.

Il se redressa et commença à dégrafer ses culottes, offrant un torse puissant recouvert d'un léger duvet brun.

— Tu ressembles à un gladiateur, laissa-t-elle échapper. (Puis, découvrant une cicatrice sur sa poitrine :) As-tu été blessé au cours d'un combat ?

— D'une bagarre, rectifia-t-il en s'asseyant sur le lit afin de se déshabiller, tout en épargnant la pudeur de sa femme. Milford a la même sur le côté gauche, vieux souvenir de notre première sortie en ville.

— Je lui demanderai de me la montrer, déclara-t-elle, malicieuse.

— Je te l'interdis ! Meilleur ami ou non, Milford en serait tout à fait capable.

— En lui non plus, tu n'as pas confiance ?

Bradford ne répondit pas. Il avait bien trop envie de la prendre dans ses bras pour continuer la conversation. Gênée et à nouveau paniquée, Caroline détourna la tête.

— Bradford... Je dois te prévenir que...

Elle s'interrompit. Sa voix tremblait un peu. Bradford saisit parfaitement son émoi. Il prit son visage entre ses mains et la força à le regarder dans les yeux.

— ... que je n'ai aucune expérience, continua-t-elle.

— Je ne m'attendais pas à ce que tu en aies, déclara-t-il, satisfait.

L'assurance de son mari l'apaisa, mais

éveilla ce désir permanent qu'elle avait de le provoquer.

— Je suppose qu'il n'en est pas de même pour toi, dit-elle, la petite lueur malicieuse de retour dans ses yeux.

Bradford la regarda avec un sourire non moins malicieux et inclina la tête.

— Je m'en doutais. Toutefois, tu as toujours tes culottes et je sais malgré tout qu'il te faudra les enlever.

Il l'attira fermement contre lui.

— Par respect pour ton innocence, je pense les garder.

— Je ne crois pas que cela puisse marcher, chuchota-t-elle contre son cou.

— Pour ton innocence ou pour... mumura-t-il en l'embrassant doucement, avant de la renverser sur le lit et de la couvrir de son corps.

— Tu me réchauffes, souffla-t-elle, tandis qu'à nouveau de délicieuses sensations montaient en elle.

— Je te veux brûlante, Caroline.

Il s'empara de sa bouche, puis se redressa, acheva d'ôter ses vêtements et demeura debout près du lit jusqu'à ce que Caroline tourne les yeux vers lui. Elle sentit ses joues devenir cramoisies et se gourmanda. N'avait-elle pas été élevée dans une ferme ? Ignorait-elle les lois de la nature ? N'avait-elle jamais surpris les conversations grivoises de ses quatre cousins ? La voix de Bradford s'éleva, insistante.

— Regarde-moi, ma chérie.

La vision de ce corps viril, entièrement nu,

brûlant d'un désir évident, la terrifia d'autant plus qu'elle eut le sentiment que la consommation de leur mariage était pure folie. Ils étaient trop différents l'un de l'autre. Ils...

Bradford lut la panique sur son visage et la reprit vite dans ses bras, tant pour la rassurer que pour lui chuchoter des mots tendres et apaisants. Il la serrait si fort qu'elle essaya en vain, à son tour, de faire chastement glisser sa chemise de nuit. Elle tenta timidement de le repousser, mais les mains impatientes de son mari eurent raison du fin tissu plus vite qu'elle ne l'aurait souhaité. En moins de quelques secondes, la chemise fut en lambeaux et Caroline ne put s'empêcher de murmurer :

— C'est Charity qui me l'avait offerte... Si elle découvre que...

Sa phrase resta en suspens, interrompue par les baisers de Bradford qui conclut doucement :

— Nous ne lui dirons rien, chérie.

Il savait qu'elle n'était pas prête à l'accueillir, aussi s'efforça-t-il de contrôler son désir pour explorer son corps avec toute la lenteur et l'érotisme souhaités. Peu à peu, Caroline s'abandonna à ses caresses, gémissant de plaisir et dans l'attente de plus en plus grandissante de répondre à ce mystérieux appel qui la consumait tout entière.

Lorsqu'il la sentit prête, il chuchota tendrement :

— J'essaierai de ne pas te blesser... Mais je ne peux pas attendre plus longtemps, mon cœur.

Il la força doucement, puis la pénétra. Caroline laissa échapper un cri de douleur et tenta de le repousser. En vain. Il pesait de tout son poids sur elle. Peu à peu, tandis qu'il se mouvait lentement en elle, Caroline perdit toute notion du temps, mais aussi de la souffrance, emportée par une vague de plaisir l'emmenant sur des cimes de plus en plus hautes.

Un long moment s'écoula avant qu'ils ne recouvrent leurs esprits. Lorsqu'elle rouvrit les yeux, Bradford la contemplait avec une infinie tendresse. Enfin, elle était devenue sienne. Une lueur timide traversa les yeux de sa femme lorsque leurs regards se croisèrent et il sourit, en songeant avec quelle fougue elle l'avait accueilli quelques minutes plus tôt.

— Bradford, tu me crucifies, dit-elle enfin.

Il soupira et, à contrecœur, se laissa rouler sur le côté. Mais la séparation fut de courte durée. Il la reprit dans ses bras, inquiet cette fois.

— T'ai-je fait mal, ma chérie ?

— Au début, oui. Ensuite...

— Ensuite quoi ? demanda-t-il, taquin.

Cette question demeura sans réponse.

— Comptes-tu faire cela souvent ? demanda-t-elle, avec une feinte innocence.

Il se mit à rire et elle vit briller les petites paillettes d'or de ses yeux.

— Très souvent.

En sentant à nouveau son corps contre le sien, elle comprit qu'il ne mentait pas.

— Bradford ? Nous pouvons...

— Absolument, dit-il en l'embrassant.
— Cela sera-t-il encore douloureux ?
— Probablement. Cela t'ennuie-t-il ?
— Probablement, répondit-elle si tendrement qu'un instant plus tard, les probabilités étaient oubliées.

Le soleil commençait à percer lorsque Caroline s'éveilla. Elle se rendit dans la salle de bains où elle prit un bain avant d'enfiler un confortable peignoir. Lorsqu'elle revint dans la chambre, Bradford dormait encore. Elle se sentait en pleine forme et se demanda combien de temps son mari allait continuer à dormir.

Elle s'allongea près de lui, enleva son peignoir et fixa la fenêtre. La neige s'était remise à tomber. Caroline se redressa et, les bras autour des genoux, songea à Benjamin. S'était-il réadapté au climat glacial de Boston ? Un peu inquiète, elle pria pour lui et sentit soudain les mains de son mari lui caresser le dos.

— T'ai-je réveillé ? demanda-t-elle, en effleurant ses joues devenues râpeuses.

Il s'étira voluptueusement.

— Non, mais à quoi pensais-tu ?
— A Benjamin. Il doit rudement apprécier la pelisse que mon père lui a offerte.
— Entre autres, ma chérie. Il désirait rentrer à Boston où l'on avait besoin de lui. Son travail était terminé ici.
— Comment le sais-tu ?
— J'ai eu un long entretien avec ton protecteur avant son départ.

Le mot protecteur la fit sourire.

— Nous nous protégions réciproquement. Il est aussi mon ami.

— Il m'a raconté les circonstances de votre rencontre.

— Benjamin ne se montre guère bavard. Je suis étonnée qu'il se soit confié à toi, à moins que tu n'aies trouvé le moyen de l'en convaincre ?

— Je lui ai seulement dit que j'allais t'épouser et veiller sur toi.

— Avant même de savoir si j'allais dire oui ! Quelle prétention !

Bradford feignit de n'avoir rien entendu, se contenta d'arracher les couvertures et de se lover contre Caroline.

Elle bondit et essaya de le repousser en riant. Mais son rire s'évanouit lorsqu'elle s'aperçut qu'il était prêt à lui faire l'amour.

— Bradford... Je suis encore un peu endolorie. Tu devras...

— Faire l'amour d'une autre façon, ma chérie.

Son regard était à la fois brûlant et amusé.

— Tu devras m'expliquer comment... balbutia-t-elle.

Ce que fit immédiatement le duc de Bradford en lui révélant un paradis de caresses insoupçonnées.

11

Caroline n'eut pas à affronter les invités. Ils étaient déjà repartis lorsqu'ils émergèrent de leur chambre, à la fin du week-end.

— Nous nous sommes montrés odieusement grossiers ! déclara-t-elle pendant le dîner, avec une moue satisfaite qui démentait son affirmation.

Bradford éclata de rire. Alors qu'il avait prévu chaque détail de leur voyage de noces, ils ne dépassèrent pas le seuil de la porte les jours suivants.

Caroline s'adapta rapidement à leur nouvelle vie et endossa relativement facilement les responsabilités du domaine. Henderson et madame Lindenbowe, la gouvernante, la secondèrent.

En revanche, elle découvrit que Bradford n'était pas facile à vivre. Ni à aimer en parfaite harmonie ! Heureusement, les explosions dues à son caractère volcanique étaient de courte durée.

Plus d'une fois elle dut lui tenir tête et elle finit par admettre que leur relation la forcerait toujours à marcher sur des œufs.

En revanche, elle attendait avec impatience que son mari lui avoue son amour. Frustrée de ces mots qui l'eussent rendue si heureuse, elle se dit qu'il sortirait bien un jour de sa forteresse pour laisser enfin percer sa vulnérabilité. Hélas ! il n'en fut rien. Bradford était, sans l'ombre d'un doute, l'homme le plus obstiné du monde ! Au fil des jours et des semaines, Caroline découvrit même qu'il y avait certains sujets tabous qu'il refusait d'aborder : parler de sa famille, par exemple. Pourquoi ce silence boudeur ?

La patience n'étant pas davantage sa qualité majeure, elle dut faire des efforts pour se contrôler. Un temps viendrait où Bradford écouterait la voix du cœur et lui ferait confiance.

Ils durent rentrer à Londres pour assister au mariage de Charity, et Caroline en fut navrée. Certes, la cérémonie serait émouvante, mais elle marquait la fin de leur lune de miel.

Dans la calèche qui les ramenait en ville, elle l'avoua en toute naïveté à son mari, et il se mit à rire en l'attirant plus étroitement vers lui.

— On pourra également faire l'amour à Londres, ma chérie ! Sapristi, je crois bien t'avoir rendue dévergondée !

— T'en plains-tu ?

Pour toute réponse, il la prit sur ses genoux et lui démontra le contraire.

Caroline n'avait jamais vu l'hôtel particulier de Bradford, et elle le trouva confortable. Il était vaste et décoré de façon bien masculine. Le mobilier ancien, les fauteuils et les canapés en cuir évoquaient la virilité.

Un immense lit à baldaquin occupait la chambre de Bradford. Les tentures étaient ouvertes dans la journée. Pendant que son mari se préparait pour le dîner, Caroline essaya le matelas. L'observant du coin de l'œil, Bradford la vit défaire les tentures et rire comme une enfant en s'y découvrant à l'abri.

— C'est confortable, chaud et intime ! lui cria-t-elle.

Bradford s'avança vers le lit, tira le rideau. Il était torse nu et encore humide, à peine sorti du bain. Les mains derrière la tête, Caroline s'étira comme il avait l'habitude de le faire et lui décocha son plus séduisant sourire.

— Tu m'envoûtes, Caroline ! lança-t-il d'un ton féroce et rieur à la fois, en enveloppant sa femme d'un regard lourd de désir.

— Est-ce vraiment le moment ? demanda-t-elle, le souffle court, en dénouant la ceinture de sa robe avec une petite moue diabolique.

Bradford ne déclina pas l'invitation. Il se débarrassa des culottes qu'il venait d'enfiler et rejoignit son épouse sous le baldaquin. Elle n'était plus la petite oie blanche qu'il avait épousée et savait désormais goûter au plaisir tout en le rendant merveilleusement heureux.

Ils firent longuement l'amour et demeurèrent ensuite blottis dans les bras l'un de l'autre jusqu'à ce que le temps reprenne sa course normale.

— Je t'aime, souffla-t-elle.

Ces mots appartenaient à leur rituel. Elle les prononçait chaque fois qu'ils venaient de faire l'amour.

Bradford eut un soupir satisfait. Il ne se lassait pas d'entendre ces paroles, mais bon sang, quand se déciderait-il à les dire à son tour ? Caroline fut à deux doigts de lui arracher un aveu. Elle y renonça. Il devait venir naturellement. Un jour, peut-être, jaillirait-il ! Une fois encore, elle comprit qu'il n'irait pas plus loin. Elle chassa sa tristesse et se redressa sur les coudes.

— Allons-nous rester ici toute la nuit ?

— Ce ne serait pas une mauvaise idée, rétorqua-t-il. Mais ta famille risque d'exiger des explications. Les leur donneras-tu ou préfères-tu que je m'en charge ?

Caroline piqua un fard.

— Un gentleman ne parle pas de ces choses. Nous ferions mieux de nous habiller.

Elle s'apprêtait à descendre du lit lorsqu'il la retint par l'épaule.

— Un instant, veux-tu. Nous avons pris des dispositions et il serait sage de les préciser à nouveau.

— Je les connais par cœur, Bradford ! lança-t-elle en levant les yeux au ciel. Je ne dois pas m'éloigner de toi d'un pouce, ni sortir de la pièce avec Charity et, si tu es occupé ailleurs, Milford devra prendre la relève et me coller aux talons jusqu'à ton retour.

Son doigt effleura les sourcils froncés de son mari.

— Ne prends pas cette expression tragique, Bradford. Au moindre signe, les gardes du corps que tu as engagés accourront. Par ailleurs, je te l'ai déjà dit, j'ai probablement été victime d'une femme jalouse qui tient à te récupérer.

Ce fut au tour de Bradford de se montrer exaspéré :

— Qu'est-ce que tu racontes ! Une lady t'aurait poussée dans l'escalier, pour saboter ensuite la roue du fiacre et t'écrire cette lettre de menaces ? C'est vraiment ce que tu penses ?

— Pas une lady, Bradford. Une femme. Il y a une différence ! Elle peut très bien avoir engagé quelqu'un pour saboter la roue.

Bradford préféra garder son opinion pour lui. Sa femme était d'une telle naïveté ! Inutile de l'alarmer en lui faisant part des informations qu'il avait pu recueillir. Il était aussi de son devoir de lui épargner toute angoisse. Il devait se montrer prudent, sans pour autant l'effrayer. Il ne la quitterait pas d'une semelle jusqu'à ce que cette histoire fût éclaircie, preuves à l'appui. Désormais, elle était sienne et gare à celui qui toucherait un seul cheveu de sa tête. Il ne vivrait pas suffisamment longtemps pour s'en vanter.

Bradford se rhabilla tranquillement, et voyant que Caroline commençait à en faire autant, il lui signala qu'elle serait plus à l'aise dans sa propre chambre, qui communiquait avec la sienne.

Caroline n'en parut pas particulièrement enchantée.

— De plus, ajouta-t-il, je ne tiens pas à voir Henderson tourner autour de toi lorsque tu te promènes en petite tenue.

Elle continua à se brosser les cheveux devant le miroir ovale, comme si elle n'avait rien entendu.

— Alors ? reprit-il.

— Tu n'es plus un petit garçon, Bradford. Tu peux t'habiller seul, maintenant. Je l'ai fait pendant des années.

— Ta femme de chambre est là pour cela.

— Mary Margaret est suffisamment occupée et je n'ai pas besoin d'être maternée.

Bradford capitula et descendit l'attendre au rez-de-chaussée. Il se servit un verre de cognac et commença à arpenter le salon, irrité par la perspective de cette soirée. Il eût aimé décliner l'invitation du marquis d'Aismond dans sa résidence de Clavenhurst. Parmi toute cette foule, il lui serait difficile d'avoir l'œil rivé sur Caroline. Malheureusement, il ne pouvait oublier que le marquis était l'oncle de sa femme et qu'il eût été profondément blessé par son refus.

Ce bal était offert en l'honneur de Charity et de Paul dont le mariage serait célébré dans deux jours. Mais il l'était aussi en l'honneur du duc et de la duchesse de Bradford pour fêter leur union.

Caroline apparut sur le seuil de la porte,

vêtue d'une vaporeuse robe de soie bleue, aux reflets chatoyants. Appuyé contre le manteau de la cheminée, Bradford dévisagea sa femme d'un œil plein d'arrogance.

Elle le gratifia d'un sourire moqueur, fit une profonde révérence et une lueur provocatrice brilla dans ses yeux mauves, qui rivalisaient avec la couleur de sa robe. Bradford leva son verre en guise de salut.

— Tu avais un air sinistre, il y a un instant, et voilà que maintenant tu sembles très satisfait de toi, dit-elle.

Et très beau, constata-t-elle en son for intérieur. Bradford était en habit noir et, devant cette cheminée, il lui parut encore plus grand et hautain. Quand donc son cœur cesserait-il de battre la chamade en le voyant ? Un seul regard sur lui suffisait à la mettre dans tous ses états.

Caroline étant incapable de cacher ses pensées, Bradford les lut comme dans un livre ouvert.

— Si tu continues à me regarder ainsi, nous n'irons nulle part, dit-il en posant son verre sur le manteau de la cheminée et en s'avançant vers sa femme.

Il ne résistait pas devant la beauté de Caroline, son sang brûlait, il se sentait à l'étroit dans ses vêtements. Il la prit dans ses bras et l'embrassa passionnément.

A regret, il s'arracha à cette étreinte pour poser sur ses épaules sa cape de fourrure et héler leur calèche. Ils arriveraient en retard, rentreraient tôt, c'était parfait !

Le comte de Braxton les accueillit dans le hall de la demeure de son frère, étreignant sa fille.

Puis, la tenant à bout de bras, il s'exclama suffisamment fort pour que Bradford entende :

— Tu m'as manqué, mon enfant. Es-tu heureuse, Caroline ? Prend-il bien soin de toi ?

— Je suis très heureuse, père.

Mais elle s'en tint là, sachant très bien que son mari ne perdait pas une miette de cette conversation. Il était inutile de s'étendre sur son bonheur. La modestie n'était pas le point fort de Bradford.

Charity et Paul réclamaient son attention, puis ce fut l'oncle Franklin et sa femme qui se joignirent à la conversation.

Le duc et la duchesse de Bradford firent une entrée fort remarquée dans la salle de bal. Ils se dirigèrent immédiatement vers leur hôte. Oncle Milo était assis près de la porte et Caroline s'inquiéta de ses traits tirés. Comme il s'apprêtait à se lever, elle lui fit signe de n'en rien faire et vint s'asseoir près de lui.

Bradford la laissa en compagnie du marquis, non sans lui avoir lancé un regard expressif pour lui rappeler les consignes.

Le marquis avoua être un peu las, l'excitation sans doute, car il avait laissé à Franklin et à Loretta le soin d'organiser la soirée.

— Tu n'as aucune raison de te faire du souci à mon sujet, affirma-t-il.

Caroline lui prit la main et l'écouta énumérer les événements de ces dernières semaines. Elle refusa plusieurs invitations, contente de bavarder avec son oncle, qui lui demanda tout à coup s'il pouvait espérer un nouveau membre dans la famille.

— Nous n'en avons pas encore discuté, répondit-elle en riant. Je ne sais pas combien d'enfants souhaite avoir Bradford.

— J'aimerais vivre assez longtemps pour tenir ton premier enfant.

— Et moi, je voudrais que vous viviez éternellement !

Il pressa sa main avec affection.

Bradford se tenait près de Milford, mais ne lâchait pas sa femme du regard. Son ami essaya vainement de lancer quelques sujets de conversation. Les brèves réponses de Bradford finirent par l'exaspérer.

— Le roi divorce et part en France la semaine prochaine ! lança-t-il.

Bradford se contenta d'incliner la tête. Il n'avait rien écouté. La boutade n'eut aucun effet.

— Pour l'amour de Dieu, Brad, recouvre tes esprits, elle ne va pas s'envoler ! dit-il en lui allongeant une bourrade dans le dos.

— Elle ne porte aucun bijou.

Complètement désorienté par cette remarque, Milford se retourna pour regarder Caroline.

— Elle porte l'alliance que tu lui as offerte.

— Elle devra ne jamais l'enlever.

Le ton péremptoire de son ami arracha un sourire à Milford.

— Peux-tu me dire pourquoi nous discutons bijoux ? demanda-t-il.

Bradford haussa les épaules et reporta son attention sur Milford.

— As-tu appris quelque chose concernant mon problème ?

Milford comprit qu'il faisait allusion à l'enquête qu'ils menaient pour découvrir les ennemis de Caroline.

— Notre problème, rectifia-t-il. Oui, j'ai découvert un détail que je crois intéressant.

— Nous en parlerons après le dîner.

Une heure s'était écoulée. Satisfait d'avoir pu bavarder avec sa nièce, oncle Milo décida de se retirer. Caroline l'aida à se lever, lui tendit sa canne et l'accompagna jusqu'au pied de l'escalier. Par trois fois, elle dut lui promettre de venir le voir dès le lendemain.

— Pourrez-vous dormir avec tout ce bruit ? s'enquit-elle.

— Je dors comme un bébé, ces derniers jours. Va vite t'amuser, mon enfant. Je serai frais et dispos pour te recevoir demain.

Elle le regarda gravir lentement les marches et attendit qu'il eût disparu pour se retourner. Elle pensait rejoindre Bradford, mais Rachel Tillmann et son fiancé, Nigel Crestwall, l'interceptèrent. Rachel l'agrippa par le bras et lui lança, d'un ton agressif :

— Je suppose que vous êtes fière de vous ! Vous avez tout gâché ! Vous êtes l'unique responsable de ce fiasco et vous vous êtes conduite comme une garce !

Suffoquée, Caroline demeura coite. A peine sentit-elle les ongles de Rachel enfoncés dans sa peau.

— Regarde-la, Nigel ! La voici qui joue les innocentes ! continua Rachel en prenant son fiancé à partie.

— Mais enfin, de quoi parlez-vous ? bredouilla Caroline, horrifiée par la vulgarité de cette attaque.

Où était passé Bradford ? songea-t-elle désespérément, tandis que Rachel glapissait à nouveau.

— Rassurez-vous, je ne vais pas massacrer davantage votre soirée ! Ce fut un tel honneur d'y être invitée ! Sachez seulement que je vous hais et que vous ne perdez rien pour attendre !

Caroline essayait de s'arracher aux griffes de cette furie lorsque soudain une voix se fit entendre derrière elles.

— Milford, m'as-tu jamais vu battre une femme ? Miss Tillmann, vous aurez l'insigne honneur d'être la première sur la liste si vous ne lâchez pas immédiatement mon épouse !

Folle de rage, Rachel repoussa brutalement Caroline qui trébucha, puis, fusillant des yeux son pâle fiancé pour sa lâcheté, elle tourna les talons et partit sans un regard pour Bradford. Nigel se contenta de la suivre.

D'un seul coup, Caroline reprit ses esprits et une véritable fureur s'empara d'elle. Milford éclata de rire.

— Vous savez qu'il vaut mieux réagir au cœur d'une bagarre plutôt qu'après ?

— Il me faut toujours du temps pour comprendre ! Bradford, pour quelle raison cette femme me hait-elle ? Elle m'accuse d'avoir tout gâché ! rétorqua Caroline en regardant tour à tour Milford et le visage menaçant de son mari.

— D'avoir gâché quoi ? demanda Milford.

Caroline haussa les épaules.

— Je n'en ai pas la moindre idée.

— Nous rentrons à la maison. Milford, veille sur elle pendant que j'appelle la calèche, déclara Bradford.

— Nous restons ici ! jeta Caroline. Ce n'est pas Rachel Tillmann qui me fera fuir ! De plus, j'ai promis de rencontrer...

— Tu ne rencontreras personne, gronda Bradford.

Ce ton péremptoire eut l'art de la hérisser, mais elle n'en laissa rien voir. Elle n'avait nullement l'intention de partir. Son père serait navré de ne pouvoir discuter un moment avec elle. Elle avait promis à Charity un petit entretien intime après le dîner. Non, elle ne se déroberait pas.

— Tu n'as pas encore dansé avec moi ! dit-elle en s'approchant de son mari.

— C'est vrai, renchérit Milford, amusé par les regards provocateurs que se lançaient le duc et la duchesse.

Bradford capitula.

— Parfait ! Allons danser, ensuite nous partirons, dit-il en l'entraînant dans la salle.

Caroline comprit qu'elle avait gagné sinon la partie, du moins une première manche.

— Merci, mon époux, susurra-t-elle, en prenant soin de cacher son triomphe.

— Une danse, pas davantage ! précisa-t-il en l'enlaçant.

— Oui, Bradford.

Pas une minute il ne fut dupe de sa feinte docilité. Mais à peine la danse finie, Mildred surgit soudain pour réclamer la prochaine.

Bradford accepta à contrecœur. Toutefois, son humeur s'adoucit lorsqu'il aperçut Rachel et Nigel qui prenaient congé. Il ne tenait pas à revoir cette femme ce soir. Demain serait assez tôt pour exiger des explications.

Caroline dansa toute la soirée. A minuit, il y eut le souper, puis le bal reprit. Bradford était fier de sa femme et se dérida. Elle se conduisait avec une dignité qui l'enchanta. Par deux fois, elle chercha son regard et lui sourit. Toutefois, il nota que Terrence St. James se trouvait toujours dans son sillage, ainsi que Stanton, ce jeune coq. Il perdit patience, se promit de les ajouter sur sa liste et de leur en toucher deux mots quand l'occasion se présenterait.

— Tu as retrouvé ton air sinistre, Brad. Penses-tu encore à Rachel ? demanda Milford.

— Non. Je ne fais qu'observer ces imbéciles qui convoitent ma femme. Avant la fin de la soirée, certains vont entendre parler de moi.

Milford suivit son regard et hocha la tête.

— Dans ce cas, tu devras t'adresser à tous les hommes présents ce soir ! Regarde, Caroline suit son père sur la piste de danse. Elle sera en sécurité pendant quelques minutes, nous devrions en profiter pour discuter de nos affaires.

Bradford acquiesça, traversa la salle, et en passant devant Stanton lui décocha un regard meurtrier suffisamment explicite. Ils gagnèrent le bureau du marquis et dérangèrent un couple qui, sans nul doute, était venu chercher un moment d'intimité. Lorsqu'ils s'esquivèrent, Bradford referma la porte derrière eux.

Charity se précipita vers sa cousine sitôt la danse finie.

— Si vous voulez bien nous excuser, mon oncle, Caroline et moi souhaiterions bavarder un peu.

Et elle l'entraîna dans une alcôve.

— Nous y serons tranquilles, dit-elle, en chaussant ses lunettes, qu'elle tenait à la main. Nous l'aurions été davantage sur le balcon, mais nous y aurions gelé !

— Ne sois pas si nerveuse, Charity. Dans deux jours, tu seras mariée avec l'homme que tu aimes et tout sera merveilleux, tu verras.

Le visage de Charity se rembrunit.

— Est-ce vraiment merveilleux ? chuchota-t-elle, évoquant la délicate question qui l'obnubilait. J'aurais tellement voulu que mama fût ici ! Je suis terrorisée...

— Tout se passera bien, Charity, affirma Caroline d'un ton condescendant.

Puis, se souvenant de ses propres terreurs le soir de sa nuit de noces, elle piqua un fard et se trouva bien prétentieuse.

— Paul ne s'attend sûrement pas à ce que tu te montres expérimentée, ajouta-t-elle. Mais c'est réellement... heu... merveilleux.

Charity se détendit peu à peu.

— Puisque tu le dis. Tu ne me mentirais pas, n'est-ce pas ? Bon, j'aime la façon dont Paul m'embrasse, donc le reste devrait bien se passer.

Caroline poussa un soupir de soulagement. Elle avait craint que sa cousine n'exige des détails et elle fut contente de la voir se lever et retirer ses lunettes.

— Je me sens beaucoup mieux, déclara-t-elle en s'éloignant dans un bruissement de satin rose.

Caroline allait la suivre lorsque surgit devant elle Terrence St. James. Dégingandé et rougissant, il la pria de lui accorder quelques minutes de son temps, invitation qu'elle déclina. L'alcôve était trop isolée. Par ailleurs, elle n'éprouvait nulle envie de discuter avec ce dandy qui la dévorait des yeux sans la moindre vergogne.

— Alors, puis-je vous demander la permission de vous revoir pendant votre séjour à Londres ? insista-t-il. Vous êtes mariée et sûrement qu'une petite diversion...

Il n'acheva pas sa phrase, l'allusion était claire. Caroline en resta bouche bée. Quel toupet !

— Nous dirons que je n'ai rien entendu ! lâcha-t-elle froidement.

Elle le gratifia d'un regard méprisant et passa devant lui.

— Voyons, vous m'avez sûrement mal compris, continua-t-il en la suivant.

Caroline l'ignora et, ayant aperçu son père dans la foule des invités, se dirigea vers lui. Elle fulminait. Ces Anglais ne manquaient pas d'aplomb ! De vrais sauvages ! Elle en toucherait deux mots à Bradford. Quel pays !

Paul vint lui réclamer une danse et, lorsqu'elle fut terminée, Caroline lui demanda s'il avait vu Bradford. Paul lui dit qu'il devait se trouver dans la bibliothèque. Elle s'y dirigea. Son père était fatigué et n'allait pas tarder à rentrer. Lorsqu'elle aurait retrouvé Bradford, ils en feraient autant. Rachel Tillmann et Terrence St. James avaient réussi à la mettre de mauvaise humeur. Maintenant, elle avait hâte de fuir ce bruit et ces frivolités.

Caroline frappa discrètement à la porte de la bibliothèque, l'entrouvrit et jeta un coup d'œil à l'intérieur. Il n'y avait personne. En revenant sur ses pas, elle buta contre Terrence qui la poussa dans la pièce et referma la porte derrière lui.

— Ôtez-vous de mon chemin ! lui lança-t-elle d'une voix vibrante de colère.

— Oh ! Mais, avant, vous allez m'écouter. Je suis extrêmement riche et je pourrais vous donner... commença-t-il en se plantant devant elle.

Cette fois, elle perdit patience, le repoussa brutalement et marcha résolument vers la porte. Terrence lui barra à nouveau le passage.

— Très bien ! La vérité est que je suis fauché comme les blés, mais considérablement bien payé pour vous compromettre, ma chère. Votre époux est un homme jaloux qui n'appréciera sûrement pas !

— Oui, il l'est. Il l'est même suffisamment pour vous tuer, riposta-t-elle en battant retraite vers le bureau dans le but de s'emparer du candélabre.

— Me tuer devant tant de témoins ? ricana-t-il.

— A votre place, je ne m'y risquerais pas ! Allons, dites-moi la vérité. Pourquoi cette comédie ?

— Je vous l'ai dit. Pour de l'argent. Dès demain, Rachel s'acquittera de cette dette. Elle vous hait, le savez-vous ?

Et il bondit au moment où elle allait empoigner le chandelier. Il la maîtrisa facilement, lui saisit les poignets et l'immobilisa. Elle était à sa merci.

— Vous êtes désirable et je ne vois pas pourquoi je me priverais du plaisir de vous embrasser ! Cela vaut bien un ou deux coups de poing de votre irascible époux !

Frémissante de rage, Caroline guettait le moment propice pour appliquer à ce sauvage l'une des prises que James lui avait enseignées. Ce n'était qu'une question de secondes et St. James n'allait pas tarder à regretter son geste !

Des voix résonnèrent. Caroline ouvrit la bouche pour crier, mais Terrence la réduisit au silence en s'emparant de ses lèvres. A la seconde même où Caroline avait enfin la possibilité d'assurer sa défense, la porte s'ouvrit à toute volée. Bradford saisit Terrence au collet et le cueillit à la pointe du menton. L'uppercut fit voler le jeune homme par-dessus le bureau. Il s'affala le nez au sol, mais Bradford n'en avait pas fini avec lui.

En voyant l'expression meurtrière qui déformait ses traits, Caroline s'affola.

— Bradford ! Ne va pas trop loin !

— Tais-toi !

Médusée, puis ulcérée par le mépris et la colère qui perçaient dans sa voix, Caroline sentit monter à ses yeux des larmes d'impuissance et de rage. Que s'imaginait-il ? Avait-il une si piètre opinion d'elle ? La croyait-il capable d'avoir cédé aux instances de cet imbécile ?

Terrence tentait de se relever, mais Bradford le souleva de terre comme un pantin et le saisit à la gorge. Le visage de Terrence bleuit, Caroline se précipita, mais ne put desserrer cette poigne d'acier.

Elle se tourna vers Milford qui, impassible, observait la scène du seuil de la porte.

— Milford ! Ne le laissez pas le tuer !

Pour toute réponse, celui-ci haussa les épaules avec une froide indifférence.

— Bradford ! Ne fais pas cela ! Tu risques la potence si tu le tues ! cria-t-elle, affolée. Laisse-le s'expliquer !

— Je sais sacrément bien ce que vous faisiez, sans avoir besoin d'explication !

— Écoute, Bradford, il n'en vaut pas la peine, balance-le dehors comme un tas d'ordures, ce sera aussi bien ! intervint enfin Milford.

— Bradford ! C'est un peu fort ! Que diable as-tu imaginé ? continuait Caroline, incrédule.

L'expression de son mari changea lentement. Il relâcha brusquement sa victime qui s'effondra sur le sol. Il était temps.

— Écoute ce que ta femme désire te dire, reprit Milford.

Caroline attendait une réponse de son mari et n'estimait pas avoir à se justifier. Elle frotta rageusement ses poignets endoloris et ses paroles tombèrent comme un couperet.

— Je n'ai rien à expliquer. Vous avez tout vu, tirez-en vos conclusions. Il semblerait que mon mari détienne déjà les explications qui lui conviennent.

Elle se dirigea vers la porte. Bradford la retint par le bras.

— Je préfère croire que tu es innocente, dit-il sur le même ton. Milford, peux-tu t'occuper de la calèche. Nous t'attendrons ici.

— Vas-y toi-même, répondit Milford, ne tenant nullement à s'éloigner de son ami tant que Terrence serait sur le carreau.

Bradford lâcha un juron et sortit de la pièce. Milford s'approcha alors de Terrence et lui botta légèrement le bas des reins.

— Je vous conseille de filer avant que Brad revienne.

Terrence se redressa péniblement, et, prudent, fit un large détour pour éviter Caroline plantée au milieu de la pièce. Il déguerpit sans demander son reste.

Milford s'approcha de Caroline et posa une main compatissante sur son épaule, mais elle se déroba.

— Racontez-moi ce qui s'est passé, insista-t-il doucement.

— Pour que vous vous empressiez de le répéter à Bradford ?

— Est-ce donc si terrible ?

Caroline sentit que ses nerfs commençaient à craquer. Elle essaya de cacher le tremblement de ses mains en les frottant l'une contre l'autre, et elle se raidit. Elle n'avait que faire de la compassion de Milford !

— Je veux rentrer à la maison, dit-elle, d'une toute petite voix.

Milford fit une nouvelle tentative pour calmer cette peine que Caroline cachait si mal, mais elle s'esquiva à nouveau. Quelle tête de mule ! songea-t-il.

— Écoutez, Caroline, Bradford sera là dans un instant pour vous ramener chez vous. Il sait très bien que vous êtes innocente. Sa colère était uniquement dirigée contre St. James.

Elle hocha la tête et trouva cette explication peu convaincante.

— Allons donc ! Vous savez aussi bien que moi qu'il a pensé le pire !

— Il s'est ravisé. Reconnaissez que...

— De toute façon, je refuse de rentrer à la maison avec Bradford !

— Voilà qui est fichtrement fâcheux ! lança son mari sur le seuil de la porte.

Caroline ne lui accorda pas le moindre regard, ce qui n'empêcha pas Bradford de l'envelopper dans sa cape et de la faire monter dans la calèche.

Le cœur brisé, certes ! Mais à qui la faute ? Caroline ne pouvait s'en prendre qu'à elle-même. Pourquoi être tombée amoureuse d'un homme incapable de la croire ? Jaloux et blessé sans raison valable, il vivait continuellement dans le doute. Chez les Claymere, il s'était déjà conduit comme ça. Ne suivant que ses *propres* idées et rejetant contre elle sa *propre* colère ! Son mari était invivable, injuste et maladivement soupçonneux.

Ils n'échangèrent pas un mot de tout le trajet. Elle sentait peser sur elle le regard de Bradford, mais ne daigna pas une fois lever les yeux. Croyait-il être le seul à revendiquer son bon droit ? Il était furieux ? Elle ne l'était pas moins.

A peine eurent-ils franchi le seuil de leur maison que Caroline n'eut qu'un désir : s'enfermer dans sa chambre et pleurer à son aise.

Tel un animal blessé, elle aspirait à se tapir dans son antre. Comme elle commençait à gravir les premières marches de l'escalier, Bradford lui demanda de bien vouloir le suivre dans la bibliothèque pour discuter. Caroline ignora sa requête et continua imperturbablement son ascension. Bradford la suivit, mais arrivés à la porte de sa chambre, il la fit pivoter vers lui.

— Tu n'as pas entendu ? Je veux te parler dans la bibliothèque !

— Non.

Elle entra dans la pièce et lui claqua la porte au nez. Celle-ci se rouvrit immédiatement et Bradford s'avança vers elle. Caroline ne broncha pas, s'assit au bord du lit et croisa les mains sur les genoux. Lorsqu'elle leva les yeux, elle le trouva planté devant elle, jambes écartées, bras croisés sur la poitrine, le visage tordu par la colère. Rien de tel pour libérer sa propre fureur ! Elle explosa enfin.

— Après ce qui vient de se passer ce soir, plus jamais je ne t'adresserai la parole ! Tiens-le-toi pour dit !

Cinglé par ces paroles, il perdit tout contrôle de lui-même.

— Je te garantis que tu vas me dire ce que tu faisais dans la bibliothèque avec St. James, dussé-je te battre pour t'arracher la vérité !

Elle le trouva grotesque, sa colère tomba et elle en oublia ses résolutions.

— Tu n'oserais pas lever la main sur moi.

— En es-tu bien sûre ?

— Tu n'as pas besoin d'user de tes poings, ton attitude et tes pensées font suffisamment de ravages. De toute façon, frapper une femme n'est pas dans ta nature.

En son for intérieur, Bradford dut admettre qu'elle n'avait pas tort. Il ne parviendrait à rien avec des menaces. Il fit un effort surhumain pour se contrôler et analyser la situation.

— Me diras-tu ce qui s'est passé ?

— Oui, si tu réponds d'abord à ma question.

Elle se leva et l'affronta.

— As-tu ou non pensé que je t'avais trahi lorsque tu m'as vue avec St. James ?

— Je sais que tu n'étais pas entièrement...

— Ce n'est pas ce que je te demande. Réponds à ma question, j'exige la vérité, Bradford.

— Eh bien, oui, l'espace d'une seconde. Conclusion normale, me semble-t-il. Ne m'avais-tu pas dit au début de la soirée que tu devais rencontrer quelqu'un. Je me rends compte maintenant que j'ai réagi trop violemment et je conçois que tu sois innocente.

— Charity est la seule personne que je devais rencontrer, je lui avais promis un entretien confidentiel ! Très bien, maintenant je vais te dire ce qui est arrivé. Paul m'ayant indiqué que tu te trouvais dans la bibliothèque, je suis partie t'y chercher. St. James m'a suivie, Rachel l'ayant payé pour me compromettre ! Ta jalousie est légendaire, mon cher, et St. James a besoin d'argent. Mais je me suis lourdement trompée en lui affirmant que tu accorderais plus de crédit à ma parole qu'à la sienne !

— Ne noie pas le poisson, veux-tu ? aboya-t-il. Tu m'avais promis de ne pas rester seule ! A peine avais-je le dos tourné que tu t'es empressée de...

— Je suis partie à ta recherche ! Est-ce un crime ?

— Oui ! La preuve est là !

— Mon seul crime a été de t'épouser ! Ma plus grande faute est d'être tombée amoureuse de toi et de t'avoir accordé ma confiance ! L'amour et la haine se rejoignent, dit-on ? Eh bien, oui ! A cette minute, je te déteste ! Tu as tout fait pour détruire les sentiments que j'éprouvais pour toi !

Elle tourna les talons et commença à se dévêtir en s'efforçant d'oublier sa présence. Comme elle se dirigeait vers la chambre de son mari pour y chercher sa chemise de nuit, il lui barra le passage. Son expression était celle d'un chat qui vient de croquer un canari !

— Pourquoi fais-tu cette tête, Bradford ? Tu devrais te réjouir ! Tu es tellement sûr que je suis comme toutes les femmes que tu as connues ! Depuis le premier jour, tu attends que je te déçoive ! Eh bien, voilà, tu es servi ! Tu avais raison. Je ne vaux pas plus cher qu'une courtisane. Es-tu enfin satisfait ?

— De quoi parles-tu ? Je ne comprends pas un traître mot de ce que tu racontes ! grommela-t-il avec une mauvaise foi évidente.

Caroline eût éclaté de rire si elle n'avait pas été aussi blessée. Lui faudrait-il toujours hausser le ton pour lui rabaisser son caquet ?

— Évidemment, ton devoir consiste à me protéger contre moi-même ! Nous autres, pauvres femmes, sommes trop faibles pour avoir la moindre morale ! Aussi sautons-nous dans le lit du premier venu dès que l'occasion s'en présente. Dis-moi, Bradford, comment ai-je bien pu rester vierge jusqu'à mon mariage ?

— Le diable t'emporte ! Tu délires !

— L'Angleterre est un lieu horrible, continua-t-elle. J'ai vécu quatorze ans à Boston et je n'ai été confrontée qu'une fois à ce genre de voyou. Et encore, il s'agissait de trois ivrognes dans le quartier chaud de la ville. Tandis qu'ici, où que j'aille, je suis injuriée, menacée... et pas seulement par des étrangers. Mon propre mari m'insulte avec ses pensées pernicieuses. Je veux rentrer à la maison ! Je veux retourner à Boston !

Elle était à bout de nerfs et se mit à pleurer.

— Caroline, je ne t'ai jamais caché que j'avais un sale caractère.

— Il ne sert à rien de demander à un sourd d'entendre et à un aveugle de voir. Ce soir, j'ai affronté la vérité. Tes idées sont si solidement ancrées en toi que rien n'y changerait. Nous sommes à des années-lumière l'un de l'autre. Je n'aurais pas dû t'épouser.

— Tu n'avais guère le choix, dit-il benoîtement.

A peine eut-il formulé ces mots qu'il les regretta. Mais aussi, pourquoi ne cessait-elle de l'asticoter ?

Il la regarda se mettre au lit, se pelotonner en chien de fusil et remonter ses couvertures par-dessus sa tête.

— Aie l'amabilité de regagner ta chambre ! dit-elle.

Elle tremblait de froid et de désespoir. Dans un instant, elle allait éclater en sanglots. Qu'il parte et la laisse seule avec son chagrin ! Quand ses larmes seraient taries, alors elle prendrait une décision.

— Que tu le veuilles ou non, tu es ma femme et tu n'as aucune raison de m'en vouloir. C'est moi qui t'ai débarrassée de ce salaud de St. James ! A quoi bon m'avoir promis d'être prudente ! Tu es beaucoup trop sûre de toi, Caroline. Voilà pourquoi tu te retrouves toujours dans des situations impossibles !

— Tu peux garder tes cours de morale ! Je suis peut-être ta femme, mais je suis dans mon droit. C'est toi qui as voulu que nous fassions chambre à part ! De toute façon, je refuse de dormir à tes côtés... conclut-elle en refoulant des larmes brûlantes.

Bradford se demanda s'il avait bien entendu.

— Jamais personne n'a osé me parler sur ce ton ! Personne ! Comprends-moi bien, Caroline, je suis le seul à décider dans ce mariage ! Est-ce clair ? explosa-t-il en laissant libre cours à sa colère.

En deux enjambées, il fut près du lit, enleva sa chemise et le sommier gémit lorsqu'il s'y laissa tomber. Caroline roula sur le ventre, mais les couvertures s'envolèrent. Il l'attira vers lui et elle sentit sa chemise descendre sur ses épaules, puis sur sa taille, pour finalement aller rejoindre draps et couvertures sur le sol. Elle ferma les yeux, retint son souffle et attendit les suites de la tornade.

Quelques secondes s'écoulèrent. Il n'y eut rien d'autre que les lèvres de Bradford effleurant doucement son cou.

— Je ne veux pas que tu me touches, bredouilla-t-elle, le nez dans l'oreiller.

— Ce n'est pas ainsi que je l'entends, femme. Que tu veuilles ou non ne signifie rien pour moi.

Caroline se retourna avec une telle violence que Bradford bascula sur le côté. Visage contre visage, ils se défièrent, les yeux étincelants de colère.

Mais il n'y eut pas un cri. Tout au contraire, Caroline s'exprima avec un calme redoutable.

— Il est possible que pour le duc de Bradford, ma volonté soit insignifiante. Mais, dans ce lit, son pouvoir et son argent n'ont aucune valeur. Dans ce lit, il n'y a qu'un mari. Au duc de Bradford de soumettre les autres si cela leur chante. Quant à moi, je ne me soumettrai jamais à mon mari. Jamais ! Il lui faudra apprendre à différencier le titre et l'homme. C'est l'unique clause de ce mariage.

La confusion peinte sur le visage de son mari l'incita à hausser le ton :

— Laisse donc derrière la porte ta jalousie et ta colère, ainsi que ton arrogance ! Et ne laisse entrer que Jered Marcus Brenton.

Et, sachant qu'il ne comprendrait jamais, elle se laissa à nouveau rouler sur le ventre, le cœur empli de regrets.

Bradford était atterré. Elle lui demandait l'impossible. Il était le duc de Bradford ! Il lui était impossible de séparer l'homme du titre ! Bon sang, ne comprenait-elle pas ce que ce titre représentait ? Essayait-elle d'en dénigrer la valeur ?

Il se sentit frustré, submergé par l'incertitude. Cherchait-elle aussi à lui enlever toute défense ? Que lui resterait-il si elle réussissait ?

Décidément, Caroline en exigeait trop. Elle n'était même pas consciente de ce qu'elle disait. Elle méprisait le pouvoir, la richesse et la position sociale, bref les raisons mêmes pour lesquelles elle l'avait épousé. A moins que... N'aimait-elle vraiment que Jered Marcus Brenton, l'homme ?

Bradford hocha la tête et essaya de rassembler ses idées. Dieu ! Sa tête allait éclater avec toutes les questions soulevées par Caroline. Pour la première fois depuis la mort de son père et de son frère, il se sentit vulnérable. Il lutta contre cette sensation désagréable.

Essayant de contenir ses larmes, Caroline fermait les yeux, mais la présence de Bradford à ses côtés la gênait. Elle sentit soudain sa main effleurer son dos de façon si douce et si tendre que les remords l'assaillirent. Les caresses s'intensifièrent et elle comprit que sa colère avait disparu pour laisser place à une tendre séduction. Un instant, elle songea à le repousser et à lui signifier qu'elle détestait ce plaisir sensuel. C'était faux.

Les mains de Bradford parcouraient son corps, ses caresses se firent plus précises et elle s'entendit gémir et murmurer son nom.

— Dis-moi combien tu aimes cela, dit-il d'une voix impérative, cachant son propre désir.

Il éprouvait le besoin de l'entendre dire qu'elle le désirait autant qu'il la désirait.

— Oui... Je te veux, toi, Jered... murmura-t-elle.

— Moi aussi, Caroline.

Il la pénétra avec une extrême douceur et attendit qu'elle ait pris son plaisir avant de sombrer lui-même dans cette agonie délicieuse qui les laissa ensuite sur le rivage, comme deux oiseaux épuisés par une longue et merveilleuse traversée. Ils restèrent ainsi un long moment. Bradford avait posé sa tête sur la poitrine de Caroline et il caressait doucement sa joue lorsqu'il la sentit humide sous ses doigts.

— Ne pleure pas, bébé, ne pleure pas, murmura-t-il.

Caroline finit par se calmer et par accepter qu'il la réconforte.

— Tu parviens toujours à ce que je te désire, chuchota-t-elle d'une petite voix confuse, comme si elle avouait un énorme péché.

Bradford ne répondit pas immédiatement. Il ramassa les couvertures et la borda avec une telle tendresse qu'à nouveau les larmes de Caroline se mirent à couler.

— Caroline, tu veux m'entendre dire que je suis désolé ? Je mentirais, dit-il avec un bref soupir. Je ne t'ai pas prise de force. Tu me désirais autant que je te désirais.

Comme elle hochait farouchement la tête, il se demanda, étonné, si elle oserait mentir et prétendre le contraire. Il en était arrivé à se fier à son honnêteté, parfois un peu brutale, il fallait bien le reconnaître.

— Tu ne me désirais pas ?

— Si. Mais ce que je veux t'entendre dire, c'est que tu regrettes de m'avoir mal jugée ce soir, durant cette réception.

Elle s'exprimait si bas qu'il fut forcé de soulever sa tête pour entendre ce discours étouffé par son oreiller.

— Tu exagères toujours, déclara-t-il en posant un baiser sur sa tempe.

— J'exagère ? C'est moi qui exagère ? Tu as failli tuer un homme et la façon méprisante dont tu m'as regardée était horrible. Tu m'as crue coupable, n'est-ce pas ?

— Pour l'amour de Dieu, pourquoi en faire un drame ? soupira-t-il avec une exaspération soulignant qu'il était à mille lieues de concevoir à quel point il l'avait blessée. Je l'ai compris ensuite, ajouta-t-il.

— Trop tard ! Tu avais douté, dit-elle en se redressant brusquement. Tant que tu n'auras pas une confiance aveugle en moi, notre mariage sera menacé. J'exige de toi une foi inébranlable ! Je veux que si un jour tu découvres deux hommes dans ma chambre, tu ne remettes pas en cause ma fidélité envers toi !

— Il faudrait que je sois fou, Caroline ! Or, tu n'as pas épousé un fou.

— Je n'en suis pas si sûre. Un fou passe justement son temps à se raconter des histoires invraisemblables. C'est exactement ce que tu fais. Tes soupçons te font fantasmer et tout devient rocambolesque, tu me condamnes d'emblée et tu méprises mes propres valeurs.

Les yeux de Bradford lancèrent des éclairs,

mais il se contrôla pour demander d'un ton égal :

— Tes valeurs ? Lesquelles ?

— Mon honneur, pour commencer. Cette lutte est épuisante.

— Pourquoi comparer notre mariage à une guerre ? Nous sommes mari et femme et non deux adversaires sur un champ de bataille, Caroline.

Elle eut un rire amer.

— Dans l'immédiat, je ne vois guère de différence. Notre mariage est tout à fait comparable à une bataille, à moins que tu n'admettes que...

— Je n'ai rien à admettre, grommela-t-il.

Il ne parvenait plus à suivre la conversation. Il se souvenait vaguement avoir voulu obtenir une autre précision... mais rassembler ses idées lui parut une tâche insurmontable. Tout en bâillant désespérément, il pensa que son seul vœu était de tenir sa femme dans ses bras et de s'endormir à ses côtés.

— En ce qui te concerne, tu devras admettre ma force, marmonna-t-il. Suggères-tu que cela devrait être le contraire ?

— Tu es délibérément obtus. Tu sais exactement ce que je te demande. Ou bien tu devras me faire confiance ou...

— Peut-être dans l'avenir, lorsque tu auras fait tes preuves, répondit-il en bâillant de plus belle et en attirant Caroline vers lui.

Elle le repoussa, sauta à bas du lit, s'enveloppa dans la couverture et rétorqua, furieuse :

— Je n'ai rien à te prouver ! Je ne tiens pas

à trembler chaque fois qu'un homme s'adresse à moi, ni à craindre que tu en tires à nouveau de stupides conclusions. Quand tu comprendras que je ne suis pas une intrigante intéressée par l'argent et pressée de conquérir toute la population mâle de Londres, alors nous pourrons espérer un avenir paisible. En attendant, dors tout seul et laisse la suspicion te tenir chaud.

Elle sortit de la pièce et éprouva une certaine satisfaction en claquant la porte derrière elle. Mais son bonheur fut bref ! Lorsqu'elle s'installa dans le lit de Bradford, la colère la fit à nouveau vibrer. Elle pensa un instant qu'il ne tarderait pas à venir l'y rejoindre. Il ne le fit pas. Il ouvrit seulement la porte, s'approcha du lit et lança d'une voix de stentor :

— Ceci est ma chambre ! Je t'autorise à dormir dans la tienne. Quand tu comprendras l'absurdité de ta conduite, peut-être accepterai-je tes excuses !

Caroline ne répondit pas. Elle se releva, se dirigea vers sa chambre et se blottit sous l'édredon, frissonnant de froid et de chagrin.

Elle s'endormit en pleurant. Sa dernière pensée fut que Bradford était l'homme le plus borné du monde.

En entendant pleurer sa femme, Bradford fut tenté de se relever et d'aller la consoler. Il y renonça. Elle était entièrement responsable de cette dispute. A elle d'en assumer les conséquences.

Il ferma les yeux et s'efforça d'éclaircir ses

pensées. A l'instant même où il allait sombrer dans le sommeil, un détail lui revint en mémoire. Il savait bien qu'il avait une précision à obtenir ! Jusqu'à présent, elle l'avait appelé Bradford, comme tout le monde. Mais en faisant l'amour, il était devenu Jered, pour elle.

Qu'est-ce que cela signifiait ? se demanda-t-il, troublé.

12

Caroline vécut les deux jours suivants dans un état second. Le mariage de Charity fut une véritable épreuve. Elle se sentit en proie aux affres de la jalousie, tant le bonheur de sa cousine était simple, lumineux, paisible. Elle dut cacher ses sentiments pour tenir le rôle de l'épouse docile et comblée.

Partagée entre l'affection qu'elle éprouvait pour sa famille anglaise et le mal du pays, elle souffrait surtout de la relation qui s'était établie dans son couple. Piégée par ses sentiments, elle eût presque souhaité pouvoir mettre un terme à cet amour dévastateur.

Pendant la cérémonie, elle ne put retenir ses larmes, qui coulèrent de plus belle pendant l'échange des vœux, au grand déplaisir de Bradford qui lui tendit son mouchoir et poussa un tel soupir que toute l'assistance dut l'entendre. Quelle misère d'avoir un tel mari ! Il se conduisait ni plus ni moins comme un écolier capricieux. Au cours de la réception, il daigna rire une fois ou deux et se montra aimable avec tous... excepté avec elle.

Il ignorait sa présence, sauf pour lui donner des ordres quand il le jugeait nécessaire! Enfin, aux notes discordantes de cette journée, s'ajouta la présence de Lady Tillmann et de sa fille.

Caroline attendit d'être remontée en calèche avec Bradford et Milford pour en faire la remarque.

— Comment se fait-il que Rachel soit venue au mariage ? Ce n'est un secret pour personne qu'elle me hait. Elle devait s'attendre à m'y voir!

— La mère et la fille étaient invitées, souligna Milford.

— C'est étrange, étant donné les rumeurs mensongères que Rachel fait courir sur mon compte.

— Il n'y a que vous, Bradford, Nigel et moi qui le sachions. Lady Tillmann accapare votre père et il ignore la conduite de Rachel.

— A plusieurs reprises, j'ai essayé de lui parler. Mais, chaque fois que je me suis rapprochée, elle a filé comme une souris.

— C'est une souris! dit Milford en riant.

— Je t'interdis de parler à cette femme, jeta Bradford d'un ton sans réplique.

— Je désirais seulement connaître les raisons de sa haine. Elle m'accuse d'un fait que j'ignore, Bradford. Elle aurait pu me tuer lorsqu'elle m'a poussée dans l'escalier chez les Claymere.

— Qu'est-ce qui vous fait supposer que c'était elle ? demanda Milford en échangeant un rapide coup d'œil avec son ami.

Bradford lui fit signe de changer de sujet et Milford lança précipitamment :

— Votre cousine vous manquera-t-elle lorsqu'elle sera repartie aux Colonies ?

Il se rendit compte que sa question était stupide, mais il n'avait rien trouvé d'autre. Caroline tressaillit, tout aussi étonnée par la puérilité de cette remarque.

— Évidemment, Charity va me manquer. D'ailleurs, je songe très sérieusement à rendre visite à ma famille de Boston. Peut-être pourrais-je y faire un saut au printemps ?

Elle jeta un coup d'œil sur Bradford pour juger de sa réaction. Il regardait par la fenêtre. Avait-il entendu ?

— Tu n'iras nulle part, jeta-t-il sèchement.

Caroline capitula. Elle était bien trop fatiguée pour entamer une discussion.

L'atmosphère s'était alourdie. Milford se creusa désespérément la cervelle pour trouver un autre sujet de conversation, car il commençait à se sentir franchement mal à l'aise.

— Comment va votre oncle ? J'ai cru comprendre qu'il souffrait un peu du mauvais temps.

— Un simple rhume. Bradford et moi sommes allés le voir hier. Il avait le nez rouge et les yeux qui pleuraient, mais le docteur dit qu'il sera sur pied dans quelques jours. Il était surtout navré de ne pouvoir se rendre au mariage de Charity.

Lorsqu'ils arrivèrent chez eux, Caroline monta directement dans sa chambre. Bradford et Milford se retirèrent dans la bibliothèque.

Pendant près d'une heure, Caroline arpenta la pièce avant de se mettre au lit. Le gouffre se creusait chaque jour davantage entre son mari et elle. Elle n'était pas loin de penser que leur problème était insoluble. Elle passa sa rage et sa frustration sur les coussins et le matelas qu'elle martela de ses poings. Était-ce un crime que de réclamer son amour ? Qui était le plus têtu des deux ? Bradford la prenait pour une idéaliste, avait-il raison ? Peut-être lui en demandait-elle trop ? Je ne prendrai jamais de demi-mesure, s'entendit-elle grommeler. Au fond d'elle-même, elle ne pouvait admettre la forme de pensée de son mari. Chercher refuge dans ses bras ne résoudrait rien.

La porte de communication était ouverte. Elle regarda le grand lit vide dans la chambre voisine, pria pour trouver la force de résister, ferma la porte et se glissa entre ses draps glacés.

Le lendemain matin, Bradford déclara qu'il était temps de retourner à Bradford Hills. Caroline ne protesta pas, mais conserva son attitude distante.

Bradford commençait à déplorer cette hostilité latente. Il avait tellement apprécié l'humour de sa femme et joui de la bonne équipe qu'ils formaient. Elle était intelligente, et il avait adoré leurs discussions politiques sur les Colonies et l'Angleterre. Ces joutes oratoires lui manquaient.

Lorsqu'ils eurent regagné leur propriété, Bradford espéra que leur isolement inciterait Caroline à rechercher sa compagnie. Physiquement, elle lui manquait. Aussi attendait-il impatiemment ses excuses pour pouvoir reprendre leurs relations intimes.

Malheureusement, à la fin de la semaine, il dut réviser son jugement. La solitude ne semblait nullement lui peser et, s'il l'avait mieux connue, il aurait compris que Caroline préférait la campagne aux tourbillons mondains de Londres.

Son père ayant insisté pour qu'elle garde les deux chevaux arabes, chaque matin elle montait l'un d'eux, ses gardes du corps continuant à la suivre à distance.

Bradford dut retourner à Londres pour ses affaires. Il en profita pour acheter plusieurs bijoux, dont un merveilleux collier de diamants et rubis. Il le lui fit envoyer par messager spécial, dans l'espoir que, dès son retour, le jour suivant, elle le remercierait, débordante de reconnaissance.

Le collier fit l'aller et retour. Le messager le rapporta le même jour, tard dans la soirée. Hormis le billet dans lequel la duchesse demandait que le coffret fût rendu au duc le plus vite possible, aucun mot personnel ne lui était adressé.

Irrité par ce refus, Bradford préféra conclure que le collier n'était pas à son goût. Il eut la chance de pouvoir acquérir plusieurs gemmes magnifiques qu'il rapporta en rentrant enfin chez lui.

De plus, en signe de paix, il avait vidé les maisons de couture et acheté de jolies robes à la dernière mode, des modèles uniques qui allaient plonger Caroline dans le ravissement. Pas une femme ne pouvait résister devant une nouvelle toilette. Bradford était convaincu qu'elle céderait devant les assauts d'une telle générosité.

Hélas ! une fois de plus, ce fut un fiasco. Caroline n'accepta aucun présent et parut même les considérer comme une insulte. Fallait-il qu'elle fût obstinée pour ne pas comprendre qu'il faisait des tentatives de réconciliation ! Évidemment, il n'avait pas souligné ses raisons.

Mais n'importe quelle femme dotée d'une once de bon sens aurait compris ses intentions.

Tard dans la soirée, il affronta sa femme dans le bureau. Il avoua ne rien comprendre à sa conduite, ce qui parut augmenter la colère de Caroline. Elle portait une robe bleu vif toute simple et un grand châle négligemment jeté sur ses épaules. Elle se tenait debout devant la cheminée, les mains tendues au-dessus des flammes.

— Quand admettras-tu que je ne suis pas comme beaucoup de femmes ? Je n'attache aucune importance à ces présents coûteux.

— Tu n'es donc pas attirée par les jolies choses ? s'efforça-t-il d'exprimer calmement, alors que ses yeux lançaient des éclairs.

— Il existe d'autres biens beaucoup plus envoûtants.

Ton amour et ta confiance, pensa-t-elle. Mais à quoi bon formuler sa pensée ? Dès les premiers mots, Bradford se refermerait comme une huître. Elle désespérait de trouver le chemin de son cœur.

— J'ai eu tort de chercher un compromis, déclara Bradford. Puisque le luxe ne signifie rien pour toi, dès demain tu prendras tes affaires et tu iras t'installer dans une des autres demeures de notre propriété. La première construite par un Bradford. Nous verrons combien de temps tu tiendras avant de te rendre à l'évidence.

Caroline cacha sa détresse et inclina froidement la tête. Comment résoudre leurs problèmes en vivant dans deux maisons séparées ?

— Viendras-tu y vivre avec moi ?

Il faillit sourire en percevant son émoi et se félicita. Excellente tactique. Il avait trouvé le moyen de lui faire entendre raison.

— Non. Tes gardes du corps resteront près de toi. Quant à moi, je rentre à Londres. A l'inverse de toi, ma chère femme, j'aime jouir du confort que l'argent procure.

— Mettras-tu d'autres femmes dans ton lit pendant ton séjour à Londres ?

Il tressaillit, étonné par cette question. Certes non, il n'avait aucune envie d'entretenir la moindre liaison. Mais peut-être détenait-il là une arme précieuse ? Il repoussa cette idée.

— Non.

— Merci, dit-elle doucement.

— En quoi cela aurait-il de l'importance pour toi ? demanda-t-il, à nouveau décontenancé.

— Parce que je t'aime, Jered Marcus Brenton, dit-elle.

Elle s'avança lentement vers lui et le regarda dans les yeux.

— Tu as une étrange façon de me le montrer, riposta-t-il en posant sa main sur son cou pour l'attirer vers lui. Je ne t'ai pas chassée de mon lit, Caroline. C'est toi qui l'as délaissé.

Caroline ne releva pas et continua à le regarder jusqu'à ce qu'il ne puisse résister davantage. Ses lèvres effleurèrent les siennes, elle ne le repoussa pas et il prit sa bouche encore et encore. Alors, tout redevint magique. Elle glissa la main sous la chemise de son mari et le désir l'envahit. Leurs caresses les incendièrent et Caroline gémit de plaisir.

— Tu seras mienne ce soir, murmura-t-il d'une voix si douce que Caroline sentit disparaître toute velléité de résistance.

Il la souleva et l'emporta dans la chambre.

— Aucune protestation ? demanda-t-il après avoir refermé la porte derrière eux.

Silencieuse, elle se contenta de hocher la tête. Méthodiquement, Bradford la débarrassa de ses vêtements, puis fit de même, surpris lorsqu'elle s'agenouilla pour l'aider à retirer ses bottes. Une fraction de seconde, ce brusque changement d'attitude l'inquiéta. Que cachait-il ?

Caroline s'allongea sur le lit et Bradford ne

souffla pas les chandelles afin de pouvoir contempler leur passion. Il se glissa à ses côtés, avec le sentiment qu'il ne saurait attendre longtemps avant de la prendre.

Brûlée par la même impatience, Caroline s'offrit et il la pénétra si violemment qu'elle laissa échapper un cri de douleur.

— Dieu ! T'ai-je blessée ? souffla-t-il.

Caroline le retint, ses ongles éraflant ses hanches.

— Ne t'arrête pas, Bradford, gémit-elle.

Alors, yeux dans les yeux, ils se laissèrent emporter par ces vagues de plaisir qu'ils eussent souhaitées sans fin. Lorsqu'il s'écroula contre sa poitrine, elle écouta battre son cœur et ferma les yeux, aspirant à l'entendre dire combien il l'aimait. Mais les secondes s'égrenèrent et Caroline sentit revenir la déception.

Bradford se laissa rouler sur le côté et la prit dans ses bras.

— Il semblerait que ce terrain soit le seul où nous trouvions la paix, dit-il.

— Les lits sont-ils confortables dans cette autre demeure ?

Il comprit être revenu au point de départ, mais il ne lui offrirait pas le plaisir de lui montrer son irritation.

— Tous ne le sont pas. Miséricorde, que tu es têtue, Caroline ! Pourquoi ne pas admettre que tu m'appartiens et que tu peux très bien rester ici ?

— Je n'ai jamais prétendu le contraire. Tu

sais très bien quel est l'enjeu de notre dispute. Et jusqu'à ce que tu comprennes pourquoi...

— Tu peux prendre ici tout ce dont tu as besoin pour t'installer, l'interrompit-il.

Il ne baisserait pas les bras et Caroline se rendit compte à quel point il était inflexible. Autant changer de sujet.

— Pourquoi y envoies-tu aussi mes gardes du corps ? Je sais que tu as parlé avec Rachel.

— Rachel n'est pas responsable de ces attentats.

— En es-tu sûr ?

Elle se libéra de son étreinte et s'assit sur son séant, sourcils froncés. Bradford la contempla. Elle était exquise, avec ses cheveux bouclés encadrant son visage et mettant en valeur la gracilité de son cou. Ses petits seins pointaient sous la couverture qu'elle avait ramenée sur elle.

— Bradford, tu as entendu ma question ?

— Oui. Je suis sûr qu'elle n'est en rien responsable.

Caroline poussa un soupir.

— Je te trouve bien confiant. A ta place, si quelqu'un avait essayé de te nuire, j'aurais mis tout Londres sens dessus dessous pour le découvrir.

— Ne t'ai-je pas promis de prendre cette affaire en main ? Tu n'as pas besoin d'en savoir davantage. C'est mon problème, pas le tien.

— Non, Bradford, c'est le nôtre.

— Très bien, dit-il en poussant un soupir. Voici donc la raison pour laquelle Rachel te déteste : elle croit que tu as incité ton père à ne pas épouser sa mère. Cette union était fondée sur des arrangements financiers et tu aurais mis des bâtons dans les roues.

— D'où lui vient cette idée ridicule ?

Bradford réfléchit quelques secondes avant de lui avouer la vérité.

— C'est ton père qui le lui a dit.

— Pourquoi a-t-il fait cela ? demanda-t-elle, de plus en plus étonnée.

— Caroline, il était au pied du mur. Sans doute a-t-il trouvé difficile de lui assener crûment qu'il ne voulait pas l'épouser. Il s'est servi de toi comme prétexte.

Incrécule, elle hocha la tête.

— Je le crois incapable d'un comportement aussi lâche.

— Ton père a vécu seul si longtemps, enfermé dans son propre petit monde... murmura-t-il en attirant Caroline près de lui.

— Quatorze ans, en effet.

— Il en résulte qu'il n'est plus à même d'affronter des femmes aussi envahissantes que Lady Tillmann. Il s'est senti piégé et il a utilisé la seule échappatoire qui lui est venue à l'esprit.

— Suggères-tu qu'il a eu peur de se montrer honnête envers elle ?

— C'est un vieil homme, Caroline. Considère-le plutôt comme un homme désorienté.

— C'est possible. Mais je maintiens que c'est

la peur qui lui a dicté de m'envoyer chez son frère à Boston, il y a quatorze ans.

— Il venait tout juste de perdre à la fois sa femme et le fils qu'elle venait de mettre au monde. Le chagrin l'a submergé.

Bradford continua son plaidoyer, mais Caroline ne l'écoutait plus. Comme il était étrange de le voir prendre la défense de son père. Au lieu de l'accuser de lâcheté, il lui trouvait des excuses et se montrait à la fois compréhensif et compatissant.

Pourquoi refusait-il de l'être envers elle ? Ne pouvait-il se plier, ne serait-ce qu'un peu, aux désirs de sa femme ? Que signifiaient ces barricades érigées autour de lui pour cacher sa vulnérabilité ?

Bradford finit par se taire et s'endormit paisiblement. Caroline ferma les yeux et tenta d'en faire autant, mais ses pensées la tinrent éveillée. Était-il vraiment son adversaire ? Elle l'avait accusé de mal la connaître, mais le connaissait-elle vraiment ?

Elle ne pouvait nier ses attentions, même si ses cadeaux ne répondaient pas à ce qu'elle désirait. Caroline s'aperçut brusquement qu'elle n'avait jamais pris le temps de découvrir ce qui se cachait derrière son cynisme. Quelles en étaient les raisons profondes ?

Plutôt que de démolir son armure, pourquoi ne pas chercher le défaut de sa cuirasse ?

Lorsque Bradford se réveilla, Caroline était déjà habillée et elle empaquetait ses affaires. Rien de tel pour le mettre hors de lui.

— C'est grotesque ! grommela-t-il.

— Je le conçois, dit-elle en abandonnant cette triste occupation pour venir l'embrasser. Je ne tiens pas vraiment à partir et si tu me promets de m'accorder toute ta confiance, je déferai mes bagages.

— Caroline, je ne suis pas suffisamment réveillé pour me bagarrer avec toi. Il est de mon devoir de te protéger, tant contre toi-même que des menaces extérieures. Mais je ne vois pas l'intérêt de te faire des promesses quand je te vois agir avec si peu de discernement.

— Ta forme de pensée est une insulte pour moi, Bradford, mais je te pardonne, tu ne peux pas faire mieux.

Les larmes aux yeux, elle continua à emballer ses vêtements.

Las de ces affrontements perpétuels, Bradford eût volontiers demandé une trêve. Mais une raison majeure exigeait cet éloignement provisoire : la sécurité de Caroline !

Elle serait à l'abri, dans cette forteresse datant du Moyen Age. Cette inconfortable demeure dans laquelle il l'envoyait était perchée sur une colline. La vue dégagée permettrait à ses deux gardes du corps, plus les trois autres qui s'y trouvaient déjà, de voir arriver tout visiteur indésirable. Pendant ce temps, Bradford mènerait à bien son plan pour démasquer son ennemi. En agissant comme le père de Caroline, quatorze ans plus tôt, il comprenait d'autant mieux le comte de Braxton.

Par ailleurs, cette retraite forcée ne ferait pas de mal à sa femme. Après une semaine dans cette forteresse dénuée de tout confort, elle retrouverait avec joie le luxe qu'il pouvait lui offrir.

Sur le perron de marbre de Bradford Hills, elle eut le toupet de l'embrasser pour lui faire ses adieux, affichant l'air frondeur de quelqu'un qui s'apprête à conquérir le monde.

— C'est bien compris, Caroline, tu dois me promettre de rester là toute la semaine, quels que soient tes désirs ?

Elle se contenta d'incliner la tête, ce qu'il jugea insuffisant.

— Donne-moi ta parole, Caroline.

— Pourquoi ?

— Je n'ai pas à te fournir d'explications. Je veux ta parole.

— Tu l'as, dit-elle, un peu étonnée de son insistance.

— Et lorsque tu reviendras à mes côtés, j'espère entendre tes excuses.

— N'en demande pas trop, Bradford, déclara-t-elle en se dirigeant vers la calèche. Tu as déjà ma parole sur un point, ce qui te demandera évidemment de me faire confiance pour y croire !

Elle n'avait pu résister à l'envie de lui décocher cette dernière flèche et la mine étonnée de son mari fut un régal pour elle.

Il lui fallut presque quatre heures pour atteindre la forteresse et Caroline put ainsi juger de l'immensité du domaine. Cette séparation leur serait peut-être bénéfique, songea-t-elle en espérant que Bradford en souffrirait autant qu'elle.

En revanche, la vue de cette demeure dressée devant elle la glaça. Il était difficile de trouver plus hostile et plus déprimant que ce château fort isolé sur la colline, sans un arbre pour adoucir le paysage. Le pont ne devait pas être de toute solidité, car les gardes lui demandèrent de descendre de calèche pour le traverser. Rien d'étonnant à ce que cette bâtisse de pierre grise s'élevant sur deux étages fût un refuge pour les albatros.

— Vous n'êtes pas obligée de rester avec moi, dit-elle à Mary Margaret qui marchait à ses côtés tout en se gardant bien d'émettre le moindre commentaire. Je comprendrais parfaitement que vous souhaitiez rentrer à Bradford Hills.

— Il n'en est pas question. J'ignore les raisons de votre exil, mais ma loyauté vous est acquise, à vous et à votre mari. Je lui ai promis de veiller sur vous.

— Dans ce cas, voyons si c'est aussi horrible à l'intérieur.

L'énorme porte était verrouillée et, pour l'ouvrir, Huggins, l'un des gardes, dut y mettre toutes ses forces. Lorsque le battant céda enfin, les gonds gémirent, complètement rouillés.

Le hall d'entrée était lugubre. Le sol de

pierre et les murs étaient noirs de crasse. La rampe d'escalier qui menait aux étages supérieurs était à moitié pourrie.

La salle à manger se trouvait sur la droite. Caroline pénétra dans la sombre pièce, passa un doigt sur la longue table recouverte d'une poussière séculaire et, lorsqu'elle voulut tirer les rideaux, ceux-ci s'écroulèrent sur le sol. Le salon se trouvait en face et son parquet était semblable à celui de l'hôtel particulier de son père. L'optimisme revint.

— Voyons ce qu'on peut tirer de ces pièces lorsqu'elles seront nettoyées, dit Caroline en traversant le salon, Mary Margaret sur ses talons.

La grande cheminée lui parut sympathique et deux portes vitrées ouvraient sur le jardin.

— Au printemps, cet endroit doit être délicieux. Nous pourrions y mettre des plantes et...

— Vous ne songez pas à y rester si longtemps ? gémit Mary Margaret.

Caroline ne répondit pas, frissonnant sous l'air frais. Elle referma vivement les portes et se laissa tomber sur un siège, brusquement découragée. Miséricorde ! Rendre cet endroit décent demanderait des mois ! Bradford avait rudement bien prévu sa réaction en l'envoyant ici pour une semaine.

— Souhaitez-vous revenir à la maison ? demanda Mary Margaret, pleine d'espoir.

— Nous commencerons par nettoyer les chambres, si toutefois nous parvenons à gravir l'escalier sans nous rompre le cou, déclara Caroline.

Tom, l'un des gardes, éprouva immédiatement la solidité des marches.

— Elles sont aussi vaillantes qu'au premier jour ! Seule la rampe exigera quelques clous ici et là, affirma-t-il.

— Nous allons remettre ces lieux en état ! s'écria Caroline, prise d'un enthousiasme que ne semblait pas partager Mary Margaret.

— Il nous faudrait plus d'une semaine ne serait-ce que pour récurer une seule pièce ! gémit-elle en levant les yeux au ciel.

— Sauf si nous avons de l'aide. Vous allez vous rendre au village pour engager du personnel, sans oublier une cuisinière.

Elle établit une liste et Mary Margaret remonta dans la calèche. Toutefois, malgré l'optimisme de Caroline, une grande semaine fut nécessaire pour effectuer les travaux, en s'activant de l'aube jusqu'au crépuscule.

La métamorphose était spectaculaire. Une couche de peinture blanche recouvrait la grisaille des murs. Les parquets du salon et de la salle à manger étincelaient. Un gros poêle ronflait dans le hall. De nouveaux rideaux étaient accrochés aux fenêtres et les quelques meubles achetés dans les environs rendaient les pièces accueillantes.

Rongée par l'impatience, Caroline n'eut plus qu'à attendre l'arrivée de Bradford.

Hélas ! elle attendit en vain. Non seulement il ne vint pas cette fin de semaine, mais une autre s'écoula sans qu'il eût donné de ses nouvelles.

Caroline dut alors se rendre à l'évidence. Bradford ne céderait pas. Elle s'endormait chaque soir en pleurant et en maudissant les injustices de l'existence. Finalement, elle décida d'abandonner et d'accepter la situation. Un matin, elle informa Mary Margaret de leur départ pour Bradford Hills dès le lendemain.

Assise devant la cheminée, elle réfléchit longuement à ce qu'elle devrait dire à Bradford. Elle n'avait nullement l'intention de lui présenter des excuses, et sans doute, en la voyant reprendre la vie commune, se croirait-il vainqueur. Elle devait trouver une façon de lui faire comprendre ce qu'elle avait sur le cœur.

Comment l'empêcher de tirer de fausses conclusions ? Elle se sentit blessée dans son orgueil. D'autre part, à quoi lui serviraient ses idéaux si elle restait seule ? Après avoir refusé les demi-mesures, elle devait admettre qu'elles valaient mieux que rien du tout.

Mary Margaret ouvrit la porte pour annoncer que le comte de Milfordhurst désirait la voir.

— Faites-le entrer.

Emmitouflé dans sa pelisse, Milford s'avança en souriant.

Caroline lui tendit les mains et spontanément posa un baiser sur sa joue.

— Vous êtes mon premier visiteur, Milford. Ciel ! Vous semblez gelé. Approchez-vous du feu et dites-moi ce qui vous amène ici.

— Je voulais seulement vous dire un petit bonjour.

— Vous avez effectué tout ce trajet depuis Londres pour seulement me dire un petit bonjour ?

Un peu penaud, Milford la prit par la main et l'invita à s'asseoir à côté de lui.

— Vous avez maigri... Écoutez, Caroline, je vais encore jouer les médiateurs. Vous devez savoir que Bradford n'est pas près de revenir. Son orgueil est trop grand et, plus tôt vous l'accepterez, mieux cela vaudra pour vous.

— Je sais.

— Vous savez ? Alors, pourquoi ? demanda-t-il, surpris. Dans ce cas, rentrez à Bradford Hills maintenant !

— Bradford s'y trouve-t-il ? Je le croyais à Londres.

— Non. Je me suis arrêté à Bradford Hills pour le voir en premier. Mais il projette de retourner à Londres dès demain. Ne perdez pas du temps à faire vos bagages, suivez-moi.

Caroline se contenta de hocher la tête.

— Aimez-vous cette pièce, Milford ?

Désarçonné par cette question, Milford regarda tour à tour le salon et Caroline, ne comprenant pas où elle voulait en venir.

— Hein ? La pièce ? Oui, je l'aime, mais pourquoi ?

— Je désire que Bradford vienne ici et constate lui-même comme on y est bien. Elle n'est pas digne de son train de vie, mais elle est confortable, c'est un vrai foyer, on s'y sent chez soi. Peut-être comprendrait-il si seulement il pouvait la voir...

— Caroline, m'avez-vous écouté ? Je viens de vous dire que Bradford ne cédera jamais.

— Ce n'est pas nécessaire. Je vais lui faire envoyer un billet pour lui demander de venir ici.

— Cherchez-vous à gagner du temps ? demanda Milford dubitatif.

Il la scruta avec l'impression qu'elle ne disait pas tout. Que manigançait-elle ?

— Dieu que vous êtes têtue ! Eh bien, écrivez-le, ce billet ! Il n'est pas étonnant que Bradford vous ait épousée ! Deux têtes de mule ! Vous vous ressemblez, vous savez.

— Nous sommes diamétralement opposés, rétorqua-t-elle. Je suis calme et timide et il ne fait que crier. Je suis facile à vivre et il est obtus et cynique.

— Essayez-vous de me faire comprendre que c'est vous la sainte et lui le pécheur ? lâcha-t-il, taquin.

— Passerez-vous la nuit ici avant de rentrer à Londres, ou bien est-ce incorrect ? reprit-elle, désireuse de ne pas répondre à une question dont elle ne connaissait que trop la réponse.

Ils partagèrent le dîner, abordèrent maints sujets, puis Milford évoqua sa jeunesse avec Bradford et énuméra les bons tours qu'ils avaient joués à leurs aînés. Dans l'intervalle, Caroline rédigea son billet et le confia à un messager.

— Pourquoi a-t-il tellement changé, Milford ? Qu'est-ce qui l'a rendu si misogyne ?

— Les responsabilités l'ont forcé à grandir.

Lorsque son père et son frère aîné étaient en vie, Bradford était plutôt délaissé par les siens. Ses parents concentraient leur amour sur l'héritier présomptif. Bradford devint aussi sauvage qu'indiscipliné. Il tomba amoureux d'une femme du nom de Victoria, et il connut ainsi ses premières déceptions.

Caroline en renversa presque son verre.

— Pourquoi ne m'en a-t-il jamais parlé ? L'aimait-il vraiment ? Victoria... comment ? Vit-elle toujours ? Qu'est-il arrivé ? Que le diable l'emporte pour ne m'en avoir jamais informée !

— Chut ! Comme je viens de vous le dire, Bradford était très jeune et la dame se faisait passer pour une pure jeune fille. En fait, elle n'était qu'une manipulatrice et une putain. Aussi, lorsqu'il annonça son mariage, ce fut un tollé général. Sa famille décida de lui donner une leçon. Et, pour montrer à son cadet à quel point il se trompait, son frère aîné mit Victoria dans son lit et s'arrangea pour que Bradford les découvre.

— Comme c'est cruel ! Pourquoi avoir agi ainsi ?

— Parce que, d'une certaine façon, son frère tenait à le faire passer pour un irresponsable. Vous avez rencontré sa mère. Avec l'âge et la solitude, elle s'est adoucie. Mais auparavant, elle était aussi froide que son mari. Deux semaines après cette humiliation, le duc et son fils aîné se sont tués en calèche. La duchesse s'est alors rappelé avoir un autre fils, mais c'était trop tard. Bradford la considère comme une étrangère. Depuis ce jour, Brad n'a fréquenté que des prostituées... jusqu'à ce qu'une innocente jeune dame venant des Colonies bouleverse son univers, conclut Milford en levant son verre.

— Qu'est devenue Victoria ?

— Elle est probablement dévorée par la vérole. Ne prenez pas cet air affolé, Caroline, ajouta-t-il en riant. Bradford ne l'a jamais mise dans son lit. D'ailleurs, personne n'a plus jamais entendu parler d'elle.

— Pourquoi m'avez-vous raconté tout cela ? Pour que je sois plus patiente envers mon mari ? Bien. Vous êtes un fidèle ami, Milford. Je l'aime, vous savez, mais ce n'est pas facile. Le passé est le passé. Bradford devra s'amender, car je n'ai pas l'intention de baisser les bras.

— A quel sujet ?

— A propos de son cynisme, répondit-elle en se levant. Il est tard et vous êtes sans doute fatigué. Mais, si vous le désirez, nous pouvons aussi faire une partie de cartes.

Milford la suivit dans le petit salon. Il était éreinté et peu tenté par une partie de whist, mais Caroline était restée seule si longtemps qu'il jugea pouvoir faire ce petit effort.

— A quoi voulez-vous jouer ? demanda-t-il.

— Au poker, évidemment. J'ai bien tenté de l'apprendre à Mary Margaret, mais elle n'a pas le sens des cartes.

Caroline s'installa devant la table de jeu et

battit les cartes avec une dextérité digne d'un joueur invétéré. Amusé, Milford ôta sa jaquette, roula les manches de sa chemise et s'installa en face d'elle.

— Je serai gêné de prendre votre argent, dit-il.

— Moi pas. De toute façon, c'est l'argent de Bradford, pas le mien. Mais lorsque vous aurez perdu quelques parties, vous changerez d'avis.

Ils jouèrent jusqu'au milieu de la nuit, et lorsque Caroline déclara être trop fatiguée pour continuer, il protesta.

— Vous devez me donner la possibilité de rattraper mes pertes. Vous avez tout gagné !

— N'était-ce pas ce que vous désiriez il y a un instant ?

Sur ce, elle lui souhaita une bonne nuit et monta dans sa chambre. En se glissant dans son lit, la solitude l'étreignit. Bradford lui manquait plus que jamais. Elle se tourna et se retourna sur le matelas inconfortable, songeant avec remords au passé de Bradford. Elle ne s'était guère montrée compréhensive avec lui.

Le messager envoyé à Bradford Hills revint le lendemain matin pour annoncer que le duc avait été rappelé la veille à Londres. Désolé tant pour son ami que par l'obstination de Caroline, Milford dut prendre congé.

Morose, Caroline retourna dans sa chambre et s'assit sur le lit. Elle désirait passer au moins une nuit ici avec Bradford, dans cette atmosphère chaleureuse, même si son mari ne devait pas supporter plus de deux minutes cet horrible matelas.

Cette pensée en appela une autre, et Caroline se mit à rire devant l'idée diabolique qui venait de lui traverser l'esprit... Ce serait la dernière tentative. Après quoi elle n'insisterait plus et apprendrait à accepter.

13

Quand l'un des hommes qu'il avait engagés vint l'avertir que Franklin avait à nouveau disparu, Bradford connut un instant de panique. Sa première pensée fut de se rendre auprès de Caroline. Il y renonça, d'une part parce qu'elle était en sécurité avec les cinq gardes, d'autre part parce qu'il risquait d'être suivi et de conduire l'ennemi tout droit à la forteresse.

La culpabilité de Franklin ne faisait plus l'ombre d'un doute. Milford était au courant. Il saurait garder le silence. La promesse qu'il avait arrachée à Caroline le rassurait un peu, mais il avait honte d'avoir dû lui taire l'essentiel.

Il partit pour Londres avec l'espoir d'y découvrir Franklin. Lorsqu'il arriva, tard dans la soirée, il y fut accueilli par l'un de ses hommes qui lui apprit que Franklin avait refait surface.

En fait, il s'était réfugié chez une nouvelle maîtresse et y avait passé tout le week-end.

Bradford donna ses dernières instructions et rentra ensuite chez lui. Il faisait les cent pas dans son bureau lorsqu'on vint l'avertir que le comte de Braxton demandait à être reçu. Il le trouva vieilli, fatigué et anxieux.

— J'ai bien fait de tenter ma chance, je pensais vous trouver ici. Caroline ne vous a pas accompagné, je suppose ?

— Non, répondit son gendre en lui offrant un verre avant de s'asseoir.

— Je ne voudrais pas être indiscret, mais vous êtes-vous disputés ? Milo m'a avoué que Franklin ne cessait de faire de perfides insinuations, aussi est-il dans tous ses états. Caroline ne lui ayant donné aucune nouvelle, il se sent abandonné. Le voilà maintenant convaincu qu'elle est malade et que vous nous cachez la vérité.

— Caroline se porte à merveille, rassurez-vous. Nous avons quelques petits différends, mais rien de grave. Puis-je savoir ce que raconte Franklin ? insista Bradford, bouillant de rage.

— Je préfère ne pas le répéter. Voici tout un moment, paraît-il, qu'il discrédite ma pauvre petite fille. Il semble la détester et je n'en vois pas les raisons.

Bradford se tut. Il ne les voyait que trop bien !

— Il en résulte que Milo se creuse la cervelle pour inciter Caroline à nous rendre visite, reprit le comte.

— Je suis désolé de vous décevoir, mais ce ne sera pas possible pour l'instant.

— Mettez votre orgueil de côté, Bradford ! Vous avez toute la vie devant vous pour affronter ma fille. Milo n'est plus tout jeune, et il a attendu quatorze ans avant de la revoir. Il l'aime autant que moi.

Devant le désarroi de son beau-père, Bradford hésita un moment avant de prendre sa décision.

— Écoutez, Caroline et moi avons eu une divergence d'opinion, mais ce n'est pas la vraie cause de son éloignement.

D'un trait, il révéla au comte la série d'accidents, la lettre de menaces et aussi la certitude que Franklin se trouvait derrière cette sordide histoire.

— Il a tout à y gagner, continua-t-il. De sources différentes, j'ai appris que le marquis avait couché Caroline sur son testament. La terre et le titre iront à Franklin, mais sans argent il ne pourra conserver son train de vie. Loretta a accumulé les dettes et elle a promis à ses créanciers de les rembourser sitôt la mort du marquis. Lorsque Caroline est revenue en Angleterre, le marquis a immédiatement changé son testament et en a averti Franklin et Loretta.

Effondré dans son fauteuil, le comte se cacha la tête dans les mains.

— Je comprends. Le marquis est écœuré par la conduite de Franklin avec ses maîtresses, et il sait aussi que Loretta perd des sommes considérables au jeu.

Navré de constater la profonde détresse de son beau-père, Bradford essaya de le calmer.

— N'envisagez pas le pire. Caroline est parfaitement protégée et Franklin ne peut faire un geste sans que je le sache. Je n'ai pas encore suffisamment de preuves, mais dès que je les aurai, je le mettrai hors d'état de nuire.

— Là n'est plus la question, dit le comte en continuant à hocher désespérément la tête. Pourquoi ne m'a-t-elle rien dit ? J'aurais pu la renvoyer à Boston avant qu'il ne soit trop tard !

— La renvoyer à Boston ? Pourquoi ? Que savez-vous que j'ignore ? Par pitié, parlez !

— Oui, vous devez savoir pourquoi j'ai attendu que le dernier de mes ennemis soit mort pour faire revenir Caroline en Angleterre. Quoiqu'il me semble que c'était hier, il nous faut remonter à l'époque où je venais de perdre ma femme et mon bébé. Mes opinions politiques concernant l'Irlande ayant soulevé de graves problèmes, je m'étais installé avec Caroline dans notre propriété de campagne. Parmi mes adversaires, le plus acharné était un certain Perkins. Il possédait des terres en Irlande. A cause de mon vote en faveur des Irlandais catholiques, l'on faisait pression sur lui pour qu'il les restitue. Bien entendu, Perkins me haïssait, mais j'ignorais à quel point il pouvait se montrer diabolique.

Plongé dans ses souvenirs, le comte marqua un temps d'arrêt et Bradford lui servit un autre verre, brûlant d'impatience de connaître la suite.

— Perkins refusait de rendre ses terres. Il pensait que je n'aurais de cesse de le harceler.

Or, il ignorait qu'ayant perdu ma femme et mon fils, je m'étais retiré de la politique. Je n'avais qu'un désir : vivre en paix avec ma petite fille, alors âgée de quatre ans. Mais Perkins m'envoya deux hommes de main qui surgirent en pleine nuit dans ma demeure. Caroline dormait à l'étage supérieur et fut éveillée par leurs cris. Elle sortit de sa chambre au moment où je venais de désarmer l'un d'eux. Le pistolet vola dans le hall et tomba à ses pieds. Elle s'empara de l'arme dans le but de me la remettre, mais trébucha dans sa chemise de nuit. Le coup partit. L'un des hommes fut blessé et il mourut trois jours plus tard.

Muet de stupeur, Bradford se renversa sur son siège.

— Mon Dieu ! Elle n'était encore qu'un bébé !

— Ce n'était qu'un accident, reprit le comte.

— Mais pourquoi ne m'en a-t-elle jamais parlé ?

— Elle ne s'en souvient plus. Son subconscient a occulté cette scène terrible.

— Je comprends mieux certaines réactions de sa part, murmura lentement Bradford. Elle m'a avoué avoir été terrifiée par les armes à feu tout au long de son enfance, jusqu'au jour où ses cousins lui ont appris à surmonter ses hantises.

— C'est exact, mon frère me l'a écrit. Il est le seul dans la famille à connaître la raison pour laquelle j'ai éloigné Caroline. Même son épouse l'ignore.

— Que sont devenus vos ennemis ? L'un d'eux est mort trois jours plus tard, m'avez-vous dit ?

— Oui. Il avait été atteint au ventre. Il s'appelait Dugan.

— Avait-il de la famille ?

— Non. Personne.

— Et les autres ?

— Perkins est mort l'année dernière. Quant au troisième, nommé McDonald, il n'avait aucune famille non plus. Il resta à Londres pendant deux mois, reconnut avoir été payé par Perkins, mais craignit de témoigner si je portais plainte. Comme si je pouvais le faire ! Mon enfant exposée à un tel scandale ! Jamais ! D'autre part, je ne savais pas si Perkins m'enverrait ou non d'autres tueurs. J'ai donc confié Caroline à deux amis fiables qui l'ont emmenée à Boston et ensuite, je me suis rendu directement chez Perkins.

— Que lui avez-vous fait ? demanda Bradford en serrant son accoudoir jusqu'à ce que ses jointures blanchissent.

— Je l'ai menacé de mon pistolet et je l'ai averti que si quoi que ce soit arrivait à ma fille, deux de mes hommes de main le tueraient, lui et ses deux fils. Il a compris que je ne plaisantais pas. Néanmoins, je n'ai pas jugé bon de faire revenir Caroline. Elle était tout ce qui me restait ! Je me suis retiré du monde et j'ai fait le vœu de ne revoir ma fille que lorsque tous ces hommes seraient morts.

Plus que jamais, Bradford sentit l'urgence de

veiller sur la sécurité de sa femme. Ce passé était triste, mais il ne servait à rien de s'appesantir dessus.

— Bien. Perkins et ses hommes sont morts. Mais êtes-vous sûr que Perkins n'ait pas parlé ?

— Il n'aurait pas osé. Il savait que j'étais capable de mettre mes menaces à exécution.

Bradford se dressa et commença à arpenter la pièce. Le comte leva sur lui un regard anxieux.

— Que comptez-vous faire ? demanda-t-il.

— Je ne le sais pas encore. Mais, à la lumière de ce que vous venez de me révéler, la lettre de menaces commence à avoir un sens. Parmi les obscénités qu'elle contient, il y est question de vengeance.

— Mon Dieu ! Elle n'est pas encore hors de danger ! Elle...

— Rien ne lui arrivera. Sapristi ! je viens de me rendre compte à quel point je tiens à elle ! Je ne laisserai personne la toucher, je... s'interrompit-il brusquement.

— Oui ? insista son beau-père.

— Je l'aime, avoua Bradford d'une voix basse. Je ne veux pas la perdre. Écoutez, ne laissez pas voir votre inquiétude et dites au marquis que Caroline souffre d'un rhume qui la retient au lit. Cela devrait le rassurer jusqu'à ce que je puisse écarter définitivement tout danger.

Le comte eut l'impression qu'un poids énorme venait de lui être enlevé des épaules. Il acquiesça et se dirigea vers la porte.

— Ne répétez pas à Caroline ce que je viens de vous confier, dit-il. Il est inutile qu'elle l'apprenne. Elle n'était qu'une petite fille innocente.

— Je garderai le silence pour le moment. Mais, plus tard, lorsque tout cela sera fini, je devrai le lui dire.

Tout en raccompagnant son beau-père jusqu'à la porte d'entrée, il ajouta :

— Caroline vous a caché ces menaces pour ne pas vous inquiéter. Je lui ai tu de même ce que je savais sur son ennemi pour éviter de l'affoler. A vouloir nous protéger l'un l'autre, nous avons fini par ne plus nous comprendre. Je lui ai toujours demandé de me faire aveuglément confiance...

A peine avait-il prononcé ces mots qu'il tressaillit et hocha la tête.

— ... Aveuglément confiance ? C'est exactement ce qu'elle m'a demandé, avoua-t-il.

— Quoi ? bredouilla le comte de Braxton, complètement perdu.

— Elle m'a donné tout son amour et sa confiance, continua Bradford. Savez-vous que parfois elle m'appelle Jered ?

De plus en plus perplexe devant le tour que prenait la conversation, son beau-père fronça les sourcils. Bradford avait déjà ouvert la porte.

— Je vous promets de vous tenir informé. Maintenant, rentrez et reposez-vous, déclara-t-il.

Puis, sans préavis, il demanda brusquement :

— Quand est-ce arrivé exactement ?
— Mais enfin, de quoi parlez-vous ?
— Du jour où les hommes de Perkins sont venus vous voir.
— Cela remonte maintenant à une quinzaine d'années.
— Non, c'est la date exacte que je veux savoir. Le jour, le mois, vous en souvenez-vous ?
— Février 1788, dans la nuit du 20. Est-ce important ?
— Cela peut l'être, répliqua Bradford en se composant un visage détendu. Je vous tiendrai au courant.

Mais à peine eut-il refermé la porte que son expression changea. Dieu, gronda-t-il, faites que je me trompe ! Si ses soupçons se révélaient exacts, il ne lui restait plus que six jours pour trouver ce salaud ! Six jours avant le 20 février.

Il établit la liste de ce qu'il avait à faire d'une main tremblante, et se coucha tard dans la nuit. Demain, après avoir établi son plan, il retournerait auprès de sa femme. Il lui avouerait son amour et réclamerait son pardon. Il serait à la fois le duc de Bradford et Jered Marcus Brenton. Elle l'aimait et, si un jour pouvoir et richesse disparaissaient, il savait qu'elle resterait à ses côtés.

Il s'endormit le sourire aux lèvres.

Milford arriva à Londres au moment où Bradford s'apprêtait à en repartir.

Bradford lui expliqua rapidement qu'ils n'avaient que six jours pour démasquer Franklin, mais il ne lui en donna pas les raisons. Il devait d'abord en parler à Caroline. Ce serait à elle de décider si elle voulait ou non mettre Milford au courant.

— J'ai besoin de ton aide, j'aimerais que tu m'accompagnes à la forteresse, ajouta-t-il. Auparavant, nous ferons un détour par Bradford Hills.

— Sapristi ! Mon dos est déjà en capilotade après ma chevauchée d'hier... Mais je t'accompagnerai puisque tu me le demandes. Par ailleurs, j'ai hâte de savoir lequel de vous deux capitulera le premier, ajouta Milford en riant.

— Pourquoi penses-tu que ce sera moi ?

— Parce que si tu es têtu, tu n'es cependant pas stupide, mon vieux.

— Bravo, tu as gagné !

— Non, c'est vrai ? Tu vas vraiment lui présenter tes excuses ?

— A genoux, s'il le faut. Pourquoi ris-tu ? Tu n'es pas las de jouer les médiateurs ? Je ne t'enverrai plus lui faire la morale.

— Ne t'en fais pas trop, Brad. Te mettre à genoux une seule fois devrait suffire pour qu'elle reste à tes côtés jusqu'à la fin des temps. Au fait, réjouis-toi, elle est déjà prête à rentrer au bercail !

— Répète !

— Rien. J'ai trop parlé. Dieu sait que je l'adore, mais...

— Moi aussi, l'interrompit Bradford.

— Quoi ?
— Moi aussi, je l'adore.
— Ce n'est pas à moi qu'il faut le dire, mais à ta femme.
— C'est ce que je compte faire si tu es prêt à partir.
Milford ne répondit pas, leva les yeux au ciel et suivit son ami.
Tout au long du trajet de Londres à Bradford Hills, ils parlèrent peu, mais au fur et à mesure qu'ils approchaient du but, le visage de Bradford s'éclairait.
A peine arrivé, Bradford appela Henderson d'une voix de stentor, puis se dirigea vers le salon, se versa un verre de cognac et chercha des yeux son fauteuil de cuir. Où était-il passé ? Désagréablement surpris, il dut se contenter d'un siège mal rembourré. Il s'assit, prit un autre verre et nota tout à coup que la table de jeu avait également disparu. A tourner la tête dans tous les sens, il finit par renverser la moitié du verre sur ses genoux.
— Tu es encore là ? lança Milford en pénétrant dans la pièce, un solide sandwich à la main.
Perdu dans ses pensées, Bradford l'entendit à peine. Comment allait-il s'y prendre pour mettre à la fois son cœur et son âme à nu devant la femme qu'il aimait ? Il manquait d'habitude en la matière !
— Allons dans la bibliothèque, reprit Milford qui n'avait pas l'intention de le laisser méditer. Peut-être y trouveras-tu un message ? ajouta-t-il, la bouche pleine.

Bradford l'y suivit à contrecœur.

— Par tous les diables ! explosa-t-il sur le seuil de la pièce.

Son sanctuaire avait été entièrement vidé ! Bureau, fauteuil, livres, papiers et même les lourdes tentures s'étaient volatilisés.

Les deux hommes se regardèrent et Milford conclut :

— Henderson doit savoir où tout cela est passé.

Bradford eut un geste insouciant et grommela :

— J'en découvrirai les raisons plus tard. Tout ce que je veux, à présent, c'est me changer et partir pour la forteresse. Je te prêterai une chemise si tu as envie d'enfiler un vêtement propre.

Il ne put s'empêcher de traverser d'abord la chambre de sa femme. Tout y était en ordre. Il jeta un regard ému sur la coiffeuse, le lit, les petites chaises en tapisserie, et pénétra enfin dans ses propres appartements.

Pendant quelques secondes, il n'en crut pas ses yeux. Elle était aussi nue que la bibliothèque ! Tapis, lit, table, fauteuils, rideaux s'étaient envolés. Il éclata de rire et comme, visiblement, Milford n'y comprenait rien, Henderson surgit à cet instant, le visage aussi cramoisi que s'il avait passé la matinée dehors en plein froid.

— Vous ne pourrez pas vous changer, Votre Grâce.

— Et pourquoi ? bredouilla Bradford, saisi par le fou rire.

— Votre épouse a exigé que toutes vos affaires soient transportées à la forteresse. J'ai pensé, Sir, que c'était sur votre ordre.

— Vous avez bien fait, Henderson.

Puis, se tournant vers son ami :

— Tu remarqueras qu'elle n'a pris que mes affaires. Le voilà, le message ! Il n'est pas des plus subtils, il faut bien le dire.

— Ah oui ? Et quel est-il ? demanda Milford que l'hilarité commençait à gagner.

— En langage clair, cela signifie que ma place est à la forteresse. Dites-moi, Henderson, je serais curieux de savoir combien il a fallu d'hommes pour descendre mon lit ? Quatre, au moins ?

— Cinq, avoua-t-il. (Puis, se raclant la gorge, il ajouta, penaud :) Ils ont tenté de m'enlever, moi aussi. Je suis confus, mais je dois admettre m'être caché à l'office jusqu'à leur départ.

— Vous cacher ne suffira pas, Henderson, déclara Bradford en recouvrant son sérieux. Tôt ou tard, elle vous aura et si je ne me trompe, vous ne tarderez pas à aller rejoindre le mobilier.

— Et vous, Votre Grâce ? Où serez-vous, si je puis me permettre ?

— Avec ma femme.

Un instant plus tard, Milford et Bradford enfourchaient leurs chevaux. Ils contournèrent les collines pour ménager leurs montures et n'arrivèrent qu'en fin d'après-midi.

Bradford ne reconnut pas davantage les lieux, en pénétrant dans le hall.

— Elle a maté la bête et en a fait une merveille, murmura-t-il en balayant des yeux ce foyer chaud et accueillant.

— Tu parles de toi ou de ta nouvelle demeure ? lança une voix au-dessus de lui.

Il leva la tête. Caroline se tenait sur la dernière marche de l'escalier. L'estomac noué, Bradford demeura muet.

Caroline dut se retenir pour ne pas dégringoler l'escalier et se jeter dans les bras de son mari. Elle devait d'abord savoir s'il était furibond ou heureux de la revoir. Mais Bradford ne la quittant pas des yeux, le silence s'éternisa et elle commença à se sentir mal à l'aise.

Si seulement elle avait pu prévoir son arrivée ! Sa robe jaune ne mettait pas son teint en valeur. Pourquoi n'avoir pas plutôt choisi la bleue ? Ses cheveux étaient en désordre et elle devait être affreuse. Tant pis ! Au diable les apparences, il aurait dû la prévenir ! La faute en revenait encore à Bradford et non à elle !

— Tu as fait bon voyage ? reprit-elle en descendant dignement les marches pour s'avancer vers lui.

A en juger par la lueur de tendresse qu'elle pouvait lire dans ses yeux, il n'avait pas dû faire escale à Bradford Hills, sinon il eût crié comme un putois... et comme à l'habitude.

— Bienvenue à la maison, dit-elle doucement, en gardant ses distances.

Pour rien au monde elle ne devait perdre la

tête et oublier le petit discours préparé à son intention ! En revanche, elle accueillit chaleureusement Milford, puis lui demanda le plus sérieusement du monde :

— Avez-vous apporté l'argent que vous me devez ?

La question ne manqua pas de surprendre Bradford, mais il ne parvint pas à se concentrer sur la réponse. Dieu, qu'elle était adorable ! Un peu nerveuse, peut-être ? Il paria qu'une question lui brûlait les lèvres et il n'eut pas à l'attendre bien longtemps.

— Arrivez-vous directement de Londres ? Ou bien vous êtes-vous arrêtés à Bradford Hills ? demanda-t-elle en fixant obstinément les revers de sa jaquette.

— Nous nous sommes arrêtés.

— Vraiment ? Et tu n'es pas fâché ? lâcha-t-elle étourdiment.

Comme il ne répondait pas, elle en déduisit qu'il n'avait pas eu le temps de voir ce qu'elle avait fait de Bradford Hills. Il le découvrirait bien assez tôt, se dit-elle en réprimant un rire nerveux. A présent, un entretien s'imposait avant qu'il ne gagne sa chambre.

— Bradford, il faut que je te parle.

— Souhaite une bonne nuit à Milford, ma chérie. Nous montons.

— Quoi ? Il vient juste d'arriver et n'a sûrement pas envie de nous quitter.

— Justement si, Caroline.

Milford comprit aussitôt, posa sa pelisse sur la table du hall et se dirigea vers l'office en sifflotant.

— Caroline, il est temps d'aller nous coucher.

— Je ne suis pas fatiguée.

— Tant mieux.

— Écoute, Bradford, il est beaucoup trop tôt. La nuit est à peine tombée et je serai incapable de dormir.

— Je l'espère bien.

Elle devint écarlate quand Bradford la souleva dans ses bras et commença à gravir les marches. Ses intentions étaient limpides.

— Notre conduite est grossière vis-à-vis de Milford, protesta-t-elle.

— Ta chambre ou la mienne ? demanda-t-il en atteignant le palier.

— La nôtre.

Elle lui désigna une porte, mais retint sa main lorsqu'il la posa sur la poignée.

— Un instant, laisse-moi t'expliquer, sinon tu vas avoir une attaque.

Bradford feignit de ne rien entendre, entra dans la pièce et referma paisiblement la porte derrière eux. Tous les meubles de sa chambre se trouvaient dans cette pièce et il s'y attendait. Caroline leva vers lui un regard interrogateur, mais il se contenta de poser un chaste baiser sur son front. En revanche, il aboya suffisamment fort pour que les gardes l'entendent et viennent remplir la vieille baignoire qui se trouvait dans un coin.

— Bradford, tu peux m'accorder quelques minutes d'attention ? Tu n'as donc rien remarqué ? dit-elle en s'asseyant au bord du lit.

— Si. Tu es coiffée en dépit du bon sens et cette horrible robe jaune te donne un teint cadavérique. Enlève-la dès que le bain sera prêt.

La passion brillait dans ses yeux, mais à quoi jouait-il ? se demanda-t-elle.

— Je t'ai rarement vu de si bonne humeur, Bradford. Tu n'es donc pas furieux au sujet du mobilier ? Ton bureau est maintenant au rez-de-chaussée.

— Tant mieux, mais rassure-toi, rien ne m'a échappé. On ne trouverait pas un autre lit de cette dimension dans toute l'Angleterre.

— Peux-tu rester sérieux plus d'une minute ? Il y a un sujet dont je veux discuter, et ton persiflage me rend nerveuse.

Un coup frappé à la porte mit fin à son discours. Les gardes entrèrent avec leurs seaux d'eau et remplirent le tub que Bradford avait tiré devant la cheminée. Ensuite, il alluma un feu de bois. Exaspérée par ce remue-ménage, Caroline rongea son frein, étonnée par l'expression satisfaite de son mari. Milford lui aurait-il rapporté son intention de regagner Bradford Hills ? Le traître !

— Qu'est-ce que Milford t'a dit ? Lorsqu'il est venu me voir... Pourquoi te laves-tu le visage et les mains avant de prendre ton bain ? s'exclama-t-elle.

Il venait d'ôter sa chemise et s'aspergeait d'eau dans la cuvette en porcelaine. Il ne répondit pas, mais quand il eut fini, il vint s'asseoir au bord du lit.

— A genoux, femme, ordonna-t-il.

Carole se raidit.

— Écoute-moi bien, Bradford ! J'ignore ce que Milford t'a raconté, mais...

— Aide-moi à enlever mes bottes, mon cœur, susurra-t-il.

— Oh, toi ! grommela-t-elle en faisant glisser ces maudites bottes et en essayant d'ignorer le regard dont il la couvait. Et, maintenant, es-tu prêt à m'écouter ?

— Après notre bain.

— Notre... bain ?

Il se mit à rire, allongea le bras, l'attira vers lui et commença à la déshabiller. Peu à peu, son visage retrouva son expression impénétrable, mais un instant plus tard, ils barbotaient tous deux dans la vieille baignoire.

— Tu rougis comme une vierge, souligna-t-il en lui tendant le savon.

Caroline ne trouva rien à répondre. Ses belles résolutions s'étaient envolées et sa tête était vide. Elle savonna d'abord le torse de son mari, puis lui demanda de se lever afin de lui laver les jambes.

— Je ne crois pas pouvoir tenir bien longtemps avec tout ce que tu me fais, gronda-t-il d'une voix rauque.

— Qu'est-ce que je te fais ?

— Tu me rends fou de désir.

Il se rassit brusquement, l'eau gicla sur le tapis, mais lorsqu'il la prit dans ses bras, le décor disparut et le temps s'arrêta.

— Si tu ne me prends pas tout de suite, je vais mourir, Jered, gémit-elle.

Alors, ils oublièrent qu'ils n'étaient pas dans un lit, mais dans un tub, et leur passion n'en fut que plus savoureuse. Lorsque la réalité reprit sa place, ils restèrent un long moment blottis dans les bras l'un de l'autre jusqu'à ce que Caroline fût secouée par un rire nerveux.

— Te rends-tu compte où nous sommes ?... Je t'aime, Bradford, ajouta-t-elle, plus bas.

— Je ne me lasserai jamais de te l'entendre dire.

C'était tellement peu les mots qu'elle attendait que, perdant tout contrôle, elle éclata en sanglots pour le moins aussi bruyants que ceux de Charity.

Bradford resserra tendrement son étreinte et attendit qu'elle fût un peu calmée.

— Caroline, écoute-moi, maintenant.

— Non. Moi, d'abord. Je comprends que tu ne puisses encore m'aimer. Tu n'as jamais pris le temps de fréquenter des femmes honorables et je t'ai demandé quelque chose que tu ne pouvais pas m'offrir. J'ai décidé de t'accepter tel que tu es.

Si elle avait espéré que ce fervent discours adoucirait son mari, elle s'était trompée. Il se rembrunit aussitôt.

— C'est très noble de ta part. Cela signifie-t-il que tu capitules ?

— Quoi ? Bien sûr que non. Je ne fais que t'accepter, Bradford.

— Pendant combien de temps penses-tu pouvoir patienter, ma chérie ?

Elle leva les yeux et vit une lueur rieuse dans son regard.

— Tu es déconcertant, Bradford. Je croyais que ma décision te toucherait, en fait, tu la trouves amusante. Que dois-je en conclure ?

Elle se redressa en prenant appui sur l'estomac de Bradford dont la protestation douloureuse la ravigota.

— Tu uses de tes droits pour te montrer arrogant. Milford a dû te dire que je comptais rentrer à la maison, n'est-ce pas ? C'est bien cela qui te rend heureux, non ?

— Pas du tout. Je suis heureux parce que je viens de faire l'amour avec mon épouse soumise.

Elle s'agenouilla dans l'eau, prit le savon et se mit à frictionner vigoureusement son mari.

— Il n'y a pas une parcelle de mon corps qui soit soumise, rétorqua-t-elle. Sauf quand je daigne te donner ma parole ! Dans ce cas, tu peux te vanter de ma soumission. Tu es convaincu d'avoir gagné, si je ne me trompe ?

Se rendait-elle compte de la force qu'elle mettait à le frotter ? Elle s'acharnait sur sa jambe gauche comme si elle récurait un vieux cuir. Bradford se remit à rire.

— Je pense que tu m'as enlevé la peau, cette fois. Ne me regarde pas de cet air étonné. En as-tu fini avec tes excuses ou bien en as-tu d'autres à me présenter ?

— Je ne te fais aucune excuse, je suis seulement en train d'établir un consensus.

— Dans ce cas, à mon tour de parler, Caroline. Je suis sincèrement désolé. Je sais que je ne suis pas quelqu'un de facile à aimer et je t'ai fait de la peine. Ma seule excuse est que je t'aime tant que je me suis conduit comme un fou. Je...

Caroline lâcha le savon pour essuyer rapidement les larmes qui recommençaient à couler sur ses joues.

— Ne te moque pas de moi, Bradford... Dis-tu vraiment la vérité ? Tu... Tu m'aimes réellement ?

Avant qu'elle puisse faire un mouvement, il la prit dans ses bras, enjamba le tub, envoyant de l'eau dans toute la chambre.

— Dieu, comment ai-je pu te faire tant de chagrin ! Je t'aime, Caroline, et je t'ai toujours aimée. Je ne trouvais pas les mots pour te le dire et maintenant que c'est fait, tu pleures ! Je ne t'ai jamais menti, Caroline, jamais !

— Fais attention, tu ne pourras plus faire marche arrière, balbutia-t-elle contre la poitrine de son mari, de sorte qu'il n'entendit pas très bien ses paroles.

— Tu peux répéter ?

— Fais attention ! Tu ne pourras plus faire marche arrière ! cria-t-elle carrément, en essuyant ses larmes.

Bradford éclata de rire. Ses yeux se mouillèrent. Il la déposa sur le lit, empila sur elle les couvertures et l'embrassa tant et tant qu'elle dut admettre sa sincérité.

— Maintenant, j'attends la suite, déclara-t-elle, en tambourinant sur la poitrine de Bradford.

Une minute s'écoula. Visiblement il n'avait plus rien à ajouter et Caroline passa des larmes au rire.

— Comment peux-tu être si buté ? Bien sûr que tu m'aimes ! Et depuis longtemps ! Mais il te reste encore à m'accorder une confiance aveugle quelles que soient les circonstances.

— Énumère-les auparavant. Mmm... tu sens bon, murmura-t-il en effleurant ses cheveux.

— Toi aussi, pour avoir utilisé mon savon. Tu ne sens plus la sueur de ton cheval. Au fait, comment se fait-il que je n'aie pas découvert plus tôt que le nom de ton étalon détient la clé de tous tes problèmes ?

— Il détient quoi ? bredouilla-t-il, désorienté.

— *Confiance* ! Voilà ce qui te manque.

— J'ai confiance en toi, Caroline. Quant à ma jalousie, je ne peux rien promettre. Je ne peux qu'essayer de la combattre.

Cet aveu le délivra d'un poids énorme. Il se sentait libéré et il ne l'en aimait que plus. Ils firent à nouveau l'amour et ce fut une consécration. Des larmes de bonheur coulèrent sur les joues de Caroline.

— Je t'aime, je t'aime, murmura-t-il en la serrant contre lui.

— Je ne me lasserai jamais de te l'entendre dire.

Bradford releva un sourcil. N'était-ce pas ses

propres mots ? Décidément, elle ne lui épargnerait jamais ses pointes d'humour.

— Bradford, quand as-tu compris que tu m'aimais vraiment ?

— Cela n'a jamais été le coup de foudre, lança-t-il, taquin.

Elle se redressa, indignée, mais néanmoins légèrement perplexe. Aussi la rassura-t-il d'un baiser avant d'ajouter :

— Tu as toujours été comme une écharde dans mon pied.

— Que tu es romantique !

— Pas moins que toi ! Si j'ai bonne mémoire, ne m'as-tu pas déclaré que m'aimer était aussi douloureux qu'un ulcère à l'estomac ?

— Tu m'irritais alors.

— J'ai été attiré par toi la première fois que je t'ai vue. Et, quelles qu'en fussent les conséquences, j'aurais bien fait de toi ma maîtresse.

— Je le savais.

— Mais voilà, tu n'étais pas comme les autres femmes. Je m'en suis aperçu à la soirée chez Aismond. Tu ne portais aucun bijou.

— Je ne vois pas le rapport !

— Ils n'étaient pas importants pour toi, et pourtant j'ai essayé d'acheter ton affection par ce genre de cadeaux. Quelle stupidité !

— En effet. Tu t'es montré parfaitement odieux. Au fait, savais-tu dans quel état était la forteresse quand tu m'y as envoyée ?

Bradford eut un rire gêné et avoua à contrecœur.

— J'étais furieux, Caroline. Tu repoussais tout ce que je t'offrais.

— Pas tout. Je voulais ton amour et ta confiance.

— Maintenant, je le comprends. Aimerais-tu vivre à la campagne le reste de ta vie ?

— Aussi longtemps que tu m'aimeras, je pourrai vivre dans les bas quartiers de Londres. Mais j'aime la vie à la campagne. N'oublie pas que j'ai été élevée dans une ferme.

— Crois-tu pouvoir considérer l'Angleterre comme ton pays ?

— Eh bien, je dois admettre que ce ne sera pas facile. C'était tellement plus calme à Boston, sans personne pour me pousser dans un escalier, m'envoyer des lettres de menaces ou essayer de me tuer. Ici, beaucoup d'hommes sont de moralité douteuse. Il en est de même aux Colonies, mais au moins, ils ne se font pas passer pour des gentlemen.

— Je dois reconnaître que tu n'as pas été gâtée jusqu'à présent ! Mais c'est fini. Je veillerai à ce que tu n'aies plus jamais d'ennuis.

— Je le sais, Bradford. D'autant que j'ai aussi rencontré des gens charmants. Je pense pouvoir me faire à l'Angleterre et ne pas m'y ennuyer.

— Ma chérie, je ne vois pas où tu pourrais t'ennuyer ! Selon les dires de Benjamin, tu n'as pas manqué une occasion de lui donner du fil à retordre et ton père peut remercier son frère pour t'avoir élevée ! Si j'ai bien compris, tu n'as jamais été un ange !

— Au contraire ! Je me suis toujours montrée douce et timide !

L'éclat de rire qui salua sa déclaration l'incita à ajouter :

— Enfin, disons que j'ai toujours essayé d'être douce et timide. Et, maintenant, je suis sûre que mon père a beaucoup souffert d'avoir été privé de ma présence pendant quatorze ans.

— Là, tu as raison. Mais il a fait ce sacrifice pour ton bien, Caroline.

— Je l'ai deviné, mais j'en ignore toujours les causes. Crois-tu qu'il me les dira, un jour ?

Bradford hésita. N'avait-il pas promis au comte de Braxton de taire à Caroline l'accident qui s'était déroulé dans sa prime enfance jusqu'à ce que tout danger fût écarté ? Mais, d'autre part, n'était-elle pas sa femme, son amour ? Il savait pouvoir lui faire confiance et le meilleur et le pire devaient être partagés.

— Écoute-moi, Caroline. Ton père est venu me voir pendant que j'étais à Londres. Il m'a révélé ce qui s'est passé il y a quinze ans.

En quelques mots, il retraça les événements tragiques de cette nuit du 20 février 1788 et s'efforça de dédramatiser l'accident.

Incrédule, Caroline l'écoutait attentivement.

— J'ai pu faire cela...

— Tu ne te souviens de rien ?

— Non. J'aurais pu tout aussi bien tuer mon père !

— Tu n'étais qu'un bébé, Caroline. Ce n'était qu'un accident.

— Mon pauvre père ! Quelle terrible situation pour lui ! Je comprends maintenant pourquoi il m'a envoyée chez son frère et pourquoi il a attendu si longtemps avant de me faire rentrer. Mon pauvre papa... gémit-elle, les yeux pleins de larmes.

Bradford la serra dans ses bras pour la réconforter et lui donner le temps de se remettre de ses émotions. Caroline essaya de rassembler ses souvenirs. Mais sa mémoire était vide.

— Crois-tu qu'un jour je finirai par m'en souvenir ?

— C'est possible. Ton père dit qu'après avoir tiré ce coup de pistolet, tu as été traumatisée au point de dormir d'une traite jusqu'au lendemain matin. Au réveil, tu semblais avoir tout oublié. Ton subconscient a occulté cette scène.

— Traumatisée, moi ?

— Tu n'avais que quatre ans, souligna-t-il, amusé par son indignation.

Une autre pensée traversa la tête de Caroline. Elle se redressa brusquement.

— Bradford ! La lettre ! Elle a sûrement un rapport avec cet événement ! Les menaces de mort, la vengeance ! Tout a un sens, maintenant !

— J'ai également établi un rapprochement lorsque ton père m'a révélé la vérité.

— Cet homme que j'ai abattu avait-il une famille, des enfants qui souhaitent se venger ?

— Non, mais j'ai le pressentiment que quelqu'un d'autre compte utiliser ce drame à ses propres fins, afin de se disculper. Écoute, Caroline, je pense aussi que nous n'avons guère de temps devant nous.

— Que veux-tu dire ? balbutia-t-elle, inquiète.

— Dans moins de six jours, ce sera la date anniversaire de cette histoire qui s'est déroulée il y a quinze ans...

— Dans ce cas, nous devons en avoir le cœur net. Il nous faut tendre un piège dans lequel je serai l'appât, déclara-t-elle d'un ton décidé.

— J'ai déjà tendu ce piège, mais il n'est pas question que tu y sois impliquée. C'est bien compris ? jeta Bradford en retrouvant son accent autoritaire.

Trop contente d'avoir gagné sa confiance, Caroline se garda bien de le contredire. En six jours, elle avait le temps de le faire changer d'avis et de l'aider à démasquer le ou les coupables.

Soudain, elle fronça les sourcils.

— Bradford, qui est au courant de cet accident ?

— Attends, laisse-moi réfléchir. Ton père l'a dit à son frère Henry, à nul autre de la famille. Nous sommes donc quatre à connaître cette histoire.

— Non. Cinq.

Pauvre oncle Henry... Quel mal il s'était donné pour lui faire surmonter sa terreur des armes à feu. Elle se souvint avoir voulu accompagner James et Luke à la chasse et s'être conduite comme une couarde. Eux aussi l'avaient aidée à surmonter sa peur.

— Comment cinq ? s'exclama Bradford.

— Tu oublies oncle Milo.

— Non, mon amour. Ton père a été catégorique. Il n'en a parlé qu'à Henry.

— Il y a quinze ans, certes. Mais lorsque je suis revenue en Angleterre, mon père m'a dit avoir eu une petite conversation avec oncle Milo, qui refusait jusque-là de me voir. Tout d'abord, je n'y ai rien compris... Maintenant, je commence à y voir plus clair... Bradford, pourquoi me regardes-tu ainsi ?

— Pourquoi ne m'en a-t-il rien dit ? explosa Bradford. (Puis il baissa la voix pour la rassurer :) C'est bien. Tout concorde enfin. Bon sang, je savais que Franklin était derrière tout ça !

— Franklin ? Bradford... en es-tu certain ? Je sais qu'il ne s'entend guère avec son frère, mais je ne le crois pas capable de... mon propre oncle ?

Cela dépassait l'entendement et Caroline s'interrompit, rouge de colère.

— Je parie que c'est une question d'argent, Caroline. Le marquis t'a couchée sur son testament et l'a dit à Franklin. Une chance qu'il ait signé avant de lui révéler son intention, sinon ton oncle Franklin eût été tout à fait capable de le tuer.

— Et Loretta ? La crois-tu au courant, elle aussi ?

— Elle a accumulé des dettes de jeu. Elle est aux abois et a promis à ses créanciers de les rembourser lorsque l'oncle Milo ne serait plus.

— Elle propose de l'argent qui ne lui appartient pas ? Décidément, cette femme n'a aucune morale.

— Franklin a dû avoir vent de l'entretien de ton père avec le marquis. Il sait désormais ce qui s'est passé jadis et il compte utiliser cette information pour échapper à tout soupçon.

— Je ne comprends pas où tu veux en venir.

— C'est pourtant clair. Tu nous as montré cette lettre, à Milford et à moi, et s'il t'arrive quelque chose le 20 février, ton père croira que c'est en rapport avec le passé. Lavé de tout soupçon, Franklin pourra jouir alors de l'héritage de son frère aîné.

Caroline frissonna.

— J'espère que nous pourrons l'arrêter à temps, murmura-t-elle.

— Ne crains rien, mon amour. Je t'ai attendue toute ma vie et je ne laisserai personne te faire du mal.

— Je sais que tu me protégeras. Je me suis toujours sentie en sécurité avec toi... Excepté lorsque tu cries, ajouta-t-elle en posant un baiser sur sa joue.

— Je ne crie jamais, rétorqua Bradford, conscient de mentir effrontément.

Caroline s'étira et se mit à rire en entendant gargouiller son estomac.

— Je crois bien que j'ai faim.

— Moi aussi, renchérit-il.

Et, interprétant volontairement de travers cette fringale, il l'embrassa passionnément. Une fraction de seconde, Caroline fut sur le point de préciser la nature de sa faim, puis celle-ci disparut... loin, très loin, dans son esprit.

Le dîner pouvait attendre. Caroline n'était-elle pas une épouse docile ?

14

Au cours de la soirée, Bradford retrouva sa nervosité habituelle, sa voix coupante et ses gestes brusques. Il devait à tout prix parvenir à coincer Franklin. Il en débattait dans le salon avec Caroline et Milford, ne partageant pas l'avis de son ami qui, en apprenant ce qui s'était passé quinze ans plus tôt, affirmait que Franklin avait enfin trouvé l'arme qui éliminerait Caroline.

— Non. Franklin ignorait le passé de Caroline lorsqu'il l'a poussée dans l'escalier et qu'il a fait saboter la roue du fiacre. En revanche, plus tard, un autre plan a germé dans son esprit.

— Insinues-tu que mon oncle Milo a trahi la confiance de mon père en lui révélant cette histoire ? protesta Caroline.

— C'est plus complexe. Quand Franklin a commencé à te discréditer à ses yeux, le marquis a dû vouloir prendre ta défense et, ainsi, lui apprendre la vérité sur toi. Franklin a sauté sur l'occasion. Au début, il ne tenait pas à te tuer, mais à t'effrayer en te poussant dans l'escalier. Selon toute logique, il supposait que tu en parlerais à ton père et que, affolé, celui-ci te renverrait à Boston. Comme tu as gardé le silence, il a frappé une seconde fois en faisant saboter la calèche. Souviens-toi, il savait que Milford et moi te conduisions au théâtre.

— C'est exact. Oncle Milo l'a suggéré à haute voix et c'est à cet instant que Franklin s'est éclipsé. Je n'y ai pas prêté attention tant j'étais furieuse contre toi, Bradford.

— Pourquoi étiez-vous furieuse contre Brad ? intervint Milford, un peu perdu dans ces détails.

— Nigel Crestwall tournait autour d'elle et j'ai dû l'éloigner.

— L'éloigner ? Tu l'as fait voler dans la pièce !

Bradford balaya de la main ce sujet sans importance.

— Franklin espérait que l'un de nous rapporterait cet accident à ton père. La solution la plus sage eût été de t'expédier à Boston jusqu'à ce qu'on trouve le ou les coupables. Ton père aurait sans doute agi discrètement et le marquis, furieux de ton départ, t'aurait rayée de son testament. Le tour était joué.

— Tu n'as fait qu'en rajouter, Brad ! Tout le monde savait que tu tenais à Caroline.

Bradford n'eut pas le temps de riposter.

— Tout cela n'est que spéculations ! s'écria

Caroline. Seulement, si tu as raison, oncle Milo est également en danger aujourd'hui.

Bradford se doutait qu'elle en arriverait à cette conclusion, aussi ne fut-il pas étonné lorsqu'elle ajouta :

— Nous devons impérativement regagner Londres.

— Ce serait terriblement imprudent, souligna Milford. Car, si Brad a vu juste, le marquis ne risque rien dans l'immédiat. Il doit rester en vie jusqu'à ce que vous soyez...

Il s'interrompit, conscient de manquer nettement de tact.

— Assassinée ? continua Caroline, imperturbable. Bradford, envisages-tu une solution pour me mettre à l'abri à Londres ?

— Tu y seras en parfaite sécurité. Nous partirons à l'aube, répliqua-t-il en entérinant la décision de son épouse, à la grande surprise de celle-ci.

— Brad, fais travailler tes méninges ! gronda Milford. Il ne reste que quelques jours et tu n'es même pas sûr de la culpabilité de Franklin.

— Comment le savez-vous ? demanda Caroline.

— Tout simplement parce que Franklin serait déjà un homme mort si Brad détenait des preuves.

Et, devant la mine choquée de Caroline, il ajouta :

— Croyez-vous vraiment que votre mari lui laisserait la vie sauve ?

— Cesse de la tourmenter, conclut Brad en

attirant sa femme contre lui. Partons pour Londres et tendons un piège à ce scélérat.

Épuisée par la journée de voyage, Caroline s'endormit peu après leur arrivée à Londres. Bradford mit à profit cette soirée pour avoir un entretien avec son beau-père. Dès le lendemain matin, il mit Caroline au courant.

— Ton père a effectivement confié au marquis les raisons de ton exil à Boston.

— Pouvons-nous aller voir mon oncle Milo ?

— J'y tiens absolument. Franklin est chez sa maîtresse, mais Loretta sera là. J'en profiterai pour annoncer notre retour à Bradford Hills le 20 février.

— Miséricorde, Bradford ! Comment sais-tu que Franklin sera chez sa maîtresse et que Loretta...

— Caroline, c'est une question de bon sens. As-tu oublié que j'ai engagé deux hommes pour les surveiller de près ?

— Et tu es certain que Loretta est dans le coup ? insista-t-elle.

— Va t'habiller et tiens-toi prête. Ah, autre chose ! Essaie de ne pas te montrer trop surprise quand tu verras la nouvelle employée de ton oncle.

— Pourquoi devrais-je l'être ?

— Il s'agit de l'ancienne cuisinière de ton père.

— Marie ?

Le regard de Bradford devint parfaitement explicite.

— Dieu ! gémit-elle. Elle aurait pu tous nous empoisonner !

— Elle en aurait été capable si Franklin ne l'avait pas uniquement chargée de t'espionner.

— C'est donc elle qui a réceptionné cette horrible lettre !

Il inclina la tête et Caroline déplora de n'avoir pas eu foi en l'intuition de Mary Margaret.

Leur départ pour la demeure du marquis fut retardé par la visite de Charity et de Paul.

Bradford rongea son frein en écoutant les papotages des deux cousines. Mais sa femme fut si heureuse d'apprendre que Charity n'irait pas à Boston avant l'été qu'il prit son mal en patience.

Lorsqu'ils se rendirent enfin chez le marquis, Caroline se conduisit exactement comme le lui avait demandé son mari. Elle ne cilla pas en voyant Marie, mais elle salua Loretta d'une voix un peu tendue. Le marquis se tenait devant le feu, elle vint s'asseoir à ses côtés et, au cours de la conversation, elle annonça nonchalamment leur retour à Bradford Hills dans la matinée du 20 février.

Oncle Milo taquina ces inséparables jeunes mariés, Caroline rougit comme il se devait et Loretta prit congé. Quelques minutes plus tard, Bradford donna le signal du départ et fronça les sourcils lorsque sa femme lui fit signe de se rasseoir.

— Oncle Milo, j'ai une faveur à vous demander.

— Tu sais que je t'accorderai tout ce que tu veux.

— Je m'inquiète pour mon père... Il ne se sent pas très bien, il est très seul et il ne m'accompagnera pas à Bradford Hills.

— Brax est-il malade ?

— Non, les docteurs le trouvent en bonne santé. C'est dans sa tête et dans son cœur. Il se sent solitaire. Aussi, je me demandais si vous ne pourriez pas aller passer quelque temps près de lui, jusqu'à ce qu'il s'habitue à mon absence.

Le vieil homme parut enchanté de cette proposition.

— Quelle bonne idée !

— Bradford vous aidera à transporter vos affaires. Je serai tellement rassurée quand vous serez près de mon père. Pensez-vous pouvoir vous y installer dès aujourd'hui ?

Le marquis ne fut pas le seul à apprécier cette solution. Bradford y vit à la fois le moyen de le protéger et de rompre sa solitude. Son adorable femme avait pensé à tout et il dut résister à l'envie de la prendre dans ses bras et de l'embrasser. Oui, elle était belle, mais son âme l'était encore plus.

A peine furent-ils remontés dans la calèche qu'il l'étreignit fougueusement.

— Merci d'être si belle, murmura-t-il.

— Je suis heureuse de te plaire, Bradford. Mais m'aimeras-tu autant lorsque je serai vieille et fripée ?

— Me crois-tu capable de t'aimer uniquement pour tes qualités physiques, mon amour ?

Rassurée, Caroline poussa un soupir et Bradford l'embrassa à nouveau. Puis elle posa la tête sur son épaule et il ajouta, malicieux :

— Si c'était le cas, je t'aurais abandonnée lorsque tu as coupé tes cheveux.

Caroline se mit à rire et saisit la balle au bond.

— Je dois quand même t'avouer ne t'avoir épousé que pour ton argent.

Ce fut la dernière fois qu'ils se taquinèrent, les deux jours suivants exigeant toute leur attention.

Les espions de Bradford lui signalèrent que Franklin était à nouveau sorti de sa cachette.

Le matin du 20 février, la calèche du duc de Bradford prit la route en direction de Bradford Hills. Tous stores fermés, car elle était vide.

Confiante en la réussite de son mari, Caroline éprouva une angoisse, au dernier moment. Elle demanda à Bradford de rester à ses côtés et de laisser les gardes en finir avec Franklin. Il demeura imperturbable.

— Prends toutes les précautions, Bradford ! Ne laisse pas tant d'hommes avec moi, emmène-les plutôt avec toi !

— Ne bouge pas de ta chambre jusqu'à mon retour, répliqua-t-il, inflexible.

— Ne te lance pas dans cette embuscade à la légère !

— Pour l'amour de Dieu ! Ne peux-tu me faire confiance à ton tour ? rugit-il.

Puis il l'embrassa et jura par tous les saints

qu'il n'avait pas eu l'intention de crier. Elle l'accompagna sur le seuil de la chambre et souffla à Milford qui l'attendait :

— Je vous en prie, veillez sur lui !

Bradford l'entendit, poussa un soupir exaspéré, pressa tendrement son épaule, referma la porte derrière lui et abandonna sa femme à ses prières, qu'elle ne manqua pas de réciter tout en arpentant sa chambre.

Deux hommes avaient été chargés de conduire la calèche. Six autres chevauchaient auprès de Bradford et de Milford. Ils prirent une direction différente et, en sortant de Londres, quittèrent la voie carrossable pour contourner la route en traversant les collines.

L'estimation de Bradford se révéla exacte. Bon nombre d'endroits offraient une occasion rêvée d'embuscade. Deux heures plus tard, ils découvrirent les sbires de Franklin.

Ils étaient au nombre de huit, tapis dans les fourrés, de chaque côté de la route. Sur le haut de la colline, Bradford aperçut un homme dont il n'eut pas besoin de voir le visage pour l'identifier. Il le désigna à Milford qui se retourna.

— Franklin ?

— Tu me le laisses ! gronda Bradford.

L'attaque fut rapide et les hommes de Franklin furent maîtrisés en un clin d'œil. Bradford lança alors son étalon vers la crête en espérant que Franklin ne le verrait pas traverser la futaie et resterait immobile à son poste.

La neige étouffait le bruit des sabots et Bradford surgit avant que son ennemi n'ait eu le temps de s'enfuir. Il se jeta sur lui avec une telle violence que tous deux roulèrent au sol. Bradford se releva d'un bond, mais l'autre ne bougeant plus, il comprit que sa chute avait été mortelle. Franklin, le cou rompu, gisait, visage contre terre.

Bradford étouffa un juron. Ce salaud était mort trop vite ! Il retourna le cadavre sur le dos. Une large blessure balafrait le visage de Franklin.

Bradford décida alors que les funérailles de cet homme seraient à l'image de sa vie. Sans honneurs. Il l'abandonna sur le terrain.

A cette heure, Loretta et Marie avaient dû être arrêtées par ses gardes. Elles ne seraient pas poursuivies, comme Bradford en avait fait la promesse à Caroline. Par égard pour le marquis, la vérité resterait cachée et, pour toute vengeance, les deux femmes quitteraient l'Angleterre.

Bradford éperonna Confiance. Tout danger écarté, il avait maintenant la vie devant lui pour partager cet avenir avec la femme qu'il aimait.

ÉPILOGUE

Retenu trois jours à Londres pour ses affaires, le duc de Bradford n'avait qu'un désir en arrivant à Bradford Hills en cette fin d'après-midi : retrouver sa femme et la prendre dans ses bras.

Lorsque Henderson l'informa que la duchesse se trouvait au premier étage en compagnie de deux visiteurs, il leva un sourcil étonné et fit un considérable effort pour cacher son irritation.

La maison n'avait été que trop mise à feu et à sang par les invités de Caroline ! En dépit de ses protestations, sa docile épouse avait déjà reçu sa mère, la semaine précédente, sans oublier le séjour prolongé que venaient d'effectuer Paul et Charity.

Il poussa un profond soupir et gravit l'escalier avec la ferme intention de lui suggérer de refréner un peu ses élans hospitaliers !

Sur le palier, il s'immobilisa en entendant un éclat de rire jaillir de leur chambre. Instinctivement, il hésita avant d'ouvrir la porte.

Il s'arrêta sur le seuil et embrassa d'un œil étonné la scène étrange qui se déroulait devant lui. Deux hommes occupaient leur chambre à coucher. L'un d'eux, écroulé dans un fauteuil, dormait béatement. L'autre était assis au bord du lit, un bras arc-bouté sur l'épaule de Caroline.

— Si tu n'arrêtes pas de gigoter, je ne pourrai jamais enlever tes bottes, lui disait-elle.

Bradford fronça les sourcils, tandis qu'une pensée fugace lui traversait l'esprit. *Deux hommes dans sa chambre ?* Quand donc Caroline avait-elle évoqué pareil enfer ? Elle avait dû l'entendre arriver car, sans détourner la tête, elle lança par-dessus son épaule :

— Je vais certainement avoir besoin de ton aide !

Pour toute réponse, il s'avança et ôta délibérément le bras de cet homme accroché à l'épaule de sa femme. Déséquilibré, l'intrus tomba à la renverse et le matelas gémit.

— Et maintenant, puis-je savoir ce que vous désirez encore tous les deux ? demanda Bradford d'un ton égal.

Les yeux fermés, l'homme ne répondit pas et se mit à ronfler.

— Tout d'abord, un baiser, déclara Caroline en se hissant sur la pointe des pieds pour embrasser chastement son mari sur la joue. Bienvenue à la maison, ajouta-t-elle en souriant.

— Drôle de bienvenue ! ne put-il s'empêcher de grommeler, en dépit de cette confiance aveugle promise quelles que fussent les circonstances !

La prédiction de Caroline se trouvait réalisée !

— Ce baiser était pour le duc de Bradford. Maintenant, je vais souhaiter la bienvenue à Jered, dit-elle en posant ses lèvres sur les siennes, pour lui donner ensuite un baiser profond et passionné.

— J'ai fini par comprendre que lorsque tu m'appelais ainsi, c'est que tu avais une idée plus précise derrière la tête, souligna-t-il, taquin.

— Tu es vraiment très intelligent.

Le désir de Caroline était au moins égal au sien et Bradford commençait à retrouver son optimisme, lorsque l'un des étrangers se mit à grommeler un inintelligible discours dans son sommeil.

— Caroline, puis-je savoir qui sont ces types ?

— Tu ne pourrais pas m'aider à lui enlever ses vêtements ? demanda Caroline en se penchant sur l'individu qui ronflait sur leur lit.

Bradford eut un soupir exaspéré et daigna venir à sa rescousse pour le débarrasser au moins de ses bottes.

— Puis-je savoir qui sont ces types ? répéta-t-il, résolument patient.

— Henderson ne t'a rien dit ?

Les yeux écarquillés, Caroline regarda tour à tour le ronfleur et son époux, avec le sentiment que les miracles existaient vraiment. Finalement, elle vint se blottir dans les bras de

Bradford et parvint à lui faire presque oublier ces hôtes extravagants.

— Pourquoi sont-ils dans notre chambre ? reprit-il en formulant autrement sa question.

Elle leva vers lui un regard penaud.

— J'aurais tellement voulu que mes cousins te fassent bonne impression ! Ce sont James et Luke. Celui qui dort dans ton fauteuil, c'est James, et Luke est celui qui ronfle dans notre lit. Malheureusement, à peine arrivés à Londres, ils ont voulu célébrer leur voyage et je crois qu'ils sont soûls comme des grives. Il m'a été impossible de leur faire dépasser le seuil de notre chambre.

Elle marqua un temps d'arrêt avant d'ajouter, ravie :

— Bradford ! Te rends-tu compte que tu ne cries pas, pas plus que tu ne tires de conclusions douteuses ?

Histoire de ne pas rompre définitivement avec ces joutes oratoires qui l'amusaient tant, Bradford feignit une irritation qu'il ne ressentit pas du tout. En son for intérieur, il dut s'avouer que les soupçons avaient cessé de le torturer.

— J'ai confiance en toi, Caroline, voyons !

— Je l'ai toujours su ! mentit-elle effrontément, les yeux humides. J'aime autant Jered Brenton que le duc de Bradford.

— Je l'ai toujours su ! rétorqua-t-il de ce ton arrogant qu'elle connaissait si bien, mais dans lequel perçait une infinie tendresse.

Il l'enleva dans ses bras, se dirigea vers la porte et marqua un temps d'arrêt. Où fichtre trouver un coin tranquille dans cette maison ?

Caroline l'embrassa et lui chuchota une suggestion à l'oreille...

Littérature

extrait du catalogue

Cette collection est d'abord marquée par sa diversité : classiques, grands romans contemporains ou même des livres d'auteurs réputés plus difficiles, comme Borges, Soupault. En fait, c'est tout le roman qui est proposé ici, Henri Troyat, Bernard Clavel, Guy des Cars, Frison-Roche, Djian mais aussi des écrivains étrangers tels que Colleen McCullough ou Konsalik.

Les classiques tels que Stendhal, Maupassant, Flaubert, Zola, Balzac, etc. sont publiés en texte intégral au prix le plus bas de toute l'édition. Chaque volume est complété par un cahier illustré sur la vie et l'œuvre de l'auteur.

ADLER Philippe
Bonjour la galère 1868/**2**
Graine de tendresse 2911/**3**
Qu'est-ce qu'elles me trouvent ? 3117/**3**

AGACINSKI Sophie
La tête en l'air 3046/**5**

AMADOU Jean
La belle anglaise 2684/**4**

AMADOU - COLLARO - ROUCAS
Le Bêbête show 2824/**5** & 2825/**5** Illustrés

AMIEL Joseph
Le promoteur 3215/**9**

ANDERSEN Christopher
Citizen Jane 3338/**7** (Décembre 92)

ANDERSON Peggy
Hôpital des enfants 3081/**7**

ANDREWS Virginia C.
Fleurs captives :
- **Fleurs captives** 1165/**4**
- **Pétales au vent** 1237/**4**
- **Bouquet d'épines** 1350/**4**
- **Les racines du passé** 1818/**4**
- **Le jardin des ombres** 2526/**4**

La saga de Heaven :
- **Les enfants des collines** 2727/**5**
- **L'ange de la nuit** 2870/**5**
- **Cœurs maudits** 2971/**5**
- **Un visage du paradis** 3119/**5**
- **Le labyrinthe des songes** 3234/**6**

APOLLINAIRE Guillaume
Les onze mille verges 704/**1**
Les exploits d'un jeune don Juan 875/**1**

ARCHER Jeffrey
Le pouvoir et la gloire (Kane et Abel) 2109/**7**
Faut-il le dire à la Présidente ? 2376/**4**

ARSAN Emmanuelle
Les débuts dans la vie 2867/**3**

ATTANÉ Chantal
Le propre du bouc 3337/**2** (Décembre 92)

ATWOOD Margaret
La servante écarlate 2781/**4**
Œil-de-chat 3063/**8**

AVRIL Nicole
Monsieur de Lyon 1049/**3**
La disgrâce 1344/**3**
Jeanne 1879/**3**
L'été de la Saint-Valentin 2038/**2**
La première alliance 2168/**3**
Sur la peau du Diable 2707/**4**
Dans les jardins de mon père 3000/**3**

BACH Richard
Jonathan Livingston le goéland 1562/**1** Illustré
Illusions/Le Messie récalcitrant 2111/**2**
Un pont sur l'infini 2270/**4**
Un cadeau du ciel 3079/**3**

BAILLY Othilie	***L'enfant dans le placard*** *3029/***2**
BALZAC Honoré de	***Le père Goriot*** *1988/***2**
BARBELIVIEN Didier	***Rouge cabriolet*** *3299/***2** *(Octobre 92)*
BARRIE James M.	***Peter Pan*** *3174/***2**
BATS Joël	***Gardien de ma vie*** *2238/***3** *Illustré*
BAUDELAIRE Charles	***Les Fleurs du mal*** *1939/***2**
BÉARN Myriam et Gaston de	*Gaston Phébus :*
	1 - Le lion des Pyrénées *2772/***6**
	2 - Les créneaux de feu *2773/***6**
	3 - Landry des Bandouliers *2774/***5**
BEART Guy	***L'espérance folle*** *2695/***5**
BELLEMARE Pierre	***Les dossiers d'Interpol*** *2844/***4** *& 2845/***4**
BELLEMARE P. et ANTOINE J.	***Les dossiers extraordinaires*** *2820/***4** *& 2821/***4**
BELLETTO René	***Le revenant*** *2841/***5**
	Sur la terre comme au ciel *2943/***5**
	La machine *3080/***6**
	L'enfer *3150/***5**
BELLONCI Maria	***Renaissance privée*** *2637/***6** *Inédit*
BENZONI Juliette	***Un aussi long chemin*** *1872/***4**
	Le Gerfaut des Brumes :
	- Le Gerfaut *2206/***6**
BERBEROVA Nina	***Le laquais et la putain*** *2850/***2**
	Astachev à Paris *2941/***2**
	La résurrection de Mozart *3064/***1**
	C'est moi qui souligne *3190/***8**
BERG Jean de	***L'image*** *1686/***1**
BERGER Thomas	***Little Big Man*** *3281/***8** *(Septembre 92)*
BERTRAND Jacques A.	***Tristesse de la Balance...*** *2711/***1**
BEYALA Calixthe	***C'est le soleil qui m'a brûlée*** *2512/***2**
BISIAUX M. et JAJOLET C.	***Chat plume (60 écrivains...)*** *2545/***5**
	Chat huppé (60 personnalités...) *2646/***6**
BLAKE Michael	***Danse avec les loups*** *2958/***4**
BLIER Bertrand	***Les valseuses*** *543/***5**
BOGGIO Philippe	***Coluche*** *3268/***7**
BORGEN Johan	***Lillelord*** *3082/***7**
BORY Jean-Louis	***Mon village à l'heure allemande*** *81/***4**
BOULET Marc	***Dans la peau d'un Chinois*** *2789/***7** *Illustré*
BRAVO Christine	***Avenida B.*** *3044/***3**
	Les petites bêtes *3104/***2**
BROOKS Terry	***Hook*** *3298/***4** *(Octobre 92)*
BRUNELIN André	***Gabin*** *2680/***5** *& 2681/***5** *Illustré*
BURON Nicole de	***Les saintes chéries*** *248/***3**
	Vas-y maman *1031/***2**
	Dix-jours-de-rêve *1481/***3**
	Qui c'est, ce garçon ? *2043/***3**
	C'est quoi, ce petit boulot ? *3297/***4**
	Où sont mes lunettes ? *3297/***4** *(Octobre 92)*
CARDELLA Lara	***Je voulais des pantalons*** *2968/***2**

CHAMSON André	**La Superbe** 3269/**7**
	La tour de Constance 3342/**7** (Décembre 92)
CHATEL Philippe	**Il reviendra** 3191/**3**
CHEDID Andrée	**La maison sans racines** 2065/**2**
	Le sixième jour 2529/**3**
	Le sommeil délivré 2636/**3**
	L'autre 2730/**3**
	Les marches de sable 2886/**3**
	L'enfant multiple 2970/**3**
	Le survivant 3171/**2**
	La cité fertile 3319/**2** (Novembre 92)
CHOW CHING LIE	**Le palanquin des larmes** 859/**4**
	Concerto du fleuve Jaune 1202/**3**
CICCIOLINA	**Confessions** 3085/**3** Illustré
CLANCIER Georges-Emmanuel	**Le pain noir** 651/**3**
CLAUDE Hervé	**Le désespoir des singes** 2788/**3**
CLAVEL Bernard	**Le tonnerre de Dieu** 290/**1**
	Le voyage du père 300/**1**
	L'Espagnol 309/**4**
	Malataverne 324/**1**
	L'hercule sur la place 333/**3**
	Le tambour du bief 457/**2**
	Le massacre des innocents 474/**2**
	L'espion aux yeux verts 499/**3**
	La grande patience :
	1 - La maison des autres 522/**4**
	2 - Celui qui voulait voir la mer 523/**4**
	3 - Le cœur des vivants 524/**4**
	4 - Les fruits de l'hiver 525/**4**
	Le Seigneur du Fleuve 590/**3**
	Pirates du Rhône 658/**2**
	Le silence des armes 742/**3**
	Tiennot 1099/**2**
	Les colonnes du ciel :
	1 - La saison des loups 1235/**3**
	2 - La lumière du lac 1306/**4**
	3 - La femme de guerre 1356/**3**
	4 - Marie Bon Pain 1422/**3**
	5 - Compagnons du Nouveau-Monde 1503/**3**
	Terres de mémoire 1729/**2**
	Qui êtes-vous ? 1895/**2**
	Le Royaume du Nord :
	- Harricana 2153/**4**
	- L'Or de la terre 2328/**4**
	- Miséréré 2540/**4**
	- Amarok 2764/**3**
	- L'angélus du soir 2982/**3**
	- Maudits sauvages 3170/**4**
CLOSTERMANN Pierre	**Le Grand Cirque** 2710/**5**
COCTEAU Jean	**Orphée** 2172/**2**

FRISON-ROCHE	***La peau de bison*** *715/***2**
	La vallée sans hommes *775/***3**
	Carnets sahariens *866/***3**
	Premier de cordée *936/***3**
	La grande crevasse *951/***3**
	Retour à la montagne *960/***3**
	La piste oubliée *1054/***3**
	Le rapt *1181/***4**
	Djebel Amour *1225/***4**
	Le versant du soleil *1451/***4** *& 1452/***4**
	L'esclave de Dieu *2236/***6**
GAGARINE Marie	***Blonds étaient les blés d'Ukraine*** *3009/***6**
	Le thé chez la Comtesse *3172/***5** Illustré
GARRISON Jim	***JFK*** *3267/***5** Inédit
GEBHARDT Heiko	***La mère d'Anna*** *3196/***3**
GEDGE Pauline	***La dame du Nil*** *2590/***6**
GLASER E. & PALMER L.	***En l'absence des anges*** *3318/***6**
GOISLARD Paul-Henry	*Sarah :*
	1 - La maison de Sarah *2583/***5**
	2 - La femme de Prague *2584/***4**
	3 - La croisée des amours *2731/***6**
GORBATCHEV Mikhaïl	***Perestroïka*** *2408/***4**
GRAFFITI Kriss	***Et l'amour dans tout ça ?*** *2822/***2**
GRAY Martin	***Le livre de la vie*** *839/***2**
	Les forces de la vie *840/***2**
GROULT Flora	***Maxime ou la déchirure*** *518/***2**
	Un seul ennui, les jours raccourcissent *897/***2**
	Ni tout à fait la même, ni tout à fait une autre *1174/***3**
	Une vie n'est pas assez *1450/***3**
	Mémoires de moi *1567/***2**
	Le passé infini *1801/***2**
	Le temps s'en va, madame.... *2311/***2**
	Belle ombre *2898/***4**
HALEY Alex	***Racines*** *968/***4** *& 969/***4**
HAMBLY Barbara	***La Belle et la Bête*** *2959/***3**
HANSKA Evane	***Que sont mes raouls devenus ?*** *3043/***2**
	Kevin le révolté *1711/***4**
	Les enfants des autres *2543/***5**
	La forêt de tournesols *2988/***5**
HAYDEN Torey L.	***L'enfant qui ne pleurait pas*** *1606/***3**
	Kevin le révolté *1711/***4**
	Les enfants des autres *2543/***5**
	La forêt de tournesols *2988/***5**
HARVEY Kathryn	***Butterfly*** *3252/***7** Inédit
HÉBRARD Frédérique	***Un mari c'est un mari*** *823/***2**
	La vie reprendra au printemps *1131/***3**
	La chambre de Goethe *1398/***3**
	Un visage *1505/***2**
	La Citoyenne *2003/***3**
	Le mois de septembre *2395/***2**
	Le Harem *2456/***3**

3286

Composition Gresse B-Embourg
Achevé d'imprimer en Europe (France)
par Brodard et Taupin à la Flèche (Sarthe)
le 17 août 1992. 6966F-5
Dépôt légal août 1992. ISBN 2-277-23286-6

Éditions J'ai lu
27, rue Cassette, 75006 Paris
Diffusion France et étranger : Flammarion